日涉居笔记

李晓东 著

中国民族文化出版社
北京

图书在版编目（CIP）数据

日涉居笔记 / 李晓东著. — 北京：中国民族文化出版社有限公司，2021.5
（海陵红粟文学丛书）
ISBN 978-7-5122-1477-4

Ⅰ.①日… Ⅱ.①李… Ⅲ.①散文－作品集－中国－当代 Ⅳ.①I267

中国版本图书馆CIP数据核字（2021）第092556号

日涉居笔记

作　　者：李晓东
责任编辑：司马国辉
责任校对：李文学
出 版 者：中国民族文化出版社　地址：北京东城区和平里北街14号
　　　　　邮编：100013　联系电话：010-84250639　64211754（传真）
印　　装：三河市金元印装有限公司
开　　本：710mm×1000mm　1/16
印　　张：12.5
字　　数：200千
版　　次：2021年8月第1版第1次印刷
标准书号：ISBN 978-7-5122-1477-4
定　　价：45.00元

版权所有　侵权必究

海陵红粟文学丛书编辑委员会

主　任：刘　燕　王健军

顾　问：子　川　刘仁前　庞余亮

主　编：薛　梅

副主编：徐同华　王玉蓉

编　辑：毛一帆　孙　磊

前　言

红粟作为海陵的人文符号，流传已逾千年。

海陵人文荟萃，"儒风之盛，凤冠淮南"，历史上一直是文化昌盛之地，有着深厚的传统文化底蕴，素有"汉唐古郡、淮海名区"之称。香粳炊熟泰州红，随着岁月的流逝，海陵地域和空间面貌发生了沧桑之变，却遮掩不住海陵文化的神韵飞扬，这为文学创作提供了丰富的精神滋养和灵感源泉。平原鹰飞过，街民走过，花丛也作姹紫嫣红开遍，从这里走出的小说家、散文家、诗人、评论家，无不用自己的笔讴歌家乡的美丽，书写人生的梦想，彰显海陵与时俱进、开拓向前的文化力量。海陵之仓，储积靡穷的不只是红粟，海陵人还以文学的方式，记录多姿多彩的形态与品性，标记一代又一代海陵人的辛勤探索与不断创新。因为执着，故而海陵历经沧桑而风采依然。

文学的生命力或许就在于这样繁衍不绝、生生不息地传承与开拓。2015年海陵区文联成立十周年之际，海陵区曾集萃本土十二位作家，推出一辑十二卷的海陵文学丛书。著名作家、江苏省作家协会原主席范小青为之作序，她指出这套书"不仅是一个'区'的文学，更是地级市泰州及至江苏省文学的一个缩影。为此，我们有更多的期待"。如今五年已过，而这份期待还在，海陵文学也在这份期待中奔腾不息地流淌和前进，大潮犹涌，后浪已来，那份律动依旧，我们也能从中感受到文字的力量和写作的意义。"海陵红粟文学丛书"的推出就是对此的检验，一辑十册，分别是：

《碧清的河》　　　　沙　黑
《青藜》　　　　　　刘渝庆
《日涉居笔记》　　　李晓东
《草木底色》　　　　王太生
《雪窗煨芋》　　　　陈爱兰

《本色·爱》　　　　　　董小潭

《船歌》　　　　　　　　于俊萍

《泰州先生》　　　　　　徐同华

《纸面留鸿》　　　　　　李敬白

《长住美与深情里》　　　姜伟婧

如同一粒又一粒的红粟，唯有汇集，才有流衍的可能。十本书中有朝花夕拾的拾趣，人间至味的煨炖，深秋韵味的老巷，青藜说菁的今古，寻本土丹青翰墨真味，或半雅半俗生活，或山高水长追思。生活总是爱的表达，愿在这桃红花黄的故乡，因为文字，截留住生命里的美与深情。

我们处在一个伟大的时代，既然"生逢其时"，必然"躬逢其盛"。文化特别是文学的繁荣，渊源于悠久的历史，植根于今天的实践。历史赋予我们这一代人的一项任务，就是要充分挖掘海陵文化的丰富宝藏，古为今用，推陈出新，更好地为社会经济发展服务。我们将常态化推出文学系列丛书，以继续流衍的姿态，不断丰富、延伸、充实海陵古城当下的文化内涵。

海陵红粟文学丛书编委会

2020年6月于海陵

目 录

晴秋听虫鸣 /001
乐土乐土，爰得我所 /012
花圃也是我的乐土 /015
数枚野花，无需吟诗 /019
深秋最懂老巷 /024
静穆是最原始的力量 /028
落叶是世间最安静的死亡 /032
从前的时光都与吃有关 /038
看书是修补灵魂最好的选择 /041
冬雪钟情于蜡梅 /046
最留恋世俗的风情 /048
寻常巷陌总关情 /060
人因俗物而美 /066
茶是有灵魂的俗物 /081
早春是四季的初恋 /085
你在春天里应该选择嚣张 /093
钟楼巷是凤城里最初的流韵 /096
日子不会怠慢风姿绰约的你 /103

你的生活能让岁月留恋 /108
花圃也是有灵魂的 /113
凤城人的血脉里流淌着戏韵墨香 /116
水是凤城的灵魂 /120
蔬果最得人间之俗趣 /127
一酌一饮一人生 /134
凤城的清夏最得意趣 /140
凤城的消夏最得闲趣 /145
消夏的美味犹有可亲 /154
盛夏的凤城最具包容之心 /159
等待是一场心灵之旅 /168
凤城的净地从未远离过你的视线 /173
佛语禅言宛如飘荡的祥云 /178
凤城的秋天就像人生的中年 /187
跋：走遍凤城，也不过是为了找到一条通向内心的路 /190

晴秋听虫鸣

早晨起来，竟然听到了几声虫鸣。

时值深秋，昆虫几乎已经绝音。辨不出是什么秋虫，蟋蟀不再缠绵，金铃子不再婉转，莎鸡不再唧唧，但我分明听到低微、嘶哑而冷静的虫鸣。有时我们听不清人类的声音，但能听清虫鸣，因为它真实。我拨开衰草，试图找到这只秋虫，但杳无踪迹。它听得见我的脚步声，甚至呼吸。我看到一只蚱蜢，翼褐而腹绿，伏在蓝莴花的叶子上，神态肃然。我又看到一只彩蝶，当我靠近它的时候，它并没有即刻飞走，似乎是在故意让我欣赏它的斑斓。

昨天的午后，我还看到一只黄色的蝴蝶，轻盈地飞在半空中，在繁花已谢的草地上盘旋一阵后，依依地消失在我的视线。

终于，我听到了几声鸟鸣。仰头望去，一只麻雀立在枯黄满枝的一棵柿子树上。这只麻雀的羽毛特别的新鲜，前颈处缀着一绺儿纯白的秋毫；其翅褐色，印着些黑色的斑点，尾羽像一把正欲打开的檀香扇；双腿很长，紫红色，像暮秋霜后的藤茎；特别是它的眼睛，圆而凸，黑而亮，宛若两粒黑豆。

曾经在城南的某个空间，杂树和野草都在恣意地疯长。那里有几棵皂角树，一个鸟巢便坐落在其中一棵皂角树的枝杈间。我不能确定那就是麻雀的窝。但每到黄昏时分，我总能看到倦鸟飞还的情景。我曾因为能有幸领略到这样的一幕而激动不已。而那时的我正准备去很远的地方喝酒，尽管我的家还在温馨地等着我。

不过，麻雀是不能笼养的，但它们又喜欢跟人亲近。

跟人类一样，麻雀也属于古老的生灵，《诗经》中早就有"谁谓雀无角？何以穿我屋？"的诗句。

我曾长久地观察过它们的言行举止，以为它们具有人类的诸多秉性，比如喜欢叽叽喳喳，喜欢看热闹，喜欢群居，喜欢打野食，喜欢一哄而上，喜欢你争我夺，喜欢到处流浪。

当然，我会继续搜寻那只鸣叫的秋虫，因为我特别喜欢聆听秋天的声音。

曾经在某个夏日的午后，这座城市最古老的一条巷子里，我见过几只麻雀躲在屋檐下相互打闹的场景。它们的嬉闹声传至巷外，越过茂盛的瓦松和屋脊上的鸱吻，透过丝瓜藤和枇杷树的空隙，又从一位赤膊老汉的蒲扇上掠过。我仍然记得那些嬉闹声，稚嫩、清新而凉快。而秋天里的麻雀之声，则深沉且绵长多了。

此时，阳光已经洒满花圃，一切变得明朗起来，万物无处遁形。

草丛里隐藏着很多不可告人的秘密，所有的小生灵都会视我为邪恶的化身，因为我是面目可憎的入侵者。

其实，我曾多次侵犯过它们的领地。夏末秋初的早晨，我企图捕获一两只蟋蟀。但在接近它们之前，其叫声就戛然而止，花圃里陡然静得可怕，世界定格在这个诡异的瞬间。

终究，我未能捕捉到一只蟋蟀。不过，我曾捉到过一只三尾蟋蟀。

那天晚上，一只蟋蟀试图横穿马路，而我正在马路边跑步，彼此狭路相逢。我俯下身去，很敏捷地将它捉住，借着路灯，才发现这是一只三尾蟋蟀。在我的记忆中，似乎只有二尾蟋蟀才算得上是勇敢的角斗士，于是将它放生于黑暗中。

蟋蟀是初秋的宠物，正因为有了它的鸣叫声，秋天才不至于单调和枯燥。每天晚上，我都是枕着蟋蟀的叫声入眠的；次日清晨，又是在它的叫声中醒来的。这种叫声比闹钟更柔和，更婉转，更贴心，也更有诗意。

其实，金蛉子的叫声更加圆润悦耳，且其体格娇小玲珑，形状美丽可爱，颜值颇高，一直被视为诸多鸣虫中的佼佼者。至于莎鸡，即纺织娘，它的叫声多少有些凄婉，蝈蝈的叫声则有些单一，而油葫芦的叫声则像怨妇之叹息。

在所有的鸣虫中，我以为，蝉是最得意境的小生灵。它是隐者，是忍者，也是智者。

我曾经在盛夏的某个傍晚，独立于海曙园的凉亭，聆听过蝉鸣。凉亭为木架四方亭，亭南侧是长廊，廊柱旁植有一株紫藤树，繁茂的枝叶已经顺着廊柱爬到了廊顶，又覆盖住亭脊。

盛夏时分，处处皆蝉鸣，即便是傍晚时分，蝉也没有因为我的不期而至而静穆以待，依旧忘情地歌唱。其声或唧唧，或孜孜，或长腔，或短调，或雄浑，或低沉。

很多人讨厌蝉鸣，以为助长了盛夏之炎热，且让人心烦意乱，寝食不安。

我也讨厌过蝉鸣。但随着年龄的增长和阅历的丰富，越来越觉得这个世界需要蝉鸣，尽管婉转不如黄鹂，飘逸不如云雀，洪亮不如百灵，甜美不如夜莺，轻盈不如画眉，甚至清脆不如蟋蟀。

没有哪一种鸣虫，能如此执着地歌唱且陶醉其中。"凉风至，白露降，寒蝉鸣"，当秋霜渐渐逼近的时候，犹有寒蝉凄切，让人驻听。寒蝉是蝉的一种，其形体稍小于夏蝉，身为青赤色，翼纹黢黑，叫声比夏蝉微弱。

让我敬畏的是，蝉总是择高枝以明志，只是啜朝露以存活。你听得见蝉鸣，却看不见蝉影，歌声是它活着的唯一证据。

在山川寂寥、烟霏云敛、草木飘零的秋天，经过一个夏天和半个秋天的苦行僧般的坚守和修炼，蝉终于奏完了生命中最后的乐章，以悲壮而涅槃的方式走向黑暗。

我产生了几许愧意，跟蝉相比，曾经的我是怎样的狭隘和猥琐。

皓月当空，晚风习习。在蝉鸣的伴随下，我独自徜徉在长廊中或伫立于凉亭中，油然而生一种超凡脱俗的感觉。

所以，我特别喜欢虫鸣，也就特别喜欢秋天。

不过让人颇感意外的是，所有的鸣虫竟然都是雄性的，所有的鸣虫都是为了求偶而鸣叫。更让人费解的是，所有的雌性昆虫为何始终保持沉默，它们真的是心如止水吗？

其实，雌性昆虫都在优雅地聆听，判断谁才是自己心仪的人。比如蟋蟀，我不知道究竟是什么样的鸣叫声才能获得雌性蟋蟀的芳心，但我知道雄性蟋蟀的鸣叫声各不相同，也各有千秋。我甚至以为鸣叫声才是雄性蟋蟀的颜值，这也能证明有些男人虽然长得不够帅，但因为拥有一副极具磁性和剧场感的嗓子，也一样可以获得女性的青睐。

在确定人选之后，雌性蟋蟀就会沿着那条声音的路线和方向，一路隐秘而曲折地潜行。只要找到那个心仪的人，彼此确认过眼神，执手相看泪眼，从此就永不分离，直到秋末冬初的某个时刻一起庄严地死去。

秋天的花圃或青或黄，时荣时枯，亦盛亦衰，有生有亡，这是自然的法则。

仍然记得夏末秋初，在给花草浇水的时候，我观察到的那些生动而祥和的画面。

其时的花圃已经成为昆虫的天堂。蚂蚱常常跪在鸢尾花的叶子上祈祷，彩蝶对素雅的花瓣情有独钟，蚂蚁在坎坷的路上书写着励志，螳螂总是喜欢到处游荡以获取猎物，甲虫潜伏在树的背面窥视着天地，黄蜂从陌生的高处俯冲而下，飞蛾特别喜欢撞击南窗的玻璃，蜻蜓在下雨之前会结伴出行，纺织娘在夜间唧唧复唧唧，油葫芦隐在草丛中如泣如诉，蟋蟀在夜幕降临的时候开始弹琴，蜘蛛在它的私人空间里悄然上网。

此刻，秋虫知道我又来了。我敢肯定，它们不止一次地观察过我，我的模样，我的衣着，我的举止，我的表情。在它们的眼中，人类是最大的天敌，而且长相怪异，性情暴戾，行为残忍。

我并不掩饰我的阴险，我的确想捉到一两只蟋蟀，因为我想起了童年的时光。

童年的时光被暮春街收藏，那是我出生的地方。

据说，我生活的这座城市已有两千多年的历史，如今它的胎记越来越模糊，而浮华的文身却越来越多。庆幸的是，长不及两百米、宽不足四米的暮春街依然健在，且老得坦然。

依然是初秋，跟中市河一样漫长的暑假，我，还有几枚发小。暮春街东侧的中市河两岸，杂树丛生，瓦砾遍地，野草满坡，常有秋虫出没。

早晨或晌午，在大人早忙或午睡的时候，我们呼朋引伴，相约河边，脱下童鞋，卷起裤脚，站在水里，双手用力地将水泼向岸边。岸边的草丛、石缝和土堆里藏着蟋蟀。蟋蟀怕水，纷纷夺路而逃，有的则误落水面。我们顺手捞起落水的蟋蟀，择其健硕且羽须无损者，敛入随身带的瓶子里。

无疑，斗蟋蟀是孩子们最快乐的事情。当然，他们并不觉得这是一种残忍，残忍属于大人和坏人。

在暮春街的那口老井旁，泡桐树托住火辣辣的太阳，井水冬暖夏凉，一场蟋蟀大战即将打响。

我将捕获的蟋蟀取名为"蟹壳青"，发小阿桂的蟋蟀唤作"铁锈钳"。两只蟋蟀同时置于蟋蟀盆中，数只小脑袋围成一个圆圈以作壁上观。

阿桂用蟋蟀草安慰和鼓励他的蟋蟀。"铁锈钳"遂昂起头颅，扫了扫尾巴，舞了舞两条鞭样的长须，便跨步上前，直奔"蟹壳青"而去。

我不时地撩拨着"蟹壳青"的长须，可这厮纹丝不动，呆若木鸡。阿桂大笑不已。

须臾，但见"蟹壳青"俯下身子，收敛长须，缩住两条后腿。突然，它的屁股一撅，狂奔而前，遂与"铁锈钳"竞相腾击。两只蟋蟀振奋作声，四根长须直指苍穹。俄见"蟹壳青"陡然跃起，张尾伸须，似已腾空，直龁敌颈。阿桂大骇，忙以蟋蟀草撩拨着"铁锈钳"的两条长须。说时迟，那时快，"蟹壳青"竟然扑上去，一口咬断了阿桂手上的蟋蟀草。阿桂大惊。"蟹壳青"旋又探下头去，双须颤动，匍匐而行，直向"铁锈钳"的颈处咬去。"铁锈钳"退至盆壁，颤抖不已。

阿桂忙求饶认输，将"铁锈钳"掬于手心，狼狈而逃。"蟹壳青"翘尾甩须，鼓翼而鸣，似报主知。众人皆喝彩。

斗蟋蟀是孩子最喜欢的游戏之一。孩子把游戏当人生，大人则把人生当游戏。

颇有意思的是，暮春街上年龄相仿的孩子特别多，上同一所学校，一起上学，又一起放学，穿着清一色的衣服，背着式样差不多的书包，理着差不多的发型，吃着差不多的饭菜，听着差不多的童话，看着差不多的小人书，玩着差不多的游戏。而游戏又总是离不开泥土，比如踢瓦、捣丁、斗鸡、抽陀螺、飞洋画、跳牛皮筋、掼掼炮、弹玻璃球、滚铁圈等。至于捕蝉、逮蟋蟀、打麻雀、捉鱼虾、摸螺蛳等，基本上是男孩子的活儿，女孩子要待在家里织渔网、编蛋篓、糊纸盒、盘蚊香。

　　暮春街西侧有一碧潭，叫作"老鼠汪"。秋天，潭水幽深，岸边荻芦飘花。芦根青青，清香沁人，嚼之甘甜；芦叶细长，卷起轻吹，其音妙曼。

　　岸边的几棵楝树才是小孩子的最爱。楝树果俗称"天落果"，其果实玻璃球般大小，坚硬而滑，是孩子们相互打斗投掷的好武器。打而不伤是游戏，打而致伤是暴力。楝树果打而不伤，有点疼，不钻心，还能忍。此果还可以做弹弓的子弹，用来射麻雀。

　　传说"老鼠汪"里有水鬼，所以暮春街上的孩子都不敢下河凫水。

　　不过，孩子们最喜欢去的，还是"老鼠汪"南侧的菜地。小孩子偷吃地里的东西，大人也会骂的。但饥饿是魔鬼，一旦附身，正不压邪，即便被发现让人押送回家跪踏板，也义无反顾。

　　菜地里挂着一枚枚西红柿，大多歪瓜裂枣似的，但好吃；悬着一根根黄瓜，掰下就咬，没农药；土里有萝卜，拔萝卜的游戏谁都会，在"老鼠汪"里洗净，大口咬；土里还有山芋，长得太丑不中看，洗净后，连皮咬；藤上有香瓜，摘下洗净，以拳砸之，去瓤就咬。红辣椒不敢吃，太辣，但听说辣椒地里的蟋蟀毒辣凶悍，是吃辣椒长大的，所以孩子们也喜欢在辣椒地里捉蟋蟀。

　　暮春街北端是升仙桥，南端是虹桥，这两座桥也是孩子们玩耍的好地方。

　　奇怪的是，暮春街上的孩子一般不到外面去玩。升仙桥以北的八字桥一带也有很多的小孩，他们也不到暮春街上玩。当然，双方偶尔也有交集，比如斗蟋蟀，比如打群架。

　　升仙桥是一座独拱桥。桥面宽平，桥拱如虹，桥下流水淙淙。桥栏以青砖砌筑，高三尺许，宽约一尺。桥南侧有个码头。

　　斗蟋蟀一般会安排在桥南；打群架一般会选定在桥北，有时也会相约在灯光球场、体育场、老城墙脚下或东城河边。

据说，男人一生至少要打三次架，第一次是少年轻狂时，第二次是青春痘发作时，第三次是中年落魄时。而斗蟋蟀极易引发口角，继而互相殴斗，这或许也是蟋蟀希望看到的结果。

恩格斯有句名言："人来源于动物界这一事实已经决定人永远不能摆脱兽性，所以问题永远只能在于摆脱得多些或少些，在于兽性或人性的程度上的差异。"小孩子打群架多半基于小动物的本能或兽性，当群起而攻之的时候，在场的每个人都会受到感染，于是双方便展开角逐，打得天昏地暗，飞沙走石，哭爹喊娘。打群架的导火索常常是一件微不足道的事情，甚至一句讥讽的话，一个不屑的眼神。当然，青春期的打架更多的是基于某个异性，这也跟动物的本能和兽性有关。至于成年人打架，大多是基于比较脆弱的自尊被恣意而公开地侵犯。

打架是人类与生俱来的秉性，这也能证明人类进化得仍然不够完美，或者说人类是有先天性缺陷的物种。从这一点上来说，人类远不如蟋蟀进化得可爱。

所以，我惦念着那些鸣虫。在"碧云天，黄花地，西风紧，北雁南飞"的时候，总是特别爱听它们的鸣叫声，以为寒暑易节，时光荏苒，人生漫漫，纵然丹者为槁，黟者为星，也离不开天籁——纯粹，柔美，恬静，婉转，温暖，给人以丰富而深刻的启迪。

我也常常想到，若是没有蟋蟀这些卑微的鸣虫，美轮美奂的古诗词定会黯然失色，因为几乎所有的古诗词都会把鸣虫与相思牵扯在一起。

《诗经》里有"七月在野，八月在宇，九月在户，十月蟋蟀，入我床下"的诗句，秋夜，蛩鸣阵阵，既带给你沉静，也增添了你的幽愁。《诗经》里又有"蟋蟀在堂，岁聿其暮。今我不乐，日月其除"的诗句，静夜的鸣吟，如无形的双手，推开你的心扉，惊动了你的怀想，遂叹息岁月如流，逝者如斯，韶华渐老，旅人寂寞，伊人憔悴。宋代吴文英有"雨外蛩声早，细织就、霜丝多少？说与萧娘未知道。向长安，对秋灯，几人老"的词句，秋雨凄凉，蛩声传情，蟋蟀声如织机穿梭之声，料想能细织出多少霜丝！纳兰性德也有"银床淅沥青梧老，屧粉秋蛩扫。采香行处蹙连钱，拾得翠翘何恨不能言。回廊一寸相思地，落月成孤倚。背灯和月就花阴，已是十年踪迹十年心"的词句，虫鸣带来庭院清寂之景，如临眼前；"屧粉秋蛩扫"更是飘然生思情。可怜秋虫唧唧，芳径幽幽，而伊人已无踪影。

我又寻思，古人又何必如此悲情呢？蛩鸣声声，细听来，莫不若妙音，如笙如箫，如笛如琴。

"自古逢秋悲寂寥，我言秋日胜春朝"，且取茶一壶，杯数盏，邀挚友，登高处，听虫鸣，赏秋菊，论古今，岂不快哉！

秋天最得茶道。

此刻，站在花圃里寻找鸣虫的我，抬头就能看见南窗里面的茶桌。

那天晚上，有朋自远方来，酒后坐于南窗前一起品茗。是时，月明星稀，乌鹊不惊，桂有余香，梧叶萧萧。

宜保君笑道："深秋喝黑茶最相宜，先生知我也。"

吴斌君说道："此处甚好，窗外有蟋蟀的叫声，听了几十年了，今晚听来，有种别样的感觉。"

"日涉居的确是个幽雅之处。"文虎君点头说道。

高文君笑道："窗外的蟋蟀莫非是先生养着的？好像就伏在我的耳边叫，好听。"

我说道："春天的时候，把吉祥草、蓝鸢花栽在窗户下，待花繁草茂，自有鸣虫来。只可惜，如今能静下心来听听虫鸣的人越来越少了，世界似乎更喜欢喧哗。"

高文君笑道："当下，此刻，就现在，我们品老茶，还有蟋蟀给我们弹琴助兴，真是人生一乐也。"

我沉思片刻后，又说道："其实，秋天让我们回味的不只是窗外蛩声，还有山岚松声，幽谷涧声，古刹钟声，棋子落声，风抚琴声，雨滴阶声，鸟去羽声，花败残声，都是清朗静美之声也。"

宜保君说道:"天籁之音固可悦耳,然终不比琅琅书声之为最也。"

众皆以为然。

于是继续品茗。但闻窗外虫鸣喓喓,不绝于耳,仿佛天地众神都在茶香氤氲中尽享这个醉美的秋夜。

所以,我尤其喜欢在深秋时节临窗品茗。

午后的花圃出奇的宁静,所有的鸣虫都跟我一样静穆无言。阳光最柔和的时候,我从不去打扰它们,尽管我跟它们是邻居。

那天中午,无意中看到一只蚱蜢驮着一只小蚱蜢伏在蓝鸢花的叶子上。我知道,它们是在大庭广众之下交配。雌性蚱蜢形体比雄性蚱蜢要大很多,所以看上去是雌性蚱蜢背着雄性蚱蜢;另外它们的交配时间很长,所以常常会在迁徙或运动中继续完成规定动作。

其实,我不希望看到的是雌雄交配的情景,我希望看到的是母亲背着孩子或者父亲背着孩子的情景,因为唯有这样的情景似乎才能让我接受,让我觉得特别的温馨。

事实上,我们常常误会甚至错怪这些在人类眼中非常卑微的昆虫。不仅如此,我们还喜欢以自己的道德法则和生存理由来左右或主宰这个世界。这是人类最愚蠢的地方。

两只蚱蜢最终躲进草丛中。我将继续完成我的规定动作——洗盏,泡茶,拿起,放下,与花圃互不干扰,和谐共处。

百无聊赖的时候,我就观察花圃里的一切。除了蚱蜢,我还能看到别的秋虫,比如瓢虫。

花圃里有很多野草,比如淡紫色的马兰,辨不清花和叶的牛膝,花叶俱可观的天麻,"天青地白"的鼠曲草,"西子浣纱"的苎麻,还有清白得像秋天早晨的白英。瓢虫就喜欢隐在这些野草里。

瓢虫又称胖小、红娘、花大姐,种类很多。有的是益虫,比如七星瓢虫,它能捕食麦蚜、壁虱等害虫;有的却是害虫,比如二十八星瓢虫。颇为奇妙的是,益虫和害虫之间界限分明,互不来往,互不干扰,且互不通婚,因而不论繁衍多少后代，也不会产生"混血儿"，也不会改变各自的传统习性。

人们一直以为，瓢虫是非常漂亮且可爱的，符合人类的审美标准，而更多的昆虫却丑陋无比，比如螳螂。

在花圃里，我遇见过此君。此君张牙舞爪，面目可憎。其形体如此怪异，是变态发育的典型案例。

螳螂属于肉食性昆虫，蝇、蚊、蛾、蝶、蝉、蝗等昆虫，都是它的猎物，甚至雄性螳螂也有可能被雌性螳螂所吞食，这多半是其饥饿难耐所致。

别以为螳螂吃螳螂是一种罪恶，这只是"物竞天择，适者生存"的一种表现形态而已。而人类自诞生之日起，人吃人的现象从来就没有停止过，这才是罪恶。

有意思的是，在古希腊，人们视螳螂为先知。螳螂两条前臂举起的样子很像祈祷的少女，所以西方人又称螳螂为祷告虫。

人类的先知，其长相大多也很怪异。《史记·孔子世家》中记载，"（孔子）生而首上圩顶，故因名曰丘云"，意思是孔子出生的时候，因为额头凹陷，所以取名为丘。

《荀子·非相》中说："仲尼之状，面如蒙倛；周公之状，身如断菑；皋陶之状，色如削瓜；闳夭之状，面无见肤；傅说之状，身如植鳍；伊尹之状，面无须麋。禹跳，汤偏，尧、舜参眸子。"意思是说孔老二长着一副鬼脸，周公旦身材如半截树桩，皋陶这厮脸色油绿，闳夭满脸长毛好似猿猴，傅说枯瘦还驼背，伊尹居然连眉毛都没有，禹王腿脚有跛，商汤走路歪着身子，唐尧和虞舜是双瞳或三瞳。这些古代的先知圣贤，其相貌都与常人相去甚远。

我等长相普通，成不了先知，能成后觉就磕头烧香了。

所以，我常常独立于花圃，静听虫鸣，以为这才是世俗之音。

阳光已经洒满花圃，世界喧闹起来了。此时已经听不到虫鸣，但我仍在侧耳倾听，关于秋虫的妙音。

还是在暮春街。

我和玩伴，趁着夜色去捕捉蟋蟀，有时也会追逐飞行在半空中的萤火虫，或者在路灯下戏弄那些无聊的小爬虫。

蟋蟀喜欢躲在墙缝里。老墙上有许多经风蚀雨刷后形成的洞穴，深浅不一。对于蟋蟀来说，墙洞是很理想的安乐窝，也是制造浪漫的最佳场所。这一点跟人类的祖先很相似，人本来就是穴居物种，山顶洞人就是证明。即便是现在，当看到那一幢幢火柴盒般竖起的高层住宅楼，你不觉得每家每户就是排列整齐的一个个洞穴吗？

手电筒是晚上捉蟋蟀必备的工具。先确定蟋蟀的叫声是从哪个墙洞里发出的，然后就用蟋蟀草将其撩出来或撵出来。蟋蟀怕光，拿手电筒一照，它就趴着不动，于是束手就擒。一个晚上下来，收获多多，身材硕健及叫声响亮者留下，余则放生。

回家后，置于蟋蟀盆或玻璃瓶中，扔一枚饭粒以作食物，将蟋蟀盆或玻璃瓶藏匿在大人不太注意到的阴暗处，待第二天再作打算。半夜里，还能听见蟋蟀孤寂的鸣叫声。若是听不到它的叫声，我会很不放心，偷偷地下床，揭开盆盖或瓶盖，看看蟋蟀是否逃走了或者死掉了，有时，竟然下床上床数次，折腾一夜，但意犹未悔。

霜降之后，气温骤降，无边落木，万物萧条，再难听到熟悉的蟋蟀声了。可蟋蟀盆犹在，蟋蟀草还在风中飘逸。

乐土乐土，爰得我所

男孩子忙于捕捉蟋蟀，至于追逐夜游的萤火虫，则多半是女孩子喜欢的游戏。

萤火虫属小型甲虫，尾部能发出冷绿的荧光。善飞的萤火虫都是雄虫，雌虫因无翅翼而不能飞翔，但荧光比雄虫要亮些。

在中国古典诗词中，萤火虫是经典的意象，咏萤诗甚多，佳句若灿，寓意丰富，如"逢君拾光彩，不吝此生轻""恐畏无人识，独自暗中明""若非天上去，定作月边星""度月影才敛，绕竹光复流""旧曾书案上，频把作囊悬""无风无月长门夜，偏到牖前照绿苔""十月清霜重，飘零何处归""灭烛方无寐，鸣蛩相荐愁""伴读来书舍，窥眠入翠帱""银烛秋光冷画屏，轻罗小扇扑流萤"。

仲夏之夜，成群结队的萤火虫轻舞飞扬，成为寻常巷陌一道柔美的风景线。

每至傍晚，暮春街上的男孩子聒噪着去捉蟋蟀了，女孩子则相约捉萤火虫。她们每个人手里都拿着个小玻璃瓶，看到眼前飞舞着的萤火虫，有的就用手抓，有的就用芭蕉扇子拍，有的就用手帕扇，有的就用瓶盖扣，还有的就用课本打。捉到萤火虫后，便置之于瓶中。有的女孩子一个晚上能捉到十多只萤火虫，小小的玻璃瓶像一盏灯泡，在夜色的映衬下，华彩熠熠。

不过，男孩子玩萤火虫就有些残忍了。我曾用削笔刀将捉到的萤火虫进行深刻的解剖，想弄清楚它屁股上发光的东西究竟是什么。阿桂比较胆大，或者比较愚昧，他用点着了的火柴烧烤捉来的一堆萤火虫，以为一定跟烤蝉背或烤蜻蜓一样，味道鲜美。

当然，他的举动遭到了围观的女孩们的强烈抗议和拳打脚踢。

饥饿是罪恶之源。因极度饥饿，我曾跟玩伴纠集在一起，到暮春街一带或别的地方去寻找食物。

"老鼠汪"南侧的菜地里只有蔬菜瓜果，而我们的肚子里缺的是油水。于是，我们常常跑到升仙桥南侧的码头一带捕杀猎物。

码头南侧的中市河边有个很大的杂树林，以壳树、槐树、榆树、桑树、栾树、柳树和泡桐树为多，枝繁叶茂，浓可蔽日，高高的树杈上有好几个鸟窝，而且林中夏蝉极多。我带着几个人粘蝉，阿桂带着几个人爬树掏鸟窝。

我们带上竹竿、树油和面团，小心翼翼地探进树林。可用树油和面团粘蝉难度较大，往往竹竿还没靠近蝉，蝉就飞走了。有个绰号叫"狗子"的家伙脑子很灵活，将家里的蚊帐撕下一片，做成漏斗状的袋子，再用铅丝扎在竹竿的顶端，然后将竹竿高高举起，偷偷地伸到蝉的身后，猛地这么一罩，蝉便应声落网。"狗子"每次都能捕到二十多只蝉，而我只能粘到两三只。

阿桂瘦若猴，善攀缘，每次都能从鸟窝里掏得好几枚鸟蛋甚至几只嗷嗷待哺的雏鸟。

获得战利品后，大家跑到"老鼠汪"边，围坐在楝树下。阿桂捡来枯树枝和枯草，搭个烧烤架子，将鸟蛋和拔去羽翼的蝉放在枯树枝上，鸟蛋不能直接烤，否则会爆裂，所以得用浸过水的芦苇叶裹得紧紧的。然后用火点燃树枝下的枯草。大约十分钟后，蝉和鸟蛋都烤熟了，众人遂不顾烫手，纷纷抢着吃。

剥开蝉背的硬壳，一股灰白的热气陡然蹿出，便露出一块烤成褐色的、条状的瘦肉，吃起来味道不比猪肉和鸡肉差。鸟蛋大多是麻雀蛋，有时也掏得乌鹊蛋，跟鹌鹑蛋差不多大，口味不比鸡蛋差。

总算又吃到一回荤的，肚子里有了些油水，大家都很开心，甚至乐得在地上打滚。当然，有时也会因分配不均，彼此大打出手。但没人上去劝架，小孩子不打架是长不大的。

有时，我也会分一点食物给站在一边眼巴巴望着我们的女孩子，包括我喜欢的那个叫冬梅的女孩子。

至于雏鸟，则由阿桂带回家养，这厮什么都敢养，包括各种虫子。

杂树林里除了蝉和鸟蛋，还有可以吃的各种野果子。女孩子一般不敢吃昆虫，但喜欢吃野果子。有时，她们会因为得到一把好吃的野果子而对某个男孩子产生好感，很可能，这就是爱情的胚胎。

杂树林有一棵拐枣树，夏秋之时，枝头挂满拐枣儿。拐枣儿又称鸡爪子，成熟时呈黄褐色或棕褐色，果子造型怪异，膨大扭曲，形似"卍"，故也称万寿果。《诗经·小雅》中有"南山有枸"的诗句，"枸"即拐枣儿。古语又云："枳枸来巢。"意思是其味甘甜，飞鸟慕而巢之。

阿桂虽瘦，但比较贪吃，摘下一串鸡爪子，不洗不擦，便仰起头，吞进嘴里，连梗带皮嚼烂后，一起咽下肚子。其猥琐的吃相，实在无耻，我们恨不得揍他一顿。

女孩子的吃相很耐看。她们细心地剥去表皮，一段一段地掰下，慢慢地吃，柔柔地嚼，脉脉地笑。

冬梅对我格外关照，她采下拐枣儿后，用绣着梅花图案的小手帕悉心地拭去果子上的垢尘，递给我吃。我很得意而幸福地放进嘴里。阿桂和"狗子"见状，均赐我以鄙夷的眼神。

更好吃的野果子是桑葚。紫红色的桑葚最甜，甜得像爱情，女孩子最爱吃。其汁液丰沛，用手去摘，手上会留下鲜润的红色。

没有哪个女孩子愿意吃阿桂送给她们的桑葚，因为他的手很脏，指甲缝里塞满污物。"狗子"很聪明，摘下尚未成熟的青黄色和浅红色的桑葚，偷偷地藏在衣兜里，打算带回家捂在棉被里，等捂熟了再享用。

杂树林是我们的乐土。乐土乐土，爰得我所！

花圃也是我的乐土

我知道，此时的花圃里并不安静。有些声音，我们是听不到的，比如蚯蚓松土的声音，蚱蜢喘息的声音，螳螂祷告的声音，蜘蛛吐丝的声音，蚂蚁疾行的声音，瓢虫飞翔的声音，杂草飘曳的声音，还有残花坠地的声音。

一阵风过，一片枯黄的树叶，轻拂过我的脸颊，跪在我的脚下。蜷曲的枯叶像一只倦飞的彩蝶。我俯下身去，将它捡起。

好多年没有细瞻坠落的树叶了，以为这是多愁善感的人的多愁善感，况且这是一片已经死去的枯叶。

枯叶的脉纹清晰可见，像剔去肉的完整的鱼骨。很久以前的那个青葱时代，我喜欢捡拾落叶以做书签——金黄色的银杏叶，橙红色的玉兰叶，鲜艳的红枫叶，像萝卜干的爬山虎叶，像烙饼的黄栌叶，比手掌还大的梧桐叶。

最喜欢梧桐树。因为它笔直的树干，青色的树皮，硕大的绿叶，淡紫色的花朵，干净、清朗而高峻。

《诗经》曰："凤凰鸣矣，于彼高冈。梧桐生矣，于彼朝阳。菶菶萋萋，雍雍喈喈。"《庄子·秋水》曰："南方有鸟，其名为鹓雏，子知之乎？夫鹓雏，发于南海而飞于北海，非梧桐不止。"古代殷实之家喜欢在庭院里栽种梧桐树，"栽下梧桐树，自有凤凰来"。又有童谣说："童子打桐子，桐子落童子乐。"梧桐树乃智慧之树，能知秋、润秋，所谓"一叶落而知天下秋"，这"一叶"指的就是梧桐叶。

记得深秋的那个黄昏，在天德湖公园的某个地方，漫步中的我，分明听见了梧桐叶在风中翩翩而落的声音，甚至听见了坠落在地上的时候，硕大的叶子突然绽裂开来的声音，仿佛曾经的梦被岁月悄然撕碎一般。那是灵魂的独白，是最后的告别，是生命的绝唱。

此刻，夕阳已将西边的天空染成了紫色。

花圃里散落着很多枯叶，尚未枯萎的野草收留了它们。于是，它们的灵魂得以静穆地安放。

好几只麻雀站在离花圃不远的地方，注视着我。它们的表情并不惊恐，因为它们认识我，我也认识它们，花圃也是它们的乐土。

终于，它们叽叽喳喳起来，似乎是在催促我离开这里。

也许我已经无法找到那只鸣虫，但我相信，它是存在的，并且是以活着的方式存在的。

暂且离开吧。不要跟麻雀计较什么，它们只是想寻找些食物。在这个季节里，跟人类相比，所有的动物都活得更加艰难。

回到日涉居，阳光已经斜照在茶桌上，粉红色的菊花开得正艳，窗外的那几只麻雀在花圃里自由地觅食。画面极为祥和。

还是在暮春街。还是我、阿桂和"狗子"。午后，我们带上自制的丫枝弹弓，准备去杂树林里打麻雀。阿桂的妈妈、"狗子"的奶奶正在码头浣洗衣物，见到我们又要钻进树林玩耍，就喊着不准我们进去，说林子里有洋辣子，有豆儿耷（大青虫），有黄鼠狼，有蛇。"狗子"的奶奶还说林子里吊死过人。

我们相信长辈的话。后来，我提议不如去东城河边打麻雀，那里人少鸟多。阿桂歪着头想了想，然后点点头；"狗子"没有深刻的思想，也点点头。出发的时候，我们又带上冬梅和一个叫兰儿的女孩子，还带上一个绰号叫"田鸡"的家伙，这厮没事儿就屙尿调烂泥，"狗子"最嫌他脏。

东城河是一条歪把子河，由南而北，又折而向西，与西城河相连。河的东岸是一大片果园，西岸古木参天、杂草莽莽，是孩子们最喜欢玩耍的地方。

不过，传说中的东城河有三多，一是河里水怪多，二是岸边奇石多，三是树上麻雀多。我们没见过水怪，但老人都说东城河里有妖怪，每年夏天都有人被水怪拖到河底。但我们不是来凫水的，不是来划船的，也不是来摸螺蛳的，我们是来打麻雀的。岸边的奇石在我们眼中并不奇异，所谓的奇形怪状只是大人的自欺欺人，那些石头分明是各种动物的造型，如大象、奔马、猿猴、山羊、狗、牛或猪而已。

河岸的麻雀特别多，惊飞时往往一大片，像风中的落叶到处飘，且叫声如潮，不绝于耳。不过麻雀很鬼精，喜欢逗你玩，你又捉不到它。有时，它离你很近，歪着头打量着你，当你靠近它时，它又飞出老远，扔给你一串笑声；有时在你头顶上滑翔而过，兴奋之余还会将一摊新鲜的鸟粪拉在你头上；当你选好角度，拉满弹弓，正准备射出子弹时，它双脚一蹬就没了踪影，子弹穿叶而过。

其实，麻雀早就料到我们的企图，它们看得出我们的眼神里写满邪恶和阴险。

有时，小孩子的残忍甚于大人，因为他们的残忍没有任何伪装，更直接，更贪婪，更无忌。

阿桂是打麻雀的高手，他能够像蛇一样缠在树干上一动不动，拉弹弓的姿势很像一根细长的枯树枝。有的麻雀没能分辨出他是人还是树枝，往往会被他射出的罪恶的子弹所击中。

被击中的麻雀坠落在地上的时候，还会拍打着翅膀，猛蹬着双脚，叫声急促而凄厉。

我们欢呼着跑过去争抢这只麻雀。带血的羽毛刺激着我们的神经，我们的脑海里呈现的是剥去羽毛、剔出内脏的麻雀在火上烧烤的情景，一股奇异的肉香挑逗着我们的食欲，舌尖上的味蕾渗透着唾液，尖利的牙齿在麻利的咀嚼中扭曲着我们的嘴脸。

数不清的麻雀在天空中长久地盘旋，祭奠着不幸罹难的同胞。

我们不晓得什么叫悲壮，对饥饿难熬的孩子来说，能够尝到一顿野味是最真实的快乐。

一个下午，我们打到了十余只麻雀，包括两只刚会飞的小麻雀。这两只小麻雀柔软地躺在草地上。快死的时候，它们极小的眼睛里似乎闪出一道微弱的暗光，然后才半闭上眼睛，熟睡一般。

冬梅双手捂住嘴抽泣起来，兰儿咬住自己的手指，惊恐地看着两只小麻雀。阿桂和"狗子"呆呆地看着我，"田鸡"提住裤子，他要屙尿。

我提议，不如将两只小麻雀就地埋了，其他麻雀都带走。大家都没意见。于是，我们将两只小麻雀埋在河岸一棵最粗、最高的银杏树下。

在回家的路上，我们都不说话。走到暮春街上的时候，阿桂和"狗子"才开始商议如何处理剩下的十来只麻雀。我又提议，还是到"老鼠汪"边的楝树下烧烤麻雀，吃完各自回家。阿桂、"狗子"和"田鸡"都同意。冬梅和兰儿有些犹豫，毕竟她们不太喜欢吃这些血腥的东西。本来，她们只是想跟着我们去东城河玩，但不是打麻雀，而是玩别的，比如看鸬鹚捕鱼，听东城河的风声，或者采河岸的野花。

让我意想不到的是，就在阿桂他们三个人去"老鼠汪"里清洗麻雀的时候，冬梅趁兰儿不注意，悄悄地塞给我两片很美的树叶，轻声对我说，给我做书签，还说，她也有，跟送给我的树叶是一模一样的。

我将树叶放进口袋里，但我没有感谢她，我不懂感谢；再说，此时的我，肚子饿得咕咕叫。不过，待吃完美味的麻雀，大家准备各自回家的时候，我第一次觉得冬梅的眼睛好美，美得像彩色的玻璃球。

晚上睡觉前，我将两片树叶夹进课本里，藏在枕头底下。很快，我就进入了梦乡。

第二天早晨，醒来的我才发现身上红斑点点，奇痒无比，原来昨晚睡觉时竟然忘了拉好蚊帐。

但我记得夜里做了梦的，梦里有好几只麻雀在我头顶上盘旋，冬梅站在河岸的一棵柳树下，不时地搓着她的长辫子。

数枚野花，无需吟诗

那几只麻雀在花圃里待了很久，才带着满足的神情飞走了。坐在窗前的我，看着它们墨水点般洒向了天空。天空蓝得像童话，几朵白云棉花糖似的。

花圃从来不寂寞，麻雀刚刚飞走，又有四只野八哥不邀自来。

野八哥通体呈绒黑色，带着金属光泽，尾羽和尾下的腹羽分布着整齐而开阔的白斑，双眼黑亮若宝石，站立的姿势高慢而俊朗，特别有气质。它们对花圃好像并不陌生，一会儿跳上枇杷树或玉兰树，一会儿又跳到草地上，鸣叫不已。

我以为，八哥的叫声蛮好听的，高低起伏，抑扬顿挫，如桃花飘零于潺潺流水，又如洪钟遗响于幽幽山谷。

如今的人们，似乎很少有这份闲情野趣去聆听身边的各种鸟鸣。他们只喜欢用耳麦塞住耳朵，醉听手机里传送的歌曲，爱情和迷惘是永恒的主题。客观世界离他们越来越远，鸟鸣成为人生的噪音。

八哥经过调教是可以学人说话的，当然鹦鹉也可以。

前年冬天，在北京的时候，我就听到郁兄家养的一只八哥说起了人话。这只八哥发音很准，吐词很清晰，学说普通话的本领比外国人强多了，而且音色不错，似有京都声。每天上午或下午，阳光好的时候，主人就带着它到屋外晒太阳。它很高兴，学说普通话很卖力。

郁兄说，八哥说人话，咱听得懂；有的人说人话，咱听不懂，人不如鸟啊。众人大笑。

窗外，仍在婉转鸣叫的野八哥倒是增添了花圃的几分闲趣，更不必说那棵丹桂即将暗香涌动，青花瓷荷花缸里的残荷尽得画意，蓝鸢花的叶子肥硕碧绿，而去年栽下的那株菊花又开始思念东篱了。

野八哥终究是要离开花圃的，此地不是它们的家，或者说它们没有固定的家。我没有打搅它们，更没有撵走它们。跟麻雀一样，在花圃里觅得满意的食物之后，它们也将继续流浪。

人是城市的主宰，鸟永远只是匆匆过客。高楼大厦将城市的空间剁成无数块，使得鸟雀再也无法流畅而自由地飞翔。很多鸟雀为了苟活于世，只得铤而走险，飞到人烟稠密的地方去偷食，但它们总是战战兢兢、躲躲闪闪的。

一天下午，我独自在人民公园里闲逛。这座公园有个奇怪的现象，天一黑，公园里几乎就不见了人，即便是白天，人也极少，尽管公园里处处风景如画。

但公园里鸟雀甚多。它们并不在乎这座公园的前世今生，也不相信人类的传说，凡有花草树木的地方，就是它们的家园。

正值深秋，公园里到处都是鸟，无数只鸟，各种鸟，麻雀、山雀、白头鹎、鹧鸪、鹊鸲、乌鸫、戴胜等，在这里安家或者栖息，它们极其快活，叫声此起彼伏。

公园的东侧有一方茂密的树林，林间的鸟来回穿梭，自由自在。我的贸然闯入，似乎并未打乱它们的节奏，它们甚至并不在意我的到来。但当我举起手机准备拍下它们的时候，它们即刻警觉起来，极快地飞到离我很远的树上。我觉得它们一定躲在某个幽暗而安全的地方窥视着我，眼神应该是恐惧的。

举起手机拍照的姿势很像拉开弹弓射杀鸟雀的姿势，它们一定是误以为我要图谋不轨。赶紧离开树林吧，我不想成为它们的仇人。

所以，我一直静静地看着窗外的野八哥，甚至不愿泡茶，不愿翻书，不愿说话，不愿走动。花圃是我的，也是它们的。

让我印象深刻的，是一个寻常而宁静的下午。我正在闲看一本关于人类起源与迁徙的书，花圃里陡然降临了一只戴胜鸟。这位稀客，让我产生了巨大的好奇心，特别是它的名字。

据说它还有个很俗的名字，叫"山和尚"。其外形极其独特，头顶着五彩羽冠，小嘴尖长细窄，羽纹错落有致。羽冠张开时，形似一把羽扇；遇惊时则立即收贴于头上；鸣叫时冠羽高高地耸起，旋又伏下，随着叫声，羽冠一起一伏的，颇为滑稽。更有趣的是，此君行走时，头朝前伸，且一边行走，一边不断点着头。戴胜鸟的性情较为驯善，不太怕人，其叫声若鼓，粗壮而低沉。

那么，古人为何给这种鸟儿取个奇怪的"人名"呢？原来"胜"即华胜，是古代妇女插于髻上或缀于额前的一种首饰。《汉书》曰："暠然白首戴胜而穴处兮。"唐代颜师古注："胜，妇人首饰也；汉代谓之华胜。"在我国的国画艺术中，戴胜鸟是重要的意象，常配萱草，以寓母爱。北宋赵佶还留有著名的《戴胜图》。在民间传说中，戴胜又具有机警耿直的禀性和忠贞不渝的习性。唐代贾岛有诗曰："星点花冠道士衣，紫阳宫女化身飞。能传世上春消息，若到蓬山莫放归。"元代僧守仁亦有诗曰："青林暖雨饱桑虫，胜雨离披湿翠红。亦有春思禁不得，舞花枝上诉春风。"

老实说，我喜欢这位不速之客。其斑斓而张扬的羽毛，盛装舞会般的神秘造型，还有颇为滑稽的走姿，让我的情绪膨胀起来，生发出许多支离破碎的联想，而且产生了将其画下来的剧烈冲动。于是，第二天，我在记忆中追捕它的形象，也画了一幅《戴胜图》。

只可惜我未曾听见它的叫声，或许它并未鸣叫。那时，花圃里静谧得像旧日的时光。此君悄悄地走来，又悄悄地离开，不带走一片云彩。

野八哥终于飞走了。除了有些零星的食物，花圃里并无值得它们留恋的东西，它们更喜欢开阔的河流、茂密的树林和大片的野地。

还是在城市的最南端。我几乎每天都会经过那片野地，野草蔓延至路边，从不在乎你的践踏；野花总是开在让你很难亲近它们的地方，能够采得一大把野花，你必须忍受扭了脚、脏了鞋、破了头、伤了脸以及被虫刺刺痛的遭遇，不过这是获得高级情调必须付出的代价。

贪得无厌的城市竟然没有霸占这片荒野，所以这里仍然保留着很多年前的样子，特别是那片杂树林。

城市里的树都是有模有样的，长得很帅气，站姿笔直，表情都很冷峻，你很难接近它们；而那些奇形怪状的杂树因为丑陋而被拒之城外，野地成了它们栖身的家园。

我曾多次探入这片树林。构树的主干上刀痕累累。构树的汁有利水消肿解毒之功效，民间常用其乳汁治水肿癣疾及蛇虫蜂蝎之咬伤。但在城市里，构树基本上已不见踪影，它是杂树，非绿化用树，也不能成材。除了构树，这里还有若干棵泡桐树。此树干高叶阔，花色绚丽，具有极好的遮阳纳阴和净化空气的作用，奇怪的是，在城市里，这种树日渐稀少。还有楮树。此树生命力非常强悍，墙缝或屋顶上也能生长，还可以像灌木一样匍匐在地面生长，有杂草丛生的感觉。《诗经·小雅》曰："乐彼之园，爰有树檀；其下维榖。"宋朱熹注释曰："榖，一名楮，恶木也。"可见古人也不看好它。其实，楮树是长期被埋没的宝树，其实用价值颇高。

特别反感城市里几乎每一棵树都用四根木棍撑住的样子，远看是一棵树，近看是一堆柴火，极其病态，极其丑陋，极其可恶。树木，本就来自自然，那就该种得自然，长得自然，活得自然。

岂止是树，花草也是如此。

城市里的花被摆成几何形状，整齐划一，不像花，是彩色拼图；草也是人工种植，凌冬不凋，不像草，更像塑料地毯。这些花草总给人不太自然的感觉，美而失真，美而寡趣，美而无魂。

野地里的杂花甚多，各美其美，美得可人，美得淳朴，美得自然。牵牛花是野地的宠物，从初春一直开到暮秋。牵牛花还有个俗名，叫"勤娘子"，意思是它是一种很勤劳的花。每当公鸡刚刚啼过头遍，绕篱萦架的牵牛花就已经开出一朵朵喇叭似的花来。晨曦中，人们一边呼吸着清新的空气，一边饱览着点缀于绿叶丛中的牵牛花，别有一番情趣。秦观有诗曰："银汉初移漏欲残，步虚人依玉栏杆。仙衣染得天边碧，乞与人间向晓看。"杨万里有诗曰："素罗笠顶碧罗檐，脱卸蓝裳著茜衫。望见竹篱心独喜，翩然飞上翠琼簪。"

特别喜欢紫色的牵牛花，飘逸、淡然而沉静，澳洲的蓝花楹太浓烈，英国的薰衣草太芬芳，雨巷的紫丁香太凄婉。

苘麻遍地是，花开时挂着淡绿色的小灯笼，灯笼口探出几朵小黄花；曼陀罗喜欢生长在有坡的地方，花为冷白色，像秋晨的残星；蒲公英多得很，此花又叫婆婆丁，多为小黄花，种子像白色的绒球，拿起一束种子，轻轻一吹，粒粒小绒花就像一个个小降落伞。还有益母草，小紫穗花开得很可怜；还有满天星，长得很像野菊花；还有接骨草，身材高大，茎有棱条，缀有鹅黄色的伞状花。所有的野花都在任性地绽放，怎么舒服就怎么绽放。

至于野草，日涉居的花圃里就有不少。阅《本草纲目》，方知这些野草大多可入药，并非都是无用之杂草，比如小蓬草、马兰、龙葵、千金草、白茅草和车前草。

其实，无需到城市南端的野地去，那里毕竟人烟稀少。日涉居的南窗下，同样野趣盎然。要是你有闲暇，又有闲趣，又好闲游，便可造访日涉居。一壶老茶，最合秋意；数枚野花，无需吟诗。

深秋最懂老巷

午后是一天中最闲适的时光。小憩妙不可言，泡壶老茶似乎更有趣味，发黄的旧书和上世纪的音乐最合茶意。

几缕阳光很温顺，在茶桌上安静地躺着。窗下的几株菊花，正在写诗作画。泡茶的日子最奢侈，但我还是切下一块黑茶，放进紫砂壶里，坐等水开，坐等时光重来。

数月前，之维扬，诣故友，寻茶道。泽南兄是我旧日之同窗，其宅颇有禅意。失道者众，得道者寡，泽南兄得道而不言道，其温和敦厚的善相仿佛一本厚重的书，阅之让人陶然。

自不必说庭中花草菲菲，也不必说院内清果累累，单是门内侧一尊玉观音，便让我浮想联翩。阳光透过玻璃轻抚观音，神奇的光芒如远古的思想，浣净了我的心魂。于是，屋里的一切都是那么的静穆而清朗。省却了世俗的寒暄，一股茶香引我们上楼，荸荠色的茶桌，纯正的紫砂壶，精致的紫砂碗，还有无花的草，无果的树，无名的字画，无形的山石。

泽南兄祖籍宜兴。宜兴是个好地方，有山，有水，有竹海，有紫砂，还有泽南。山不高而显灵，水不深而至清，竹有笋而鲜美，紫砂有壶而醇净，泽南有茶而乐道。

泽南兄说道："天下之茶，唯宜兴红茶最得自然之味。浸泡饮用时无需繁多的茶工琐事，不事水源，不需洗茶，不计沸度，而弥香悠然，犹若岸芷汀兰。品宜兴红茶之时，若能深谙紫砂为器的相依之道，那么定可成趣成景，唇齿增香。诸君请用茶。"

我点着头说道："善哉，善哉，此言得之。人言所谓茶道皆繁缛，唯宜兴红茶最懂品茗之人也。"

泽南兄乃笑道："海曙茶客，日涉居者，东方木是也。"众大笑。

泽南兄善言，清谈之时，每有大悟之语，回味笃深。回海陵，我独坐日涉居之南窗，满心喜欢，却似醍醐灌顶。

那天黄昏时分，笑堂兄造访日涉居，说路过海曙园，瞥见日涉居花圃里有花盛开，不觉心动，于是不请自来。我一阵大笑，以为此兄颇有些生活情趣，难能可贵，遂于小区门外宏林卤菜摊购得卤菜若干，又以平川先生馈赠于我的郎君酒延请之。

酒酣之余，笑堂兄笑问道："久不见东方木先生来涵东转转，哪天我再陪你转转？"

"有空自会去转的。不过，"我亦笑道，"最好是下雨天。"

笑堂兄抚掌而笑："好，我家还有破油布伞一把。"

彼此大笑。

其实，我很喜欢涵东一带的老屋，特别喜欢凝视屋脊上的瓦松，细瞻雨巷中的风景。

笑堂兄的旧宅隐于扁豆塘巷，门口有一破痰盂，盂里闲着几株太阳花；又有一株月季贴墙而立，开着寂寞的花。站在他家的大青石台阶上，不用踮脚，便可看见对面屋脊上的丛丛瓦松，大多灰褐色，长得很肥壮。天晴的时候，还会有一只妖媚的猫在屋脊上信步。最让人怀古的还是他家的那排八扇木门，他说是黄花梨的，我以为是真的，其祖父的祖父乃清朝的帝师。其家里旧物甚多，随便掇一只木凳坐下，木凳就是民国初年的老物件，特霸壮，养屁股；再摸下堂屋里油黑的木板墙，墙上还残留着六十多年前的红纸对联，依稀辨得出，乃"提高警惕，保卫祖国"。

笑堂兄曾多次陪我探老巷，访古意。"一春梦雨常飘瓦，尽日灵风不满旗"，青砖黛瓦的美，似乎只有中国人才懂得。黄梅雨落，屋上生烟霞；诗意洇染，檐下听雨声。

不过，在晴朗的季节里，老巷也是别有风味的。

鲜嫩的初春，只要一丛墙头草就能唤醒老巷，草尖撩拨着几缕阳光，拐角处必有早期的闲花亲吻着你的鞋帮。

盛夏的黄昏，西山墙上挂着的丝瓜在晚风中拍打着夕阳，门檐旁的青紫色的扁豆钩住了淡月，爬山虎连缀在坍圮的围墙上，葡萄架下最阴凉，苔藓覆盖着石阶，狗伸出鞋垫状的舌头，巷口的油炸臭干和凉粉催促着奔跑的孩子。

深秋最懂老巷。

麻雀似的树叶在石板上跳跃，破旧的窗棂糊满发黄的报纸，杂乱的电线梳理着老巷的筋脉。是谁沧桑了多情的岁月，是谁沧桑了你的容颜。

至于冬天的午后，并排站在屋外的墙壁前晒太阳也是很温情的一景。双手互插在老棉袄的袖口里，跺着双脚，眯着眼睛，嗑着闲话，阳光也懂事，非得将你照得浑身暖洋洋的才爬上屋脊。

有雪的冬天更有味。贺铸的一句"冬雪断门巷"最有趣意，于是铲雪，于是堆雪人，于是滚雪球，于是打雪仗，巷战最惊魂，而残雪映瓦檐最得意境。不如窝在雪屋里吧。记得朱自清曾在一篇散文里说过，下雪天，最想吃的，便是将水烧滚了，清白嫩滑的豆腐切成小方块，置于青花瓷小碟中，用筷子轻轻地夹起豆腐块，往沸水里涮一会儿，捞起，蘸点儿酱油，便是人间至味了。若是再温一壶酒的话，便忘了岁月。

最有感觉的是堵在巷口的二层小木楼，有阳台朝南，凭栏而望，世俗之景尽收眼底。

印象最深的是巷中的老井。关于老井的故事实在太多，再多叙述便觉赘余。笑堂兄旧宅的北侧也有一口老井，石人头巷里也有一口老井，至于歌舞巷里的那口最著名的八角琉璃井据说已经被毁。不过，我还是喜欢暮春街上的那口老井。

于是，记忆又回到了暮春街。

夏日的午后，是吃西瓜的快乐时光。饭前，已将西瓜放在吊桶里，浸泡于井中。饭后，大人们都要午睡一会儿，小孩子不午睡，在大门堂里一边玩耍，一边看守着井里的西瓜。待大人一声吆喝，孩子们忙跑回家，端正而焦急地围坐在桌旁，等着大人切西瓜。

将浸得透凉的西瓜从井里捞上来，拭去瓜皮上沾着的水，稳稳当当地放在桌子上。切瓜的菜刀要亮，要净，还要快（锋利）。大人一手握住菜刀，一手按住西瓜，深吸一口气后，对准西瓜侧面的中段部分，将刀刃轻点在瓜皮上，然后用力一切，旋又拽住力，瓜皮遂发出清脆而流畅的剖析声。沿着细长的刀口，再将菜刀顺势往下推压，西瓜遂应声裂开，成为均匀的两半。孩子们跃起身子，睁大了眼睛，俯视之，红瓤黑子，于是拍手而呼。

从前的日子过得很慢。实在无聊的时候，我们会爬在井口往下看，看井里的自己和同伴，一起做鬼脸，一起朝井里喊，回声像炮弹。

老井幽邃而沉静，黑湫湫的洞底幻着清幽的冷光。大人们不允许我们在井边玩，因为井水很深。

小孩子最喜欢帮家里打井水。吊桶有木桶的，有铅桶的，还有球胆的。双手抓紧绳子，将吊桶快速往下放，等挨到水时，猛地一个回荡，便装满了一桶水，然后再用力往上拉。有时水盛得太满，一桶上来时，不少水就跳出水桶，偶尔会激动地泼溅到自己或别人的身上。

最耐看的是，冬梅或兰儿或别的小姑娘卷起裤腿，赤着双脚，站在椭圆形的木澡盆里，用双脚踩着床单或被单。阿桂、"狗子"和"田鸡"躲在老井的一边，笑得像螳螂。我没有笑，只是觉得冬梅的脚好小好白。

井水冬暖夏凉，还带着一丝甘甜。在炎热的夏季，有时玩得口干舌燥的，就飞奔到家，拿起放在水缸盖上的水瓢，揭开缸盖，舀水就大口地喝，那个凉啊，直接透到心底。

老井只爱活在老巷里，深秋的时光都被打发在老井旁。凤城的老巷离不开老井，这是凤城里最滋润的地方。

静穆是最原始的力量

思绪又被拉回日涉居。

斑鸠也是日涉居花圃里的常客。庄先生在《逍遥游》中提到过斑鸠，不过他叫它"学鸠"。学鸠说："我决起而飞，抢榆枋而止，时则不至而控于地而已矣，奚以之九万里而南为？"意思是说，"我从地面急速起飞，突过榆树和檀树的树枝，有时飞不到树上去，就落在地上，为什么要高飞九万里去南海呢？"学鸠不像鲲鹏那样有青云之志，活在灌木丛中自由自在的，倒也是一种很实在、很恋家的生活姿势。

至于日涉居花圃里的那些虫们，极有可能活得跟学鸠一样，况且这些虫们很接地气，过得低调、真实而坦然。

尽管我并未看见秋虫，但我知道它们一定隐在花草丛中。所以我不得不提及这些花草，它们照顾着秋虫，嫩绿的叶子、细长的茎梗和掉落的果实也会成为虫们的食物。

烈日炎炎的时候，虫们躲在花草下乘凉；大雨滂沱的时候，虫们藏在花草下躲雨；冰天雪地的时候，虫们蛰伏在草根底下抱团。

花圃里除了自然生长的野花野草外，也有我手植的植物，比如牡丹、芍药、茶花、月季、蜡梅、海棠、菊花、栀子花和蓝鸢花，另外还有橘子树一株，桂花树和枇杷树各三株，还有竹子一丛。那么，诗情画意都有了，以为天下之美尽在乎此，而我的思想也日渐丰富起来。

蓝鸢花是种得最多的。此花又叫蓝蝴蝶、紫蝴蝶、蝴蝶花，不过它还有个俗名，叫"蛤蟆七"。尽管蓝鸢花原产于中国，但古诗词中提及它的极少，印象中似乎只有宋代朱翌的《夜梦与罗子和论药名诗》中提到过两句："天门冬夏鸢尾翔，香芸台阁龙骨蜕。"另，《本草别录》中记载："鸢尾，生九嶷山谷，五月采，可提取香料。"

也许，中国人对蓝色或紫色的理解一直颇为隐晦，而在西方，鸢尾花是自由、希望和光明的象征，甚至成为法兰西的国花。

鸢尾花的叶子宽大、肥厚、干净而碧绿。深秋之时，叶尖开始染黄，是那种特别明亮的金黄，与下端的青绿形成非凡的对比。青黄相吻的叶子能够维持很久，一直到深冬时节，才完全枯萎。枯萎的叶子蜷缩着，薄如蝉翼。其根茎粗壮，蒴果白嫩如脂，形似剥去壳的煮鸡蛋。掰下一片侧株移栽，待初春之时，便会抽出新芽且丛生出若干片洒脱的长叶来。

很多昆虫喜欢栖息或漫步在鸢尾花宽厚的叶子上，稳当而舒坦。最应景的是红底黑点的瓢虫悄然降落在碧绿的叶子上，像一粒彩色的纽扣系在碧玉般丝滑的锦衣上，这是一幅极为明丽而静美的画面。

我曾长久地欣赏过这样的画面。世间的一切暂时停了下来。生命以一种静穆的姿态呈现，静穆成为最原始的力量，驱逐所有的喧嚣和骚动，让人在凝固而近乎窒息的空气中找到丢失已久的灵魂。

蚱蜢和螳螂也喜欢在鸢尾花的叶子上作沉思状，它们都具备极好的隐身性能，身体的颜色几乎跟鸢尾花的叶色一模一样。有时，蚱蜢与螳螂还会不期而遇或者狭路相逢，但它们都表现出极大的忍耐，谁也不会主动挑衅。当一阵风起或者有一片叶子陡然飘落的时候，它们会各自后退或跳跃到另一片叶子上去。

我们很难见到昆虫打架的场面，但并不等于说它们的世界一直太平无事，它们也会因争夺地盘而产生摩擦甚至引发战争。不过相比较而言，同类昆虫之间的矛盾和争斗会更多一些，而求偶常常是引发恶性事件的导火索。

除了鸢尾花，我对栀子花也颇有好感。每年的五六月份，是春花开得最烂漫的时节，栀子花因其特有的瓷白和浓郁的芳香独领风骚。

唐代刘禹锡《和令狐相公咏栀子花》一诗曰："蜀国花已尽，越桃今已开。色疑琼树倚，香似玉京来。且赏同心处，那忧别叶催。佳人如拟咏，何必待寒梅。""越桃"即栀子花，其轻盈舒展的皱白花瓣，散发着沁脾的清香，像是初夏清晨乍然而至的邻家女孩，巧笑倩兮，美目盼兮；又像是夏日裙裾的精美刺绣，恬静古雅，清淡高洁。

又有南朝梁代萧纲《咏栀子花》诗曰："素华偏可喜，的的半临池。疑为霜裹叶，复类雪封枝。日斜光隐见，风还影合离。"夕照光影，风去风还，栀子花如雪若霜，错落有致，亦动亦静，临池恣意倾吐清香，诗情遽然而来，画意陡然成趣。

花圃里有两棵栀子花，均为我手植。每到含苞之时，几乎每天，我都要去观察花蕾是如何绽放的。颇感意外的是，含苞之时，其缕缕清香已经透过花萼悄然袭来，仿佛与一位心仪已久的女子，在青山绿水之间，不期而遇。

花萼是花蕾最外一轮的叶状物，通常为绿色，紧紧地包在花蕾外面，起保护花蕾的作用。花萼由若干萼片组成，在多数植物中，花萼最终会随着花冠一起枯萎并脱落。栀子花的花萼细长，很像淡绿色的花瓣。待花蕾渐饱渐凸，花萼也逐渐向四周散开，以腾出足够的空间让花瓣显露芳容。

我曾细瞻过它的花瓣，白得纯粹而彻底，纯而不杂，明而不昭，亮而不耀，隐隐地显出细细的银色的脉纹，在阳光下洋溢着白瓷般迷人的光泽。

我曾搓摸过它的花瓣。丰盈的花瓣厚而不沉，肥而不腻，凉而不冷，滑而不黏，有如温玉。

我曾撷取花朵数盏，分别置于茶桌上，床头柜上，书桌上，博古架上，甚至盥洗间的洗脸池上。其浓郁的芳香能保持半月之久，即便花朵已经干枯，但仍能嗅到它的芳香，依然浓郁。更让我惊奇的是，取走花朵后，那些曾经爱恋过它的地方仍留有余香，经久不散。栀子花从冬季便开始孕育花苞，直到近夏至才会绽放。孕育愈漫长，清芬愈久远。

栀子花的芳香让我记起从前的时光，纷繁的思绪又一次回到暮春街。

印象中，那个时代很难闻到花香，甚至连家养的花草都难以见到。当然，讲究的人家也会买一盆塑料花，五颜六色的，放在五斗橱上或依墙而摆的饭桌上。

我家与邻居共用一个天井。天井的一角用砖头围个小菜地，种些葱蒜，挨着墙脚还种着丝瓜和扁豆，邻居家则种着西红柿和黄瓜。好了，夏秋时节，天井里充满了绿意且硕果累累。

丝瓜、黄瓜、西红柿开的花都是黄色的，而我喜欢扁豆开的花。扁豆花有红白两种，豆荚则有浅绿、粉红或紫红等颜色。扁豆花造型别致，花小而艳，或紫或红，或粉或白，芊芊莽莽，若以青砖灰瓦相映衬，则不逊于"万树桃花映小楼"。摘下一朵嗅之，似有微香缓缓渗出。关于扁豆花，清代黄树谷《咏扁豆羹》中有"短墙堪种豆，枯树惜沿藤。带雨繁花重，垂条翠荚增"的诗句。

家养的花草几乎看不到，但暮春街上的野花还是有的。码头南侧的那片杂树林里，春夏或秋季也常常冒出些野花来，星星点点的，忽隐忽现，像是在跟你捉迷藏。有鼠曲草，开着不起眼的小黄花；有酢浆草，其花有红也有黄；有通泉草，其花紫白相间，甚是婉约，像柔弱的春梦；有黄鹌菜，开着细碎的小黄花；有苦苣菜，花为鲜黄色，非常醒目；还有泥胡菜，花型奇特，像头上戴着一顶紫色的绒帽；还有马兰菊，黄蕊白瓣，淡雅清新，初秋的时候，女孩子喜欢采下一大把，编成漂亮的花环戴在头上。

落叶是世间最安静的死亡

去年冬天下过一场大雪。那天清晨,我被雪花飞舞的声音唤醒。拉开窗帘,发现窗外已是一片银白的世界,花圃被一层厚雪覆盖,窗户的玻璃上也淤积了一层薄薄的冰雪。

霜是雪的使者。蒹葭苍苍、白露为霜的时候,我们就知道,雪已经在离我们不远的地方开始彩排了。它会在冬天的某一时刻悄然而至,让世间的一切措手不及,但几乎每个人都会产生强烈的反应,驻足观雪成为人们刹那间一致的姿势。待黄昏来临的时候,菜场上会突然热闹起来,将沾着雪花的菜买回去,才算尝到了冬天的味道。

每到冬天,南方人便不由自主地盼望着下雪,就像盼望着身在异乡的亲朋早点回家。而没有雪的冬天是肤浅的、平淡的,甚至是枯燥无趣的。有雪的冬天才是真正的冬天,温暖也因为雪的到来显得弥足珍贵。一切被雪所拥抱,世俗的人们产生了许多与雪有关的联想。掬雪煮茶,踏雪寻梅,风雪夜归,独钓寒江,千山暮雪,成为最有意境的画面。因为有雪,这个冬天才鲜活起来,跃动起来,丰富起来。

我曾在积雪初融的那个午后,流连于城北涵东的老巷子。仍然是笑堂兄陪着我欣赏巷中的残雪。

老巷静穆如禅。瓦檐顶着点点白雪,融化了的雪水顺着青黛色的瓦当滴在地上,地上形成很多清浅的小窝;屋脊黑白相间,麻雀在雪中跳跃而行;老巷的垣墙处,植着一株茶花,红色的花瓣落在白雪上格外明艳;墙脚的杂草并未完全枯死,犹有几片冷绿的叶子破雪而出;数枝老梅扶墙而望,清癯的虬枝上缀满透明的鹅黄,又沾着些许白雪,缕缕暗香随风而飘。踩在积雪上,吱吱的声音颇为轻盈,又有几分柔滑,像黄鹂掠过茵茵的草坪,又像归人拨开香阁的珠帘。

雪是上帝送给孩子们最好的礼物，也是每个人童年时最深刻的印记。于是，我的思绪再一次回到暮春街。

小时候的下雪天，上帝一般会安排在放寒假之后。我们喜欢在雪中奔跑，嬉戏，打斗，待头发上、衣服上沾满雪花，再跑到大门堂口，双手胡乱地掸着头上和衣服上的积雪，或者将头发上、衣服上的雪花抖落在冬梅、兰儿等几个女孩子身上。

雪花喜欢跟孩子们玩，从此雪花不再孤独和寂寞。我们也会一起趴在窗前，看雪花沾在玻璃上，六角形的雪花玲珑剔透，像星星，像眼睛，像玻璃球。我们还会对着窗子猛吹几口气，玻璃上遂蒙上一层水雾，我们用手指在上面写骂人的话或画上丑陋的图案，但我们更喜欢玩挂在屋檐下的冻冻钉。

不过，实在太冷的时候，我只好待在家里。但我已经很多次从那本书里翻出冬梅送给我的那两片椭圆形的树叶。树叶平整如镜，薄若蝶翼，其叶面呈暗红色，若余晖脉脉，似彩霞满天；褐黄色的叶柄就像一根长辫子拖在身后，条条叶脉错落有序地分散到叶子的四周。

树叶是树的衣裳。朔风漫卷之时，飘落的树叶又成为大地的衣裳。

怀揣诗情的人，总会在深秋或初冬的某个时刻，抒写关于落叶的寓言。

我以为，飘落之时才是树叶一生中怒放的日子，这是世间最安静的死亡。当我们一不小心踩痛它们的时候，我们会听见来自最卑微的底层发出的撕裂的呻吟，但是我们觉得柔软而轻盈。枯黄的叶子，麻雀一般地贴地而飞，带走了我们意念中的那些奇幻的景象。那是枯叶的灵魂之舞，你的鬓髭，你的风衣，你的裙裾，你的睫毛，还有你的情思，也随之蹁跹而动。余晖或残霞，将最后的悲壮赐予枯叶，我们驻足而观并报之以无限的敬畏，因为枯叶将岁月演绎得那么的生动而逼真。

曾经在这座城市最老的公园里，遇见过那些深刻的枯叶。在锅巴山的北麓，密林深处有些天然形成的凹坑，里面埋葬着许多枯叶，若干年前的枯叶和刚刚跳进去的枯叶。最底层的枯叶早已化作黢黑的沃土，最上面的一层枯叶仍然保持着死亡时优雅的姿势。仰望天空，深绿的树叶，翠绿的树叶，嫩绿的树叶，鹅黄的叶芽，还有血脉偾张的红叶以及灿若文锦的黄叶，将蓝天衬得妖娆。

拾级而上，踩着厚重的石阶，参天古树在我身旁依次而伫。枯叶不时地落在石阶上，偶尔也会落在我的头上、身上和鞋面上。各种鸟并未因为落叶的簌簌声而惊悚，反而很享受这种枯燥而单调的声音。有时，鸟还会衔起一片枯叶，奋然飞往树的高处，也许枯叶上还有虫子，也许枯叶可以配合着树枝作为筑巢的材料。

叶落空山是最有意境的画面，那是暮秋之时，羁旅之人捎给故乡的信简。树叶如舟似帆，总是与归思有关。

"秋风起兮白云飞，草木黄落兮雁南归。"归思是每一个游子最朴素的怀想，最深沉的情感，也是最本质的人生诉求。

孤坐于茶桌前，半壶老茶将凡尘洗得干干净净，花圃里的一切也清朗起来。但秋冬时节的白昼总是显得气血不足，还未焐热夕阳，黄昏已经匆匆而至。

在最后的那一刻，白昼奋力扯下天边瑰丽的云彩，将残花、衰草和落叶染得油亮，这是极为静穆而庄严的告别仪式。

不过，我还是在夜幕降临之前，看到那朵酡红色的月季花在晚风中摇曳的情景。那是一朵尚未盛开的月季花，外层的花瓣已经褪色、起皱或枯萎，里层重重叠叠的花瓣被粘在一起而无法施展，突如其来的严寒和霜雨阻止了它完美绽放。

我见过很多这样的花朵，不过这种怜怜的凄美常常被人所疏忽，因为我们似乎更青睐于世间的尽善尽美、十全十美，这符合中国人传统的审美情趣和价值取向。

所以，我想起梁山伯与祝英台，死后仍能化作彩蝶，双双曼舞于花前月下；我想起焦仲卿与刘兰芝，一个举身赴清池，一个自挂东南枝，死后则变为比翼鸟和连理枝；我想起申纯与娇娘，二人死后化为鸳鸯，嬉戏于坟冢前；我想起唐玄宗与杨玉环，唐玄宗回到长安后，日夜思念杨玉环，闻铃肠断，见月伤心，对着杨玉环的雕像痛哭流涕，遂派方士去寻找传说中的蓬莱仙山，终于感动了天仙娘娘，使得二人在月宫中终获团圆。

但我更欣赏那些残缺的美，有缺陷的美，不完整的美，令人惋惜的美；甚至飘逝的美，曾经的美，虚幻的美，朦胧的美，梦中的美。

我曾经多次驻足于天德湖的荷塘边，特别是花败叶残之时。

我对残荷始终怀抱敬畏之心，以为它在春天里蓬勃而生，在夏天里灿烂而活，在秋天里坦然而枯，在冬天里静穆而藏，是对生命意义的最优雅、最从容、最深刻的诠释。在它最灿烂的时候，观赏者络绎不绝；在它芳华褪尽之后，却无人问津。对于成功者，我们固然应该表达赞美之情；对于失败者，我们更应该胸怀包容之心。即便是残荷，依然蓬中结实，亭亭净植，风骨犹存，美得纯粹，美得精致，美得透彻，美得傲岸。

鲁迅有言："所谓悲剧就是把人类有价值的东西撕毁给人看。"而西方美学则认为，悲剧美是崇高美，是美的最高境界。世界名著基本上都是以彻底的悲剧收场的，唯一有点例外的就是《巴黎圣母院》。这部小说是以敲钟人加西莫多和牧羊女艾丝美拉达化为一对骷髅相拥于地穴中收场的，但仍然是以死亡方式呈现的，骷髅并未复活。正如一朵残花或者一叶败荷，以最真实、最坦荡的方式谢幕，却让人肃然起敬。这是最能刺中心灵的悲壮，我们感慨万千，我们的灵魂变得崇高起来。

我又想起断臂的维纳斯。俊秀的容颜，丰腴的前胸，曲线的腹部，浑柔的脊背，无处不渗透着匀称的魅力。那失去了的双臂似乎传递着一种难以言状的神秘元素，从而出人意料地获得了十分抽象的艺术特质，欣赏者无不展开丰富的联想，憧憬着可能存在的无数双秀美的玉臂。

所以，在我的眼里，这朵残败的月季花成为一种意象，情绪在不安中蠢蠢欲动，思维宛若抛出的一把爆米花。

凤城河的西岸，望海楼的东侧，至今仍残留着一堵古城墙，高约二丈，墙砖肥硕而敦厚，墙壁上爬满古老的藤蔓。站在颓墙断壁下，你会觉得特别的幽静、空旷而孤寂，闭眼静心，你甚至能倾听到历史的回声。正是这堵残缺的古城墙，见证着这座城市的历史，墙壁上犹有弹孔或箭穴，墙头犹有瞭望塔和烽火台，曾经的刀光剑影和攻城略地，都在脑海里闪现。

尤为壮观的是，站在古城墙上，你可以面朝浩渺的凤城河，粼粼的水面上不时地掠过白鹭，蚬鸭拨着碧波从容而游，水岸的芦荻随风而曳，对岸的桃园芳草萋萋，杨柳如烟，亭台楼阁点缀其间，又有游船画舫穿迎春桥而过。

曾经多次徜徉于城北的古稻河，只可惜古老的五巷已经基本被拆，取而代之的是新建的规模庞大的仿古建筑群，这让我多年来对稻河一带的好感灰飞烟灭，唯有脉脉的稻河曲折而北，似乎还能折射出往昔的桨声灯影。

而老巷也常常被人遗忘。城市的欲望越来越膨胀，街头永远嚣张。拐进老巷，那份幽静才值得你心驰神往。蔚蓝的天空被剪得又细又长；杂草爬至墙头上，即便是闲花，也会冷静地绽放；青石板在最热的时候送给你几许阴凉，脚步声清脆空灵，仿佛旧日的时光；门檐上的青砖雕刻着吉祥，还有文字古雅的瓦当；喧哗、焦躁和不安被悄然收藏。那只猫站在某个角度，注视着陌生人和夕阳，等待着昨天的月亮。于是，世界安然无恙。

但置身于古稻河，如今的这些拙劣的复制品让我心灰意冷且无所适从。于是，我又记起曾经活着的乌巷，残破的思绪也一同前往。

乌巷宽不足一丈，长不及百米，没有所谓的大户豪门，属于典型的寻常巷陌，而且破旧不堪，无甚风景可观，唯老井一口，茶屋一座，老槐树两棵，豆腐脑儿摊一个，糙饭摊一个。巷子东侧倒是有古庵一座，老尼已去，瓦松寂寞，鸟啄屋檐。

但乌巷深得凤城之旧味，飘散着朴实而清淡的市井氤氲。

古井不知其名，但颇为精致。琥珀色的圆鼓形井栏，四周饰以云锦、仙鹤、花卉等图案，井内口被井绳磨出一道道槽痕，井水清澈生光。

茶屋恋井而栖，两间小瓦屋，门外有素花闲草隐于墙脚，爬山虎贴墙而上，拽住屋脊，屋内陈设亦清雅无杂。最得意境的是，午后，井边人声喧闹，取水者及洗漂者络绎不绝，孤坐茶屋，悠然而见井边忙碌之景，动与静，明与暗，忙与闲，俗与雅，仅一窗之隔也。

乌巷之中段，两棵老槐树依墙而立。老槐年岁久矣，树干弯曲若弓，似让行人。其虬枝若臂，将老巷拦腰而抱。

最应景的当属卖豆腐脑的摊儿。摊主是一对头发花白的老夫妇。从1982年开始，每天清晨六点前，这个早点摊就在巷子的一角摆好了。食客留恋老口味，豆浆是用大铁锅熬的，烧的是柴火。豆腐脑白嫩滑爽、饱满厚实，喝进嘴里满口生香。其调料配方中有酱油、麻油、榨菜、虾皮、辣油、辣椒、药芹、胡椒等十多种。酱油是熬过的，熬时要加花椒、八角等七八种调味料；辣油是自制的，还添加了黑芝麻屑，既衬了香气又添了营养。携着晨曦，远近食客寻香而至。

还有糍饭摊，在乌巷的北首。华军君曾对我说过，他常常舍近求远地去乌巷买一团糍饭，以慰口馋。我以为这是真的。

只可惜乌巷也已荡然无存，城市的胎记日渐模糊。但乌巷之旧味，犹铭于心，这让我又一次想起魂牵梦绕的暮春街。

从前的时光都与吃有关

阿桂特别贪吃，就是不长肉，瘦得三根筋吊住个头，因为没得吃。这厮老是喊肚子饿，喊得我们也觉得肚子饿了。于是，我们每天想得最多的，就是吃。

升仙桥口有好几家小吃店，桥东有一家大炉烧饼店。炕烧饼的师傅总是打个赤膊，大冬天也是如此；右手臂总是通红的，因为手臂要探进半人深的大烤炉子里，将烧饼一只一只地贴在滚烫的炉壁上。

有时，我们没钱买烧饼，也会躲进店里，一边看师傅贴烧饼，一边烤火取暖。偶尔，师傅也会善心大发，掰半块烧饼给我们解馋。我们也会因为半块烧饼而大打出手，不过，打到身上暖和了，也就不打了，你一块我一口地，将烧饼连同芝麻屑子吃个精光。

除了烧饼店，暮春街南端的虹桥口也有一家食品店，金刚脐是我们的最爱，而小馓子则是冬梅她们的最爱。我们一直以为，馓子是女人吃的东西，所以不吃。冬梅她们也不喜欢吃金刚脐，说硬得像石头，干巴巴的，食之不得下咽。

最吸引我们的还是升仙桥口的那家烧腊店，摊主是我见过的唯一的胖子。猪头肉油冒冒的，称好切片的猪头肉都用牛皮纸（也叫油纸或麦草纸）包住，那肥腻腻的油将牛皮纸浸染得透光发亮，馋死人的烧腊香能狂奔至老远的南门高桥。

我还有个叫"麻小"的发小，他的爹爹是拉板车的。晚上收工后，他的爹爹常常来此买一两猪头肉，再买一小把花生米，胳肢窝里夹着一瓶本地产的"瓜干酒"（俗称"烘头大曲"），笑眯眯地去雅堂浴室烫把澡。烫过脚丫、洗过澡后，便走到更衣大厅，斜躺在大统椅上，取一条说不清颜色的大浴巾往身上一盖，将裹在衣服里的酒食翻出来，自顾吃起酒来。从浴池里刚刚出来的小拿宝，脸上红扑扑的，都盯着他看，口水滴滴的。他就一人给一颗花生米，猪头肉舍不得给孩子们吃，因为他也只有几小块。

最有意思的是，每年的腊月二十四，小年夜，我们会跟着大人，跑到杨三家的磨坊里，看驴子拉磨或者脚踩石臼，帮着家里舂糯米粉。

拉磨的驴子戴着皮眼罩，一圈又一圈地碾着米粉。我们不怕这头驴子，有时还会拍拍它的背脊，它也不生气，只是拉磨，偶尔还会打个喷嚏，惹得我们哈哈大笑。"大头"和"田鸡"胆小，怕被驴踢到，遂站在离驴子老远的地方。

舂糯米粉的工具叫石臼，由碓窝、碓杵架和扶手组成。碓窝是在一块方形的大青石中间由石匠凿出的一个饭锅大小的圆窝；碓杵架一头连着与碓窝配套的碓杵，一头支在一块石墩上；碓杵固定在杠杆顶头与杠杆成垂直状，由一坨长形青石所制，形状要比碓窝小一圈；扶手则是横在石墩前的一根木杠或竹杠，两头插在两侧墙壁小洞口。舂米时，将淘洗晾干的糯米分次倒进碓窝，人到另一头用脚踩踏碓杵架的杠杆，碓杵那头便高高昂起，脚松开后，碓杵遂稳准狠地砸向碓窝里的糯米，反复踩踏二十分钟左右，最后糯米全部碾压成齑粉。

"麻小"有股子夯劲，抓住扶手就不放，踩得满脸通红还不罢休，但小孩子终是力量不足，碓杵像老人磕头似的，砸力不够。杨三老鹰抓小鸡般将他拎起，放在一边。我们又哈哈大笑起来。

我们特别喜欢吃黏食，比如汤圆、油糍、糯米饭。最爱吃不包馅儿也不蘸白糖的光圆子，咬起来很有弹性，牙齿深陷其中而能自拔，熟透的汤圆紧贴住你的牙齿，你甚至可以用舌头将汤圆挤刷成薄片，从而产生细滑柔润的触感。糯米香质朴而真实，亲切而鲜嫩，就像你的童年。其实，圆子汤最好喝，清清白白，似雾若纱，清香宜人的糯米汤舔过你的舌头，滑进喉咙里，既暖胃，又养颜。

我们同样喜欢不包馅儿的油糍，圆圆的，扁扁的，以文火慢煎，待表皮煎得金黄，便可装盆。用筷尖戳破一小块表皮，便看到雪白如脂、柔软若棉的内质，一缕糯米香迫不及待地钻进鼻孔，咬上一口，酥软细腻，唇齿留芳。至于煮熟的糯米饭，白白胖胖的，晶莹剔透，无需添加白糖，味道自会丰满起来。

春节是孩子们的节日。腊月二十四之后，我们就望眼欲穿地盼着除夕夜的到来。有首儿歌这样唱道："跟得（今天）扒（盼），蒙得（明天）扒，一扒扒到个三十野（夜），船偷儿（蚕豆）花生尽恩（我）抓，妈妈又不说，爸爸又不骂，把恩吃得笑哈哈。"

花生和蚕豆是孩子们过年的标配，都是自家炒的。炒熟后，一般藏在瓷坛子或铁皮罐子里，将口封好，除夕夜才能打开。

阿桂吃花生或蚕豆，总是抓一把直接灌进嘴里，穷凶极恶地乱嚼一通后，连壳一起吞下。"狗子"最意怪（恶心），总是鼻涕拉瓜的，花生米总是沾着鼻涕吞进嘴里，咸咸的，味道好极了。冬梅家比较富裕，吃的东西很多，我们都盼着跟她在一起玩。她家除了花生和蚕豆，还有瓜子、花生糖、芝麻糖、大年糕、大京果和大白兔。更羡煞人的是，姐妹仁都做了新衣裳和新鞋子，而我们几个几乎都是穿的哥哥或姐姐的。我有两个哥哥，新老大，旧老二，缝缝补补把老三。"麻小"有两个姐姐，他只好穿姐姐的旧衣裳，老是被我们笑，因为衣裳上多少有些彩色的花纹或图案。至于"大头"和"田鸡"，他们也都有哥哥，也没得新衣裳，但"大头"有个新的毛线颈项圈，这就比较的拽了。

临近春节，烀包子是少不了的。这是一年里最忙碌、最有喜感的事。买菜、做馅、和面、劈柴、生火、上笼等自不必说，从天亮一直忙到天黑，但家里所有的人都忙得开心。小孩子就更不用说了，屁颠儿屁颠儿的，帮了好多倒忙，大人也不怪；烀好的包子都会并排放在凉匾里，凡造型歪瓜裂枣的，都是孩子包的，大人也不骂；咬包子咬得馅儿特特（掉掉）的，大人也不打。第一笼包子往往都被孩子们吃掉，肚子吃得圆滚滚的。

烀包子的这一天，一家老小忙得筋疲力尽的，所以睡得早，也睡得实。我连梦都没有来得及做，倒床就睡；一觉醒来，太阳已经照到屁股上了。

看书是修补灵魂最好的选择

夜幕降临之时，除了人类，万物都知趣地安静下来。坐于南窗下，当残阳绚烂不再的时候，黄昏已经将花圃哄入梦乡。

天刚黑，老友携酒而至，以畅叙幽情。时值初冬，不见白雪窥窗，但有火锅热浪汹涌，也算对得住冬夜了。

忽然想起凤城的"情人街"。在灯光幽暗的从前，这里的月光特别有灵性，从树叶的空隙中漏下来，戏弄着他和她的身影。缤纷的情话被黑夜过滤得单纯而轻柔，手勾着手的细节，只有明月可以细腻地描绘。只可惜，如今的凤城几乎已经找不到一方幽暗，静谧也随之消亡。白昼不懂夜的黑，各种浮华的亮色将黑夜装扮成大花脸，人的心绪随之错乱起来。于是，人们纷纷出逃，沉醉于灯红酒绿，游荡于喧嚣的街头，即便囿于其家，也是来回踱步，无法让自己的内心安静下来。

我曾多次独坐于黑夜，家里的灯故意不开，但透过窗户，我仍然能够看到很多的灯光，高高低低的，支离破碎的，忽明忽暗的，不像瞌睡人的眼，更像城市的欲念。

蜗居一隅，有清灯一盏，手捧旧书一卷，方得悠闲。窗外的世界早已沉睡，这才是最好的时光。黑夜酝酿着我的思想，就像黎明的曙光，终究要刺破最黑的帷幕。

我曾经在某个夜晚，走过钟楼巷。造型古雅的花式咖啡正在与黑夜调情，多情的巷灯偷窥着晚归的女子，犯困的音乐像流浪人疲惫地等待戈多，奇异的香味不知从何处来又不知往何处去，月亮成为一个抽象的符号画在天上。

我曾经在另一个夜晚，走过阮家巷。巷中一片漆黑，唯有一盏昏暗的巷灯孤独地绽放。月色并不撩人，如水一般，静静地泻在瓦檐和屋脊上。我以为这是一道难得而又绝妙的风景，褪去一切鲜亮的色彩，驱逐一切骚动的声音，只留下黑色、灰色和白色，从而构成一幅极其清冷的画面。翘起的屋脊驮着月亮，清白的墙壁没有任何暗示，黝黑的木门锁住历史，巷灯在我的前方沉默不言，我的灵魂得到最纯净的洗礼。

因此，我喜欢在黑夜思考一切，思考关于黑夜的一切。

在一个深秋的黄昏，我来到乡村，吃过一场包厨宴之后，乡村已经被黑夜所笼罩，但天边似乎还泛出一抹微光，那里是我熟悉的城市。

天空跟田野一样的空旷，月亮就在我的头顶上，触手可及。乡村的土路长得很相像，跟儿时的梦一样，柔软而绵长。偶尔从不明的方向传来几声狗吠，它或许知道，我是个陌生人，这里不是我的故乡。躺在亲戚家的床上，静谧让我无法入眠，但我并不觉得痛苦，我在静谧中放牧我的思想。

月亮是古代文人最钟情的意象，无数首古诗词以月亮为意象释怀抒情。在古代文人的笔下，月亮代表爱情、乡愁和心灵。但今天的人们似乎不太关注月亮了，甚至不愿意仰望天空，因为人世间的诱惑实在太多。再说，月亮只是一颗卫星，上面没有桂树，没有月兔，更没有吴刚和嫦娥。所以，人们一旦知道了月亮的真相，也就丧失了丰富的联想和多情的诗意。人们追逐一切可吃、可摸、可玩、可贪的物质，欲念如同蛀虫一般吞噬着人们的灵魂。

我喜欢月亮的孤傲、静穆和清白，我曾多次独立于旷野或者幽巷或者高阁，仰望天空的月亮。

战国时期，月亮是庄子心中的道德象征，那种超然物外的意境，正是庄子清逸精神的冷峻表达。"朝暾夕月，一花一世界；落崖惊风，一叶一菩提。"庄子就像"一棵孤独地在深夜看守心灵月亮的树"，看守着这样的精神世界，甘愿享受孤独和寂寞。

繁华落尽，梦入禅声。明月无语，照尽世间多少悲欢离合；莲花有情，普度情海无数痴男怨女。尘缘未了，净土依然沉浸；禅音已逝，世界终归无常。

与失宠的月亮一样，很多自然之大观也被人们忽视甚至遗忘，比如旭日。

更多的现代人习惯于晚睡晚起，晚睡并非是对月亮的依依不舍，晚起却活生生地错过了很多清朗、飘逸而辉熠的瞬间。城市高楼林立，挡住了我们的视线；汽车驰骋于大道，模糊了我们的目光；身心的慵懒，又阻止了我们向东而趋的脚步。

《诗经·邶风》曰："雝雝鸣雁，旭日始旦。"初升的太阳照耀着大地，掠过城市的棱角、杂草的叶尖和你的脸颊，你却视而不见，甚至背向而前，雄浑和磅礴只得舍你而去。

我曾经站在周山河大桥上，以庄严的姿态，迎接旭日东升；曾经站在泰山之巅，以肃穆的姿势，静等旭日东升；曾经站在望海楼的古城墙上，以慷慨的姿势，观瞻旭日东升。一轮红日勇敢地冲破云霞，飞跃而出，顷刻间，霞光万斛，千里熔金。这是一天中最壮观、最绚烂、最蓬勃的时刻。我的心胸变得无比的开阔和激越，仿佛古老的神灵赐我以无限的温暖和无穷的力量。

除了旭日，还有江河。

那天，平川先生去镇江游览了金山和焦山。我说，去镇江就该登上北固山，山顶有一亭，名曰"北固亭"，是看长江的最佳位置。

遥想当年，辛弃疾站在北固亭上怀古思今，发出这样的慨叹："千古江山，英雄无觅孙仲谋处。""何处望神州？满眼风光北固楼。千古兴亡多少事？悠悠！不尽长江滚滚流。"王湾有"潮平两岸阔，风正一帆悬"的绝句好词；蔡肇有"当日英雄无复见，此时箫鼓有谁闻"的千古追问；而宋之问又有"望越心初切，思秦鬓已斑。空怜上林雁，朝夕待春还"的诗句，其复杂的心绪中又平添了几许悲怆。

智者乐水。水含有一种柔软的智慧，拥有一种潜伏的力量。水之浩浩汤汤，横无际涯，奔流不息，可以激发人的雄心，荡涤人的思绪，淘尽人的忧郁。

倘若你不能看到"白露横江、水光接天"的壮景，也不能展示"酾酒临江、横槊赋诗"的雄姿，更不能抒发"纵一苇之所如，凌万顷之茫然"的豁达情怀，但即便静观凤城的河流，也能让你产生丰富的联想和人生的感慨。

凤城河，昔日叫东城河，沿着河岸，我已走过五十年。很小的时候，我就在两个哥哥的带领下，在东城河里学凫水，在靠岸的地方摸螺蛳和河蚌，在岸边爬树或寻蝉蜕，有时也会在宽阔的河面上打水漂。

那时的我，并不知道岸边的杨柳竟然含着离愁别绪，也不知道丛丛芦荻竟然有着深刻的思想，更不知道对我"莞尔而笑，鼓枻而去"的渔翁乃避世藏身、垂钓水湄的隐者。我也曾跟阿桂、"狗子"他们来这里玩耍，只记得冬梅曾站在那棵柳树下，长长的独辫子就像柳条一般轻盈。

几十年来，我的生活从未离开过这条河，几乎每周都要漫步于曲折的河岸，有时则站在岸边远眺或近观。

凤城河最美的地方在东岸，那里有一大片桃林。人间四月，桃花盛开，芊芊莽莽，像粉色的云，更像粉色的梦。东城河也是垂钓者的乐园，河里似乎有钓不尽的鱼，你可以在迎春桥上垂钓，也可以在鼓楼大桥上垂钓，还可以隐在岸芷汀兰里垂钓，都是凤城里一道祥和而闲适的风景。东城河的水是清澈的，即便是现在，仍有老妪携棒槌以浣衣；东城河的水是鲜活的，它养活了数不清的鱼虾，也养活了十多万户凤城人家；东城河的水是温和的，就像这座有着两千多年历史的古城，含蓄隽秀，温婉敦厚，平安吉祥。

除了江河，还有旷野。

久居城市，每个人都成为"装在套子里的人"，思想常常会窒息，情绪常常会颠簸，手脚常常无处安放，又不得不戴上很逼真的假面具，日子看似潇洒，实则顿挫。所以，你需要绕到城市的后面，放牧你的灵魂，而旷野是灵魂最喜欢的牧场。

所以，我的思绪又一次踏过城市最南端的那片旷野。

那里的天空离你很远，你看不清它的形状；那里的天空离你又很近，你看得清它的表情。树木一律是歪斜着的，因为风的肆虐，但仍未跌倒，枝叶依然繁茂；野草的个性得到极度的张扬，杂花在草尖上欢快地跳跃；坳沟里永远埋葬着人类的垃圾，那是邪恶的虫蚋青睐的地方；荒废的田畦重新布局，养活着一切可以养活的生物。在芦蒿和荆棘丛中，聒噪不已的鸟雀抖索着羽毛，杂树的上面往往有一两个鸟窝，就像是一把稻草胡乱地塞在树杈处；流浪狗和流浪猫常常出没于此，它们不喜欢有怪异的生物入侵它们的领地，能够晒到充足的阳光就是莫大的幸福。这里没有平坦的大道，没有幽雅的芳径，没有绚烂的果实，也没有清澈的溪流。旷野模糊了时光，淡褪了岁月，也掐灭了我们的臆想。

艾青在《旷野》一诗中写道："在冷彻肌骨的寒霜上，我走过那些不平的田塍，荒芜的池沼的边岸，和褐色阴暗的山坡，步伐是如此沉重，直至感到困厄。"那是死一般沉寂的旷野，是向死而生的旷野。

以色列人从古老的埃及走到旷野，这是上帝要他们认识耶和华。旷野的生活，是一场心灵的苦旅，那种进入旷野的孤独感、恐惧感和死寂感，意味着与过去一刀两断。

旷野厘清着我们的思绪，夯固着我们的心志，积淀着我们的阅历，导航着我们未知的人生方向。

孤坐南窗，老茶已凉。隐入书房，细嗅书香。

每至夜晚，我都要看会儿书。孤独或寂寞的时候，书会自然而然地出现在你的眼前。你不读它，它也会读你。世界有时是险恶的，伪善的，冷漠的，但书从来不是。在没有任何事物打扰你的时候，看书是修补灵魂最好的选择。

冬雪钟情于蜡梅

其实，我也喜欢蜡梅，喜欢它那纯粹的花朵、颜色、芳香和气质。

初冬来临之际，花圃里已是一片荒芜，满眼清冷和肃杀。月季只剩残花败叶，菊花已经完全枯萎，鸢尾花完全枯黄，栀子花还在回味旧日的芬芳，海棠褪尽了叶子，金银花只剩撇子状的虬枝，蔷薇的藤茎相依而眠，牡丹和芍药只露出几根枯干，杂草将生命托付给了根，麻雀也不常来此逗留，而虫们早就与我不辞而别。

但那株蜡梅已经缀满了粒粒花苞，花蕊被未张开的花瓣紧紧地包围，仿佛在酝酿着一个不为人知的秘密。

蜡梅也是古诗词中常见的意象。"前村深雪里，昨夜一枝开。风递幽香出，禽窥素艳来""墙角数枝梅，凌寒独自开。遥知不是雪，为有暗香来""当年腊月半，已觉梅花阑。不信今春晚，俱来雪里看""君自故乡来，应知故乡事。来日倚窗前，寒梅著花未""雪满山中高士卧，月明林下美人来""寒依疏影萧萧竹，春掩残香漠漠苔。自去何郎无好咏，东风愁寂几回开"。

美妙往往来自相互映衬。芦荻之于青岸，秋雨之于瓦檐，蓝天之于白云，草地之于斜坡，桃花之于流水，旗袍之于丝袜，螃蟹之于姜醋，牛排之于红酒，普洱之于紫砂。风对雨，雪对风，晚照对晴空；来鸿对去燕，宿鸟对鸣虫；三尺剑，六钧弓，岭北对江东；人间清暑殿，天上广寒宫；两岸晓烟杨柳绿，一园春雨杏花红。

至于蜡梅，最妙的该是与冬雪相互映衬。蜡梅翘首于冬雪，冬雪钟情于蜡梅，冬雪因蜡梅愈白，蜡梅也因冬雪愈明。

我曾多次去陈家桥巷的那个老院子里，欣赏那株百年蜡梅。

蜡梅乃丛生而长，七八根比碗口粗的丛干相依而立，高过屋脊，疏密相间的无数根侧枝舒展开来，占据了大半个院子。树干为深褐色，侧枝为浅青色，朵朵椭圆形的黄花缀满清冽的枝头，丝丝缕缕的馨香，浮游在院子里的每一个角落，若有若无，若远若近，若浓若淡，暗暗地送进你的鼻孔，嗅之周身惬意，暖意充盈。蜡梅的香绝不邀宠，有如天香，刻意追寻，反倒闻不见它的芳香，转身而去时，却又捕捉到了它暗香浮动。我欣赏它迎风冒雪的坚韧、默默绽放的品格、毫不炫耀的内质以及无意争春的豁达。

我特别喜欢独立于这株蜡梅树下，缕缕幽香尽为我溢，点点蜡黄尽为我染。蜡梅黄得纯粹，没有绿叶的衬托，没有杂色的掺和，冰清玉洁，超凡脱俗。我见过油菜花，比她淡些；我见过金盏菊，比她浓些；我见过蒲儿根，比她浅些；我还见过向日葵，比她深些。

最有意境的是，老梅的枝条越过墙头，遮住了屋脊上的青瓦。串串花朵俯视着片片青瓦，欲言又止；点点花瓣散落在瓦上，青灰与蜡黄，勾画出静穆与幽雅。

如果是下雪天的话，好了，非得一路踏着碎琼乱玉，迤逦而行，去跟它打个招呼。它正念叨着你呢。数不清的花朵，被白雪拥抱着，那雪是透明的，那花是透明的，那香是透明的，你的心也是透明的。

院里有老梅，仿佛家里有老人，默默地守护着自己的家园，这才是家的感觉，这才是活着的真谛。

岂止是老梅，其实凤城里还有很多让你心驰神往的风物。

最留恋世俗的风情

忽然想起八字巷来了。

该巷俗称"麻辣烫一条巷",东临乔园,南及斗姆宫,西邻石头人巷,北望排档街,居于城中,隐于街腋。

此巷长不及百米,宽仅丈余,分布着二十来家麻辣烫店,每至夜晚,烟雾缭绕,霓虹灯幻出土气而暧昧的色调,巷里人头攒动,食客纷至沓来。此巷最得凤城世俗之风味,仿佛一幅浮世绘。当然,这已是十余年前的情景了。

巷东首有一口老井,朴实得像财德兄。财德兄年且六十,髯须稀疏,鼠眉豆眼,五短身量,其麻辣烫店紧挨着老井。其店有一特色,乃现杀鲫鱼煎熬以作底汤,汤白味鲜。我常与平林君、秋祥君及诸君至其店,财德遂亲杀鲫鱼以熬汤。他说,因店紧挨老井,得天独厚,而老井百年不涸,冬暖夏凉,以井水煮鱼最得鱼味也。平林君嗜酒,每与财德对酌,常大醉。酒酣之时,财德兄遂听平林君之将令,清唱几段小曲,其声呜呜然,如怨如慕,如泣如诉,余音袅袅,不绝如缕。平林君每听之,慨叹不已,眼角噙泪。

究其故,财德兄与平林君乃老同事,后二人皆下岗,财德兄遂开了这家小店,而平林君则孤翼南飞,远赴东莞、深圳、佛山,与人合伙经营服装生意。打拼的日子总是五味杂陈的,就像麻辣烫和着佐料的味道。

不过,去的最多的还是十胜麻辣烫,老板是我的小学同学,乳名叫六三,养着一只狗,跟他一样胖。店里生意很火,场子大,包间多,每至夜晚,门庭若市,各色人等鱼贯出入。

我和朋友来此,六三总会按照我的要求,安排在比较阴暗的角落里。那是我喜欢的角度,生活需要这样的角度。

因为阴暗,又因为角落,我才能全方位地饱览店里的生活场景:纷乱的,陆离的,嘈杂的,鼎沸的,怪异的,可笑的,刺激的,丑陋的,还有温馨的。

热恋中的人有时也会来此凑个热闹，既然连"情人街"都失去了昔日的幽静，那么倒不如融入这个喧嚣的所在，以证明爱情终究会被世俗的烟尘打败。不过热闹是别人的，我的眼里只有你，还有锅里的麻辣烫。

于是，我想起从前的爱情，很像老鼠谈恋爱，总会躲在与人类相距甚远的地方。出世的爱情容易遁入空门，而入世的爱情又容易被柴米油盐所羁，如何找到完美的契合点，这是地质学家研究的课题。

三口之家也喜欢来此换换口味，这多半是在七年之痒之前的某个夜晚，温馨一词找到了最恰当的解释。至于那些油腻中年男，他们总会把酒杯斟满了，下酒物并不重要，环境也不重要，重要的是，举杯"啸"愁，愤世嫉俗，指点江山，以证明过来人的深刻、豁达和身边就缺个把优雅的女子。这是最为震撼的场景，一旦酒多，或许还会打个架什么的，最后一次证明老当益壮且气吞万里如虎。

当然，也会有一群叽叽喳喳的小姑娘来此继续叽叽喳喳。她们才是店里的焦点，关注她们的食客最多，六三也不例外，自然我们也保留着发现美的眼睛。小姑娘普遍喜欢吃麻辣烫，也许唯有麻辣烫才能丰富她们的表情，表情丰富的女孩子都比较讨喜，尽管大多数小姑娘的长相缺乏创意。六三对她们总是显得格外殷勤。不过他是有老婆的，水桶般立在收银台后面的那位就是。只要六三去献殷勤，她的眼睛里便喷出火来，然后找个理由将他老鹰叉小鸡般拽走。六三不敢发作，据说他的丈母娘更凶，骂遍凤城无敌手。

也有人家不开麻辣烫店的，有寻常百姓出入的八字巷更增添了几分淳朴和寂静。白天的八字巷并不热闹，就像剧场的后台，戏已演完，但一切布景和道具都在。八字巷吸引人的，除了麻辣烫，还有老井对面的那座大杂院，很像从前的暮春街上的某个场景。

大门堂门口的石阶自不必说它的光滑，门槛已被踩成弧形，门顶有一罩灯，历史的沉静附着在青砖墙壁上；从门外往里看，曲径通幽处有一花坛，花草无姓无名，在适宜的季节里总会自在地开着，没人注意到它们，唯有雨露或阳光照顾着；墙脚总会堆些杂物，没任何用处，但能证明时光的流逝或存在；向北的通道很窄，才通人，却居住着好几户人家；大杂院少不了一两棵老树，倚着墙角，驼着背，弯着腰，晒着太阳，就像住在这里的老人；地面并不平整，有小青砖路和泥土路，踩了若干年，还是那么亲切和踏实。

由巷西头再拐向南，便看到斗姆宫的屋脊了。让我很有感觉的是，斗姆宫最北端的一间屋子的屋脊上布满一种奇怪的草，不开花，长得特别茂盛，无数根茎条，又细又长，叶子如针若刺，但并不坚硬，像是某种藤类植物。春夏之时，屋脊上仿佛铺了层厚厚的绿地毯；秋冬之时，则一片金黄。

颇有意思的是，八字巷并不直，有些歪斜，有些弯曲，中间还有一段特别的窄，又罩着一个窨井盖，经常有骑自行车的或骑电动车的在此交会的时候发生相碰，双方都碰得歪歪扭扭的，嘴里都"哎哎哎"地叫着，不过有惊无险，彼此都没有跌倒。那种表情和动作实在有趣呢。

大凡老巷，都是有陈年旧味的。凤城人觉得八字巷是因麻辣烫而出名的，我倒是觉得，即便没有麻辣烫，八字巷也是很有特点的。有特点的地方还有很多，不然怎能对得住这座具有两千多年历史的文化古城呢？

所以，我又想起著名的排档街。

时光急遽地退回到十年前，携着天边的彤云、飘零的枯叶、纷乱的晚风和我的思绪，还有你我的记忆。

世间的一切风物都可以在这里寻到印迹，所有的喜怒哀乐都可以在这里得到宣泄，人间的烟火随着苒苒物华不知何时休又将何时再拥有。

夜幕降临的盛夏，排档街的两侧摆满了简陋的餐桌和凳子，自行车和摩托车占道而泊，各路人马蜂拥而至，排档的老板或老板娘向每一位过客招手致敬，路灯光将这条街照得光怪陆离，树叶在头顶上簌簌作响，啤酒成箱堆在门外，喧嚣成为夏夜的绝唱，卖唱的那个小伙子和卖花的那几个小丫头跑遍每一张餐桌。

夏日炎炎，你打赤膊，他趿拖鞋，我穿裤衩，无惧蚊蝇，不怕嫌相，坐于街旁。"三合一"刚刚摆上桌，就举大杯，互祝万寿无疆、前程似锦，海喝起来，即便是柔弱小女子，也不再淑婉，吃相亦不可观。

酒酣之时，胡吹海侃者有之，乱打电话者有之，满脸通红者有之，狂笑不已者有之，手舞足蹈者有之，挑逗调情者有之，摔破酒杯者有之，跌跌撞撞者有之，呆若木鸡者有之，称兄道弟者有之，划拳拼酒者有之，打架斗殴者有之，兄弟来迟者有之，追赶场子者有之，戏狎老板娘者有之，飞流直下者有之，扶墙不倒者有之。

最热闹的时候，排档街上常常交通堵塞，彼此各不相让，对骂骤起，一片混乱。要说骂人骂得入木三分，还得靠地道的方言土语。以方言骂人，极有剧场感且骂得酣畅淋漓，就好像当街冲了把澡似的。两边的食客是观众，一边吃着喝着，一边歪着头听骂声如潮，此起彼伏，不绝于耳，如沐春风，好不惬意。待双方骂累了，路自然也就通了。有好事者说堵塞是因为街边的车乱停乱放，占了不少路面。食客遂投之以憎恶的目光。好事者悻悻而去。

印象最深的是五洲排档、税务桥排档和诗诗排档。

五洲排档是我常去的一家，因为它的炒菜不错且包间比较隐秘。朋友说还有老板的女儿长得比较可人，我以为这是真的。

小包间很小，像个鸟笼，一张方桌，五六张凳子，别无他物，无任何背景衬托，也就突出了人物的形象。玉荣君、华成君、铁军君常常邀我到五洲小聚，便隐在这间鸟笼里放浪形骸。

老板的女儿负责端菜，她常常倚在包间的门框上，笑问我们："格要加菜啊？"玉荣君遂大声说："要的，要的，把菜单拿过来！"于是，她蹩进来，将菜单放在桌子上。玉荣君深刻地打量她一番后，就加点了一份炝萝卜或一份凉拌黄瓜。她一脸的不开心，取回菜单，扭着腰肢走了。我们都猥琐地笑起来。华成君似乎有些文化，所以他老是将老板的女儿唤进包间，指着菜单，说菜单的字太潦草，不规范，看不清，她只得走到他的旁边，一一解说其字其菜。华成君不时地抬起毛发稀少的头颅，投给她以赞许的目光，还不住地点头会意。老板的女儿也尖酸，来者皆是客，也就这么让他看着，心想他还能咋的，自己的老爸年轻时可是在泰山脚下耍过石锁的，力拔山兮气盖世。

五洲排档的泰州小炒为一绝，这是我们必点的菜。茨菇切成薄片，大白菜细切成段，半肥半瘦的猪肉切成丝，青蒜剁成寸长，红椒精盐酱油少许，以大火猛炒三五分钟，即可上盆，鲜嫩爽口。

五洲排档的老母鸡汤也不错，但似乎没有税务桥排档的更有名。税务桥排档最有名的当数老板娘，食客称之为"阿庆嫂"。

"阿庆嫂"说，税务桥排档的老母鸡汤是用老母鸡炖的汤。我以为这也是真的，要不然每天怎么会卖出二十来只呢。

老母鸡汤的做法大致是：老母鸡宰杀后除去内脏等外部杂物，洗净，与葱、姜、料酒、精盐同时放入开水锅内，用慢火焖煮三个小时，直至鸡肉脱骨，加入味精，即可食用。当然，饭店一般用高压锅将老母鸡煮熟，然后分装入砂锅中再焖煮。税务桥排档做的老母鸡汤还会另加红枣几颗、香菇两朵及枸杞数枚。站在税务桥口甚至八字桥口，便能远远地闻到一股特别醇香的香味，于是寻香而至。

待烫手的砂锅端上桌，揭开锅盖，用筷箸拨开属于老母鸡特有的、如黄金般色泽的鸡汤汁油珠儿，清白的汤顿时浮现在眼前，以汤勺浅尝一口，浑身一颤，唇齿间激荡着一股难以言喻的香味，且久久不愿散去；待慢吞下去以后，则回味悠长，隐隐地还掠过一股药香，混着鸡肉的独特味道，浑身发热，四肢舒展，精力充沛，于是对"阿庆嫂"产生了炽热的兴趣。

"阿庆嫂"会喝酒，这是饭店老板娘必备的基本功之一；不光会喝酒，还会劝酒，这也是基本功之一；不光会劝酒，还会恰到好处地展示其风采，将所有的生客变成熟客，将熟客变成常客，且笑而不淫，媚而不妖，亲而不昵，雁过留声，客过留心，这是"阿庆嫂"招揽生意的最高境界。

俊强兄特别喜欢到税务桥排档喝酒，以为在这里喝酒才够痛快。我不擅杯杓，只得略饮少许以助其兴。

那个卖唱的小伙子，年约二十，长方脸，浓眉大眼，似有异域之风，只是个头稍矮些，不过边弹吉他边唱歌的样子很像个流浪歌手。俊强兄遂邀他唱两首，他也大气，唱两首送一首，其声洪亮，响遏行云。此时，"阿庆嫂"定会前来敬酒，俊强遂仰起头，敞开喉咙，将满杯酒直接灌进喉咙里。"阿庆嫂"少不了恭维他几句，如"强哥好风度""强哥好厉害""认识强哥，是小女子的福气""还望强哥多多照顾着小店"。于是，强哥打算喝醉了。

不一会儿，两个长得差不多的小丫头跑过来卖花，两块钱一支。俊强兄就买十支并让小丫头直接送给老板娘。小丫头莞尔一笑，取过钱，走到正在忙碌的老板娘跟前，说，是那个胖子托我送给您的。"阿庆嫂"满脸堆笑，取过花，放在收银台上，然后又跑来敬酒。俊强兄也已八成醉了，见老板娘端着酒杯，笑眯眯地过来敬酒，一时兴奋，又灌下大半杯。而那两个小丫头遂趁机将那十支花取走，将十块钱放在收银台上。

待"阿庆嫂"离开后，俊强兄似乎支撑不住了，但仍然要抢酒瓶。折腾半天后，我们一行数人将他架出排档，但他仍然扭过头去，在茫茫人海中寻觅"阿庆嫂"，企图再跟她打个彩色的招呼。

税务桥排档的故事比较多，不过也已经是泛黄的记忆。至于诗诗排档，不熟悉的人都以为这个店名似乎留下了很大的想象空间。其实不然，所有的故事与"诗诗"无缘，与诗意也搭不上边，但与厨师和独特的地理位置有关。

厨师长得像个恶人，但厨艺不错。我喜欢站在厨房门口看他忙活，他的刀功了得。

传说厨师界有门绝技，叫作"快刀解牛"，说中国古代有一名叫庖丁的神厨，他在解牛的时候，用极快的刀速，按照牛的结构、线条、肌理、筋脉下刀。切完之后，牛居然没有发觉自己有哪里不对，依旧在悠闲地吃草。庖丁的刀速疾如闪电，这位厨师的刀功也是不容小觑的。

砧板是百年银杏木的，比脸盆大，也比脸盆厚，中间已经凹陷下去。菜刀的刀刃也呈弧形，正好与板面相吻合。切菜从不看菜，也不看刀，手是他的眼睛。他切的牛肉堪称一绝，大小、厚薄、纹理都高度一致，排在碟子里，形成一个矩形方阵。即便是蒜头，一般人只会用刀的侧面一拍，蒜头碎裂开来，而他是用一把小方刀，以刀的后脚尖卷切蒜头，蒜头被切成羽扇状并与蒜尾相连，仿佛一朵精致的、清白色的小花。切红萝卜亦如此，切完装碟，用筷子夹住圆圆的小红萝卜，这么一抖，小红萝卜就绽成一个半圆形扇面，

最留恋世俗的风情

白瓣红边，煞是好看。

最喜欢看猛火爆炒，锅和菜都在熊熊大火中欢快地跳跃，几十秒钟的工夫，炒菜就装盆上桌，看上去像是生的，只是抹了一层油光，但里面已经熟了。

作为一家饭店，地理位置非常重要，甚至决定着饭店的盛衰，或许这就是所谓的风水。

诗诗排档位于排档街的最东端，紧挨着南北走向的八字街，人气颇旺的海陵路触手可及，空间较大，视野极为开阔，即便是停车，也有足够的空地。所以，诗诗排档可以在门前铺陈更多的桌凳，密集恐惧症恰恰是饭店希望看到的喜剧效果。再说，与排档街上别的饭店相比，诗诗排档离附近唯一的一座公厕最近，公厕靠近陈家桥口。不要忽视或者小看城市的公厕，从某种意义上讲，公厕度量着城市的温度，是城市文明的最高境界。

街口或巷口是颇为妙哉的人生角度。每至夜晚，人流在诗诗排档门前蠕动、碰撞或穿插，世俗的风情在此淋漓地演绎。你可以窥见世间众多生物的活法，甚至可以眺望到更远的地方。比如税务桥口的牌坊，牌坊上有副对联，道是：溯唐宋赋源盐税曾居天下半，抚明清史迹民居堪称国中先；比如明代蒋科进士第，那是凤城早期的图书馆，我小时候最爱去的地方；再比如日涉园北门的牌坊，又有一副对联，道是：斯园独具三峰胜，此园真能四美兼。

至于南北走向的八字街也常常陡然出现意外的情景。在你觥筹交错之时，忽然有一位妙龄女郎从你的身边飘然而逝，扔下几缕奇异的香水味；几只丧家之犬忽然从你的胯下穿过，朝八字桥方向一路狂奔；三五个小太保叼着烟，擦过你的后背，冷酷地瞥你一眼，然后拐向东面的海陵路。那么，你也可以突然起身，隐至诗诗排档东侧的阴暗处接打电话，八字街的路灯总是不太亮，跟三十年前一样，仿佛从前的时光。

当然，排档街西端还有两家排档也是有故事的，即俞师傅排档和王葡大排档。

不过，我的思绪已经悄然回到日涉居，因为昨天我在文峰菜场买了些山芋，粉的，而这个菜场最能让人感悟到世俗的真实、亲切和质朴，对四季风物的触摸感总会让人变得天真、好奇和可爱，且回味无穷。你完全可以撕去一切并不属于你的面具，矮下身子，以极为放松、懒散和自在的状态，故意放慢活着的节奏，你会觉得这才是栖息于人世间最美好的姿势。

荸荠已经上市，荸荠色的确是颇具古典意味的色彩；高邮的茨菰总是贵一些，因为特别的粉嫩；大白菜还是实惠，一棵能吃上好几天，而且是吃法最多的蔬菜；最好的菠菜，根是玫瑰红的，很像一抹小诗；各种颜色的萝卜随意地躺在地上，是很新鲜的静物写生；喜欢黄颜色的胡萝卜，总觉得比橙红色的胡萝卜更像胡萝卜；芋头因为"遇好人"的寓意，仍然卖得火；本地出土的山芋特别多，长得丑些，看上去也比较邋遢，但吃起来甚觉温柔；只是传说中的鲍坝趴地青菜已经很难觅其倩影。

徐老头的蔬菜摊紧靠东门入口处，以前我常常买他的青菜，正宗的鲍坝"矮脚虎"，可如今他也只卖"苏州青"或"上海青"了。问之，则曰，鲍坝的菜地都被征用了，哪里还有"鲍坝青"。我不禁发出文人般的感慨。

我特别喜欢逛鱼摊。各种鱼，家养的，野生的，钓的，网的，电的，活蹦乱跳，买的人很多。

我似乎钓过鱼，鱼塘的，野河的，感受不同。鱼塘的鱼很好钓，几分钟一条，只是没有获得感和幸福感，口感也差些；野河的鱼难钓，半天钓不到一条。但我喜欢野钓，因为那是在钓自己。

每个人都是一条鱼，就看你是活在鱼塘里，还是活在野河里，还是活在鱼摊的塑料盆里，抑或苟活在"涸辙"里。

传说中，凤城里最好吃的糖藕就在菜场的中段。每天早晨六点多钟，摊主就骑着三轮车过来了，二十多年来，摊儿一直摆在固定的地方。他家的糖藕，藕质甚好，藕断而丝连；糯米也选上等的，黏稠而粉香；桂花是自家采摘的，多撷于丹桂；糖只熬冰糖，甜而不腻；又浸以金丝小枣，食之甘甜。

还有那个卖蜂蜜生姜的摊儿，一直蹲踞在朝西的弯道口，喜食他家蜜腌生姜的人不费力神就能找到摊儿。生姜取嫩生姜为主料，蜂蜜则选槐花蜜，

最留恋世俗的风情

辅以黄冰糖适量。冬天的早晨，老弱者可吃蜜酿生姜数片，以助开胃并活络生阳。

划长鱼的摊儿永远只有一家。若干年来，这家摊儿一直摆在离蜂蜜生姜摊儿不远的地方。奇怪的是，多少年来，长鱼的价格波动不大，当然价格一直不低。以前，凤城的寻常百姓家平时是不大吃长鱼的，除非家里来了贵客。据说淮安有一道名菜，叫作"软兜长鱼"，但凤城人不爱吃，一大盘子里全是整条的长鱼，视觉遭到了人为的破坏，加之粉芡也放得多，太腻怪了。凤城人会将长鱼切成寸段，并保留凝固成条的鱼血，用来炒韭菜。长鱼有较为浓烈的腥荤味，与蔬香味浓烈的韭菜相碰撞，在猛火和佐料的作用下，双方相互谦让，收敛了各自尖锐的锋芒，变得温婉中和，鲜嫩宜口。

向南的拐角处有一摊儿，只卖些自产的葱蒜姜椒，其小香葱名闻遐迩，购者不绝。一小撮一小撮地排列整齐，长不及快餐用的筷子，细若打毛线的竹针，青青白白的，根须沾着些鲜泥，一块钱一小把。宋代袁说友有诗曰"玉尘一缕轻且纯，不与凡味争比邻"；宋代陆文圭有诗曰"丹葩信不类苹蒿，雨后常抽绿玉条"；近代王国维亦有诗曰"玉盘寸断葱芽嫩，鸾刀细割羊肩进"。小香葱质地细嫩，香味浓郁，是极佳的佐料；即便买回一把，栽于残盆破罐中，置于南窗，一抹碧绿，亦萋萋而生诗意。

菜场的西侧还有数家鱼圆摊，生意兴隆。鱼圆乃"溱湖八鲜"之一，兴化沙沟的鱼圆似乎也不错，但我小时候就吃过凤城的鱼圆。

那天，平川先生驱车去迎江桥买回一条青鱼，亲手做了些鱼圆，分为四份，一份平川先生，一份德宏兄，一份立群君，一份东方木先生。我表示深深的感谢。

菜场里卖的鱼圆都是现做现卖，其色泽淡黄，香味浓郁。但我并不很喜欢，因为食之虽滑嫩，惜嚼劲不足，更像豆腐；香则香矣，但鱼鲜味不够丰盈，似乎鱼料取而不精且添加之物过多。

传统的鱼圆做法是：将切细的鱼肉放进盆里，用手频频拍打，拍打时可加入适量的蛋清和味精，另用清水加少量精盐拌匀；待鱼肉抓起呈黏胶状的鱼浆，撮一小把握在手心，用力把鱼浆从食指与拇指绕成的小圆圈中挤出来，轻放入冷水中；如能浮起，说明拍打的功夫已经到家了；挤出来的鱼丸，放在清水中浸泡，然后连回水放进锅中，用明火煮至八十摄氏度后，再转用文火，至将近水沸时捞起即可。

做好的鱼圆呈青白色或冷白色，而市场上卖的鱼圆则呈奶白色，像肥胖的孩子，可爱却不够健康。

特别喜欢鱼圆茼蒿汤。新鲜的茼蒿洗净后下锅，稍炒一番后，加水加鱼圆，待鱼圆煮熟浮于水面，再撒少许细盐，即可装盆。鱼圆呈冰雪色，茼蒿仍然是碧绿色。鱼圆茼蒿汤青白相间，色泽素雅。鱼圆的鲜味丰满而透彻，茼蒿也保持着萜烯类化合物特有的药香味，汤汁鲜爽可口。

在文峰菜场，不得不提到最南端的那家水饺摊。水饺摊主营手工饺、春卷，兼营年糕、咸鸭蛋、粽子等，生意一直不错。自然，这也得益于它独特的地理位置。

老板是个黑胖的汉子，看上去比较凶悍，尽管还戴着眼镜。我曾经目睹他与城管的激烈交锋，所以他的水饺摊越做越大，成为凤城里经营面积最大的一家。老板娘又瘦又高，是勤劳、善良、坚韧的劳动妇女的典型形象。

老实说，这家的饺子和春卷的确不错，我尤其喜欢两头不封口的春卷，馅儿是韭菜黄的，加点儿肉糜或油渣，喷香咬嘴。更多的人爱吃野菜馅儿的，不过野菜馅儿的做不好的话会有一股腥涩味，但他家的没有这种异味。有时，他家也卖时新货，比如菱角，放在一个很大的木盆里，肉质硕壮的菱角一般会沉底，太嫩的则会浮于水面。咸鸭蛋一直有的卖，个大壳青，不淡不咸，可以当副食吃，两块钱一个。也卖回炉干，很大的不锈钢盆里装满卤干，以黄豆芽和海带丝为衬料。不过，我对回炉干兴趣不大，再说放在那么大的不锈钢盆里煮捞，会产生心理障碍，还是陈家桥巷子里的那家回炉干比较正派，口味也地道些。

以前，菜场的最东面还有一个蔬菜摊，摊主是打扮很入时的小夫妻俩，菜品也算不错，就是买的人很少，特别是那个男的也在场的时候。男摊主三十来岁，染着一头黄发，脖子上垂着一挂很堕落的金项链，怎么看都像个民间行为艺术家。在他的老婆一个人卖菜的时候，得，买她家菜的人陡然多了起来，当然以男人居多。她的打扮也摩登，身姿妙曼，俯仰之间，顾客头晕目眩。路对面卖生羊肉的汉子没事儿就爱潜伏过来，跟她搭讪几句，宰羊刀还习惯性地握在手上。

其实，在文峰菜场，还有一个摊儿也是我所喜欢的，就是位于南侧的那个杂货摊，因为这里的日用杂货总能让人想起从前的、朴素的时光，那么的温暖可亲。

在这个杂货摊上，我买过洗菜池上的下水网兜，五金店里卖的网兜网眼太大，老是有菜根烂叶、鱼鳞鱼肠或细小杂物掉进下水管；我买过刨子，削瓜果皮很顺手，也很干净；我买过歪歪油，冬季用来护手润肤，效果呱呱叫；我买过鞋垫，纯手工的，垫在脚下很踏实，很舒服；我买过芭蕉扇，镶了棉布边儿的，炎炎夏日，可以扇凉，亦可驱蚊，还能让人产生很多的联想；我也买过棉手套，种花的时候，戴着手套，拿着铁锹，不会磨破手；我还买过一只手帕，格子的图案，只是用来怀旧，以为这才是好男人的标配。杂货摊上还有很多落后于时代的日用品，比如针线、顶针、水瓶木塞、软尺、橡皮筋、纽扣、万金油等，这些已经被大多数人所遗忘的小物件，却仍然不愿意销声匿迹，偶尔也会在某个角落里，暗示时光并未逝去，逝去的只是你的记忆。

真正的美好，往往都是可观可闻、可嗅可吃、可摸可感的。你曾经用过的每一样东西，都跟你结了缘，它的身上都残留着你的印迹并珍藏着你对它的好。

世俗的风情就像人类的早期，总是带着与生俱来的古拙和温和，时刻提醒着你，你尝遍人间之烟火，你静观身边之市景，你聆听天籁之梵音，你追逮无形之光阴，你惦念昨日之旧情，你慨叹人生之不幸，你憧憬未来之梦境，都不能失去那份单纯而美好的心灵。

吃过山芋，我才移步换景，思绪又回到日涉居。天气很温晴，我站在南窗前，瞥见花圃里的万年青结出了鲜红的果子，这温暖着我的心。万事吉祥如意，佳节又将至，好事近。

寻常巷陌总关情

上个月的某一天，似乎下过一场小雪，竟让凤城人几乎都成了诗人。不过去年倒是下过一场大雪，那天晚上，我撑着伞，迎着漫天飞雪，去三水湾赴宴。

三水湾被大雪覆盖，我故意绕至凤城河岸，远眺对岸的望海楼。璀璨的灯光将望海楼映衬得金碧辉煌，如若仙境。饭后，走过繁花里，我驻足良久。据说这是一家主题餐厅，出入者皆少男少女，我辈年事已高，很自觉地将自己排斥于门外，但仍欣欣然有所依恋，依恋的是门外的风景。东侧搭一茅草屋，无人居住，是个道具，却让人浮想联翩。银白的雪盖在屋脊上，屋前的树木和花草也沾满了雪，通往餐厅的路也积满了雪，雪地上留下了杂乱的鞋印；隐隐地听见餐厅里传来绵柔的乐曲，仿佛一缕幽香飘然而来；隔着窗户，能够看见里面灯火通明。

有灯火的地方必定是温暖的所在，这又让我想起那天在税东街的京都羊肉馆。同样是有雪的夜晚，靠着北窗而坐，窗外除了烤羊肉串的摊儿，只剩皑皑白雪。但我注意到了屋檐下挂着的红灯笼，在风雪中摇曳，似乎带着某种启迪。夜晚看到红灯笼，便觉得很温暖。如果在心里将它点燃，你的生活就会如花一般灿烂。路漫漫其修远兮，几度风雨，几度悲欢，几度艰辛，几度期盼。点心灯一盏，与岁月相伴，怀揣美好，砥砺而前。

更让我难忘的，是数年前的那个夜晚。雪大得让人怀疑不是身在凤城，而是身在北方。平川先生的女儿上高三，学校的期末考试才考了一门，那雪便铺天盖地，笼罩全城，学校只得提前放寒假。他女儿兴奋地说道："知道幸福迟早会来，但想不到来得这么快。"所有的学生油然而生越狱成功的那种极度的快感。

当晚，平川先生、立群君、桂荣君、宜保君、周宁君、铁军君、钱俊君、笑堂君踏着厚厚的积雪，不邀而至，豪饮于日涉居。诸君仰观雪花之大，俯察酒食之盛，游目骋怀，畅叙幽情，足以极视听之娱，信可乐也。

酒酣，见窗外飞雪依然，诸君拥至门檐下，诗兴舞蹁跹。

宜保君先吟一首，其诗曰："常去日涉寻温馨，先生好客赐佳茗。偶遇伟兄风流韵，谈笑鸿儒话白丁。门前花草枝条盈，暗生新蕾盼春行。缪伟金陵思归乡，一樽还酹江月情。"诸君遂纷纷赋诗，有诗曰："屋顶积雪未消融，佳节祥和日渐浓。廿四季节轮回转，冬去春来入画中。"又有诗曰："酒入柔肠诗意浓，诗书入画怡情中。难能日涉群友聚，亦词亦句情谊重。"又有诗曰："日涉居内聚群儒，酒至酣处飞青蚨。闲来饱墨书一帖，醉卧红尘入东吴。"又有诗曰："半寒半雪半掩门，碾冰为心泪断横。闲来赏花意欲饮，借的新酒寄挽情。"又有诗曰："天阳花园日涉居，诗人学子常常遇。小酒怡情谈人生，等待新地再去叙。"又有诗曰："酒至酣处将诗造，还望诸君切莫笑。遥忆日涉风雅聚，再饮三樽仰天啸。"又有打油曰："今天手气不佳，红包倒数第二。酒多已喝不下，突然诗兴大发。"又有打油曰："群里写诗忙，自己好紧张。老师奖红包，羞愧腰包藏。"又有打油曰："少年本轻狂，弹指鬓染霜。兄弟共举杯，日涉诉衷肠。"又有打油曰："老师偷懒不学习，花天酒地吃筵席。日涉居内无书声，如何效仿刘禹锡。"

是夜，雪终未停。诸君意犹未尽，于是，添酒回灯重开宴。好酒既已喝完，只得喝荞麦酒了。这种酒口感不错，甚至带着几许香甜，但后劲大，喝多了，大醉三日而不醒。

子夜过后，雪犹稠密。诸君作揖而辞，一路戏雪而去。杯盘狼藉竟无意收拾，乃独坐于日涉居，唯灯伴我，静观窗雪。《诗》曰："夜如何其？夜未央。"天正寒，夜未央，酒皆尽，茶已凉，人无眠。

把酒言欢是世俗的一道风景。酒乃俗物，却能让人飘飘欲仙。在入世与出世之间，更多的人选择了入世，这符合人的本质需求。

美学家朱光潜先生有句名言："以出世的精神做入世的事情。"这可能是栖息于世间的人们最理想的人生境界，同样，也是最难达到的人生境界。

芸芸众生，你我皆俗人。即便是圣人孔子也不能免俗，他公开宣称："自行束脩以上，吾未尝无诲焉。"意思是，不论是谁，只要送十块腊肉以作学费，就收他为学生。当然，孔子是个虔诚的"入世者"，所以周游列国，仁爱天下，却到处碰壁，吃尽苦头，人生比较失败。"千年老二"孟子被誉为"亚圣"，他的嘴皮子可厉害了，在君王面前侃侃而谈他的"仁政"思想，说得唾沫星儿溅溅的。君王听罢，当即秒赞曰："善哉善哉，此言得之。"可是第二天照样出兵打仗。

庄子似乎让人刮目相看。他的思想核心是所谓的"清静无为""无为而治"，所以，我们眼中的庄子，仿佛是个整天躺在自家门口的石头上晒太阳、睡大觉的懒汉子。他在《逍遥游》一文中写道："至人无己，神人无功，圣人无名。"意思是，道德修养最高的人能顺应客观，忘掉自己，"神人"没有功绩心，"圣人"没有名望心。这似乎就是传说中的"出世者"的最高境界。其实，庄子也达不到这样的境界，他也是个俗人。为了能存活于世，他摆过地摊，卖过纯手工制作的草鞋，是有史可稽的中国最早的个体工商户之一；他曾因为穷得揭不开锅，硬着头皮去向监河侯借些小米以果腹；为了养家糊口，他打通关系，谋到漆园的一份差事。后来，渐渐地有了些名气，楚威王主动找他，邀他做大官，还带着厚礼，可他婉言谢绝并辞去一切工作，回老家看书写文，不问世事。

中国古代的文人有个通病，总是在入世与出世之间徘徊不定。即便放弃名利，归隐于山水田园，也不能让自己那颗浮躁的心平静下来，总会在他们的诗文中露出破绽或出现穿帮，隐约地、羞涩地、曲折地流露出"居庙堂之高"的愿望。

东晋诗人陶渊明应该是个意外。他一生贫穷，做过的最大的官就是彭泽令，相当于今天的县长，官级虽不算很高，但吃瓜群众都晓得，这官实惠。不过性格决定命运，从弱冠之年起，他就迷上了游宦生活，时隐时仕，在仕与耕之间游荡了十余年。但官场似乎不太喜欢他，做了几个月的彭泽令之后，他就写下《归去来兮辞》，解印归田。其实田园生活并非想象中的那么浪漫，农活也不是想象中的那么好干，有时日子过得不如圈猪和草狗，甚至穷得连鞋子都没有。但他终究是田园生活真实的参与者，而不是旁观者或欣赏者，他就是一农民，识几个字的农民，于是茅屋草舍，桑柳桃李，远墟炊烟，鸡鸣狗吠，都能让他的心变得纯净和安静。"此中有真意，欲辨已忘言"，诗人物我两忘，人生真谛尽在不言中。

可以说，陶渊明的田园诗，是大自然委托他吟唱出来的，但他过早地将出世精神演绎到了极致，几乎没有给后人留下多少发挥的空间。

孟浩然是唐代著名的山水田园诗人。奇怪的是，他竟然一生未入仕，是地地道道的民间诗人。但他并非不想入世，早年有志于仕，40岁时应进士举不第；又曾在太学赋诗，被当时的宰相张九龄看中，但孟浩然洗不掉文人的高冷，虽然也想求取功名，无奈高考总是发挥失常，还振振有词，说什么"不才明主弃"，惹得唐玄宗非常不怿，指着他的鼻子骂道："卿不求仕，而朕未尝弃卿，奈何诬我！"于是被皇帝冷落于廷下。后来刺史韩朝宗好心举荐他，这厮又无故爽约，从此孟浩然与仕途渐离渐远，最终选择了修道归隐。虽说其诗亦不乏愤世嫉俗之辞，但他更愿意享受田园的乐趣。

当然，他始终是田园生活的旁观者，不会像陶渊明那样"晨兴理荒秽，带月荷锄归"，他只喜欢与友人"把酒话桑麻""还来就菊花"。因为在他的灵魂深处，仍然残留着"犹怜不才子，白首未登科"的遗憾，自然之趣永远只是他的人生背景。

另一位唐代诗人王维，置身于李林甫专权的险恶环境下，也选择了半官半隐的生活。他竟然违章修建了一座幽静的别墅，即著名的"辋川别业"，与三五好友一起修身养性，且把大部分精力投向参禅修道之中，自然也写出了若干首的田园诗。但王维的田园情怀，与陶渊明和孟浩然均不同，属于贵族公子式的把玩欣赏。他既不缺钱，也不缺地位，唯一缺的只是心灵无所寄托。他的田园生活，既不是陶渊明般的参与者，也不是孟浩然般的旁观者，而是吃饱了撑的转转逛逛，高雅一点说，就是欣赏者，就是为了修身养性，聊以自慰。所以，他始终过着"花落家童未扫，莺啼山客犹眠"那样的田园生活，但这个"家童"却始终提醒着，他只是一个置身于田园的游客，一个向往田园牧歌式生活的达官贵人。

其实，入世是一种生活状态，出世是一种生活境界。即便是今天的人们，也跟古代文人一样，在二者之间动摇不定，甚至迷惘、失落。不过，寻常百姓的寻常生活总能激活我的灵魂，以为深刻凸显于清浅，复杂止步于简单，伟大孕育于平凡。

我见过这样的情景：秋日的早晨，一老者垂钓于鼓楼桥的桥孔下，桥孔宽敞，清风徐来，水波不兴；桥上车来车往，不远处的坡子街广场熙熙攘攘，热闹非凡。

我见过这样的场景：夏日的黄昏，路边摆一小方桌，置一爬爬凳，桌上酒一瓶，杯一只，咸鸭蛋一枚，油炸臭干一碟，饮者打个赤膊，哼着小曲儿，凉拖鞋开了裂；路上车水马龙，邻家的狗狗来回踱步，不远处有两个人在努力地吵架。他自顾呷酒，悠悠然。

别忘了自然，自然从来都不亏待我们，所以我见过这样的风景：天德湖，芦荻亭亭于汀渚，点点芦花，就像仙鹤的羽毛飘洒在半空中；很多灰喜鹊在芦苇丛中穿梭不已，鸣声啾啾，追逐着碧波细浪；芦花若雪，离云最近，与月相望，随风而舞，却不舍脚下的脉脉流水。

世俗的魅力就在于，当你融入其中并学会品味的时候，你会觉得日子如行云流水般轻松自如，无需刻意，无需寻觅，无需打点，灵魂便得安宁，精神便有寄托，情感不再无依。最真实的人生，平淡而坦然，亲切而暖心。

所以，我常常去菜场，每一种蔬菜都带着泥土的芬芳、河流的灵动和天空的明朗。缤纷是自然的长相，鲜嫩是自然的抚养，美味是自然的酝酿。

所以，我常常去老巷。每一条老巷都珍藏着往日的故事、从前的模样和温馨的时光。我读懂了瓦檐下麻雀的叫声，我摸到了破旧的青砖上收敛着的清凉，我听到脚下的石板上传来的悠久而厚重的回音，我站在老木门前聆听关于历史或传奇的生动细节，我寻找着荷杖老者留下的脚印。巷外的街头依然喧嚣，巷内的我心如止水。

所以，我常常去东城河边。我熟悉了五十年。我认识河岸的那几棵老树，蝉隐在树上，我躲在树下，听蝉；我知道东岸的果场，盛夏的桃子又大又圆，比蜜甜；我喜欢曾经的那几条小木船，泊在岸边，或者荡在水中央，夕阳照着渔夫的脸。站在东城河边，望着波光粼粼的河水，我懂得了"逝者如斯夫，不舍昼夜"，懂得了"上善若水，水利万物而不争"，懂得了"柔而克刚，静而映物，动而能变"，领悟到了水之不争功，不诿过，尽在它的浩渺、包容和静而不喧。

午后的阳光抚摸着茶桌，茶香呼唤着思绪，思绪偎依着阳光。

人因俗物而美

孩子的记忆大多是一样东西，大人的记忆更多的是一段感情。

所以，在暮春街的时光里，我只记得那些可吃、可玩、可观、可赏的东西，比如冬梅送给我的礼物，哪怕是花生、蜡梅或书签，都会珍藏在记忆的深处。岁月如流，冲走了很多东西，却将最真实、最普通、最朴素的东西沉淀下来。至今，我仍然记得花生、蜡梅、书签，或者钢笔、图画、手帕和咸鸭蛋。

很多看上去不起眼的东西，在我的眼中却弥足珍贵。每到深秋，我都会走进风景，寻找那些漂亮的落叶。黄河老先生曾经送给我一枚叶雕作品，在薄如蝉翼的树叶上刻了某名人的肖像，惟妙惟肖。但我不感兴趣，我喜欢纯色的树叶，黄色或酡色的，不作任何刻画和装裱，尘封于书中，经岁月风干，褪去艳丽和鲜嫩，尽管没有文字或图案，但我能触摸到丰富的内涵甚至它的灵魂。

我喜欢蜡梅，曾走遍凤城以嗅其香。那年的深冬，在日涉居的花圃里也栽下了一株蜡梅，奇怪的是，这株蜡梅每年都开得很早。那天，我问一位朋友，他家院子里的那株老梅有没有开花，他说才打了花苞；我又去天德湖和梅园，那里的蜡梅也才缀着花蕾；我还去过光孝寺、南山寺、春雨草堂和范家花园，那里的蜡梅也都没有开。但日涉居的蜡梅却率先送来缕缕幽香。我独立于南窗前，虔诚地将暗香请进屋里，于是品茗就有了意境，思绪则悄然溜出窗外，相约旧梦。

至于花生，从小吃到大，我最爱闲坐着，抓一把熟花生，一边剥花生壳，一边看着窗外。剥花生是个很微妙的过程，咀嚼的时候，觉得特别的香。花生永远保持着我小时候的那种嚼劲和味道，在我最饥饿的时候，冬梅的一把花生，让我忘却了饥饿，以为天下之美味总是跟感情或心情有关。若是三五挚友小聚日涉居，花生是必备的下酒菜，最好是带壳的，需要动手剥的，才能品尝到花生的原味。当脑海里浮现出与花生有关的情景或细节来，整个人都兴奋起来了，我以为，这跟酒无关。

还有咸鸭蛋。因为蛋壳是画了画儿的，又是一男一女两个娃，冬梅舍不得吃，她应该看懂了画面的意思。在她的眼里，这不仅仅是一个咸鸭蛋，更是爱的萌芽、情的胚胎和梦的开始。

很多东西，在你认识它并与它相伴之时，便结了缘。我又想起那只手帕，绣了梅花的图案，像一抹诗意，藏着纯真的故事和温暖的岁月。

我不敢当着别人的面拿出这只手帕，也没想过再还给冬梅，而她也没有跟我提过这只手帕，我以为就是送给我的。偶尔，我也会偷偷地把夹在书里的手帕拿出来，展开，欣赏梅花：粉色的花瓣，碧绿的衬叶，青红的枝茎；手帕是纯棉的，雪白的底子，滚了素色的镶边，梅花显得格外的娇艳；嗅之，则隐隐地透出丝丝的淡香。

可惜，在考上大学、离开凤城之前，我已经找不到那只手帕了。家里很穷，但书很多，也因为书多，所以当我忽然想起那只手帕的时候，已经翻不到夹着手帕的那本书了。但我并未感到失落，那只手帕似乎早已藏在心里，拿不出来，也丢不了，却一直坚信它的存在。

其实，世上的很多东西都是你的缘物。看一眼，便映入你的眼帘；听一次，便时常回响在你的耳边；闻一下，便沁入你的心脾；吃一口，便定格了你的味觉；玩一把，便让你爱不释手；用一回，便让你永远忘不掉。

我曾带回浙江大明山上的一块石头，我曾带回宜兴竹海里的一片竹叶，我曾带回京城万寿山上的一朵松果，我曾带回金陵夫子庙里的一只茶宠，我曾带回维扬东关街上的一支毛笔，我曾带回苏州周庄里的一个香囊，我曾带回乡下老家的一根丝瓜络，我曾带回天德湖的一支枯莲蓬，我曾带回南官河岸的一把芦花，我曾带回文峰菜场的几羽野鸡毛，我曾带回弃在路边的一虬老树根……

那块石头黑白相间，黑如漆，白若脂，最妙的是，黑中有白，但白不染黑。钱兄问我，这是什么石头，我说是无名石。他笑道，这种石头到处有，你还特意从山上带回来，不值不值。我说，这块石头埋在山上，不晓得多少年了，我捡到它，就跟它结了缘，哪里还在乎它是否名贵呢？

钱兄沉默良久。

钱兄是我的发小，喜欢附庸风雅，当然，毕竟开过画廊，骨髓里多少还渗进了些艺术细胞。他曾送给平川先生一块怪石，一尺多高，身段苗条，体格风骚。平川先生视之若宝，置于客厅，每日膜拜，奉之若佛。我也曾从他家楼下的墙角里拔过一株鸢尾花，五年后，这株鸢尾花已经繁殖而成两百多株，诗意地生活在日涉居的南窗和北窗下。

钱兄喜爱字画，家里藏有戴琪的字、彭年的画和大根的印。立群兄曾赠我两幅大有的花鸟画，钱兄看到了，便想得到它且欲以一只玉蝉易之。经不住他的花言巧语和胡搅蛮缠，最终，他得了画，我得了蝉。有人说我亏大了，但我生性驽钝，没觉得亏。有时，在昏暗的光线里，与蝉对视而无言，一切尽在空灵中；有时，置之于手掌把玩，便觉得禅意顿生。曾写过一首小诗，诗曰："深秋蝉声消，其蜕留树腰。灵魂已出窍，静穆得禅道。"

但我仍然是个俗人，总是脱不了鹅黄的底子，所以离不开人间烟火，而且对一切俗物欣然神往。

大前年，在罡杨镇的野河边垂钓，河岸的楝树上挂着好几根老丝瓜络；前年，在涵东的扁豆塘也看到垂在半空中的老丝瓜络；去年，在乡下老家，邻居家有几根老丝瓜络横在院墙上，我掰下两根，剥去枯败的外皮，掏去里面的果肉，抖去里面的种子，带回城里。村里人说，要晒得猛干，才能用。丝瓜络一般可用于洗澡时搓背或擦身，有通经活络、解毒消肿的功效，主治风湿痹痛、手足拘挛、胸肋胀痛、乳痈肿痛等症。该物还可以用作抹布，纯天然，去污力强，手感也不错。其实，对我而言，收留着它们，只是作为一种怀旧的象征，其实用性已经淡化。

我曾经画过一幅山芋。乡下老家的土壤多为沙土，特别适合种山芋和花生，每年下乡走亲戚，年事已高的四姑妈都会亲自下地，挖起好多的山芋给我们带回城里去，还说你爸就是吃山芋养大的。父亲有四个姐姐，奶奶生下我父亲的时候，已经快五十岁了。所以，我和两个哥哥打小就爱吃山芋，正因为有山芋情结，这幅画便成为我最用心、最喜欢的一幅。我以为，当你把生活提炼到一定程度的时候，你的手，你的眼，你的笔，你的心，你的情，都会在画纸上得以呈现且沉淀着关于岁月、亲情和人生的诸多念想。

食物皆俗，本无高低贵贱之分，同在一片蓝天下，或取之于土，或得之于水，但味道各有其妙，各悦其主。

小时候，我很爱吃黏食，糯米圆子是我的最爱。如今，我对黏食已经有了警戒心理，但仍心向往之。偶尔吃点光圆子，必须把圆子汤喝掉。圆子汤带着糯米粉的清香，这是很特别的食物本香，不腻，不甜，不瘠，不躁，不鲜，不涩，不薄，不稠，滑润爽口，余味久远，就像跟一位与你很要好的人在一起，一切都是那么的恰到好处。

我特别爱吃茨菰，尤喜茨菰的尖茎。茨菰的肉微黄泛白，肉质细腻，食之甘甜酥软，茎味微苦。茨菰烧肉是传统家常菜，末代皇帝溥仪在回忆录中说："最青睐的御膳之一便是茨菰烧肉。"文学大师沈从文曾经在过年时用这道菜招待朋友，说茨菰的"格比马铃薯高"。唐代白居易有诗曰："树暗小巢藏巧妇，渠荒新叶长慈姑。"唐代张潮有诗曰："茨菰叶烂别西湾，莲子花开犹未还。妾梦不离江水上，人传郎在凤凰山。"宋代杨长孺有诗曰："恰恨山中穷到骨，茨菰也遭入诗囊。"《源氏物语》中亦有诗曰："君似菖蒲草，我身是水菰。溪边常并茂，永不别菖蒲。"

很多人不喜欢茨菰的苦味，但我以为这是一抹轻苦，跟茶一样。轻苦让你的味蕾有所清醒且逐渐敏锐起来，细品之后，苦尽香来，香得低微而厚道。所以，茨菰烧肉的绝味就在于，茨菰的轻苦与肉香互相渗透，肉不再油腻，茨菰也褪去苦涩的尾巴，二者变得中和温婉并释放出各自的美味。茨菰烧肉所诠释的味道最能触动怀旧情愫，其朴实而强烈的平民意识让身在异乡的人顿生归思之欲，面对一大盆的茨菰烧肉，须牺牲吃相以大快朵颐，才能抚慰躁动不安的灵魂。

至于野菜，本是最亲民的野味，家前屋后都有，无需花钱，只需弯下腰去，即可采得一大把。野菜的鲜嫩很特别，兼有唐诗的"境阔"和宋词的"言长"，既得自然之意境，又得韵味之悠远。

其实，可食的野菜很多，河南人喜食毛妮菜，冬季萌芽生长，春季幼苗嫩株可食；面条菜乃中原地区常见的野菜，其叶油亮且绿，无绒毛且光滑，可食用；马齿苋，东北人俗称为"马蛇菜"，红褐色，叶片肥厚，炒食、凉拌、做馅皆可；可爱的蒲公英，又名婆婆丁，焯过后生吃、炒食或做汤都可以；苦菜的嫩叶可采食，生吃略带苦味，用开水烫一下，苦味可除；还有薇菜，采集其粗壮嫩绿的幼叶，经沸水焯后炒食，或搓制薇菜干，也可腌渍；还有椿菜，又叫香椿芽，有特殊的芳香气味，食之鲜美可口，耐人品尝。

不过，我所说的野菜是指荠菜，凤城人管它叫"鸡菜"。每到春天，天朗气清，惠风和畅，约三五男女并携着稚童，拿着小锹，拎着竹篮，欣然趋于郊外。田埂上，河堤上，荒道旁，杂树下，都有荠菜。它的叶子与众不同，像鱼骨，像梳子，也像鸡爪，叶色或绿或紫，根茎呈淡绿色。

信步郊外已觉惬意盈怀，挖野菜又是一景，俯仰之间，自然之趣尽收眼底，更不用说采得荠菜的愉悦感了。《诗经·谷风》有诗曰："行道迟迟，中心有违。不远伊迩，薄送我畿。谁谓荼苦，其甘如荠。"早春田边溪头的荠菜花，开出精致而典雅的白色花朵，宛如繁星散落在地上。作为一种野菜，诗中直截了当地说"其甘如荠"，可见其味道甘美。

采得荠菜的嫩茎叶，浸泡，洗净，焯过后可凉拌、蘸酱、做汤、炒食，而荠菜水饺、荠菜馄饨、荠菜春卷则是春天餐桌上不可或缺的美味。凤城人还会做荠菜馅儿的烧饼，比其他品种的烧饼更贵一些，其香粘齿，余味长久。去年，我带着二十个烧饼，之维扬，造访泽南兄。数日后，泽南兄发微信告诉我说，荠菜烧饼最抢手，不够分。凤城人还会做荠菜馅儿的梅花糕，在陈家桥巷口，在八字桥巷口，在金明桥北侧，荠菜馅儿的梅花糕总是卖得火，一口咬去，露出来的荠菜仍然是碧绿的，鲜美无比。

春风只在园西畔，荠菜花繁蝴蝶乱。迎着和煦的春风，品味着飘袅而出的荠菜香，闻香而舞的不仅仅是你的味蕾，还有你的心情。

当然，说到咱老百姓爱吃的食物，也不能不提到芋头。在凤城，有"吃芋头，遇好人"的俗语，可见凤城人对它的偏爱。凤城人常吃的芋头叫"龙头芋"，像铅球，又大又圆，单个可达斤把重。一个龙头芋切成块状，可装满一大盆。凤城人的传统吃法有芋头烧肉、芋头烧扁豆和芋头烧青菜。不过，在我小的时候，吃得更多的是子芋，大小类鸡蛋，待煮熟或蒸熟后，很烫，撮起又放下，在两手之间来回抛掷，再用嘴吹着降温，然后小心地剥去外皮，一股热气陡然蹿出，露出白白胖胖的肉身，蘸点儿糖吃，又软又滑，又香又甜。

饭店里的芋头大多是香芋，以靖江芋和兴化芋为佳，香芋的芽尖染着淡青色或淡紫色，大小跟鹌鹑蛋差不多，滑溜溜的，筷子不容易夹住，只得用筷子戳进芋头或者要勺子舀起才成。香芋肉质细腻嫩滑，味道醇香清爽，入口不用嚼，舌头这么一挤，就软化了。

不过，生芋头的黏液中含有皂贰，能刺激皮肤发痒，因此剥芋头皮时需小心。可以倒点醋在手中，搓一搓再削皮，芋头就伤不到你了。如果不小心接触皮肤发痒时，涂抹生姜或浸泡醋水，都可以止痒的。

在菜场里，芋头往往跟山芋、萝卜、南瓜和胡萝卜放在一起卖，但相貌最丑的当属它了，黑不溜秋的、脏、邋遢，浑身布满卷曲的须根。但它心眼儿好，朴实无华，又能当饱，味道又好，深得咱老百姓的喜爱。

我曾画过一幅芋头图，龙头芋，参过画展。云骥君说喜欢这一幅画，于是留在了白羽毛书吧。

当然，所谓的俗物也不仅仅是指那些常见的食物，即便是家用之物，与你朝夕相处，也会成为点化了的物象，记录着你的经历，释放着你的性情，镌刻着你的思想。

家里有一只陶罐，未有任何印款，但年龄比我大，罐身及罐盖刷了青釉，造型古朴，做工简约。平时也是放着不用，每至隆冬，就将熬出的脂油装进该罐，雪白的脂油能一直吃到桃花盛开。

还有一只腌菜坛子，尺把高，口小肚子大，很饱满，很沉稳，内涵很深。以前，岁暮霜降，母亲就会腌几把咸菜，浸在坛子里，小鱼烧咸菜是二哥的最爱。待咸菜吃完，将坛子洗净，就搁在北阳台下，不去管它，它也不碍事儿，就这么静穆地等着，守着，它知道，又至岁寒时，就会有新鲜的腌菜来陪伴它了。家有老坛，犹家有老人，总是那么的亲切而温暖。

还有一只土陶罐，颈部留有绳扣，本是农村人下地干活时盛水解渴用的。我从乡下讨回来，洗净，放在茶桌旁，罐里没有水，但有莲蓬数支，有莲则有水，我以为得了意境。

去年，我在乡野捡到一虬被弃于路边的老树根。不知是啥树，乡下能有啥贵树，大约只是杂树的根罢了。老树根像什么呢？虎鹰狮豹，鸡狗兔鸭，凤凰麒麟，似乎都不像。但我觉得坦然，什么都不像就对了，它只像它自己，它就是它自己。于是，我没有修剪它，也没给它固定个造型，什么都没动，原来什么样就什么样，搁在书架上，看上去有点儿丑，但衬得书很美。

花圃里有个荷花缸，花了钱请回来的，青花瓷，绘着《清明上河图》。请它来是为了养荷花的，志明送的荷花根芽，盛夏时节，开出紫红色的花和淡黄色的花，各两朵。花不甚大，但精致，漂亮，冰清玉洁，一尘不染。荷花开过已晚秋，荷花缸终于落寞了，孤独地坐在地上。前两天，大雪落凤城，荷花缸的缸沿上围了一圈儿厚厚的雪，白茸茸的。麻雀飞过来，踩着缸沿的雪，留下一串串颇有趣的爪印。我不得不感谢时光和岁月，总会有意无意地露出些破绽，让我得以窥见关于人生的某些片段。

在岁月的湍流中，水的冲刷和浸泡，会让器物呈现本真的模样并折射出哲理的光芒。

人并非器物的主宰，而是陪伴，在你使用它们的时候，就得怀抱敬畏之心。器物会因你的尊重和呵护而怀感恩之心，会变得更加淳朴、优雅和静穆，甚至成为你生命的一部分并左右着你的审美趣味和人生信仰。

你陶醉于自然风景，常常将自己的某些情感寄托给它，或者说它的某些特征正好暗合你此刻的心境，"一切景语皆情语"，就诠释了你与自然风景之间的这种契合。但自然风景仍然属于自然，器物则属于你，尽管它同样源于自然。

人因器物而美。器物喜欢安静，当你内心烦躁不安的时候，器物可以给你以温馨的慰藉。

比如茶具。朋友说，所谓茶道，就是倒茶，你用茶壶倒水，浸泡茶叶，茶叶为你而活，为你而舞，为你而香；你端起茶杯，茶杯温暖着你的手指；茶杯或古朴，或精致，或典雅，又提携着你的审美意趣。其实，倒茶的姿势就能看出你的心态是否安静和从容。家里有一隅不甚明亮的空间，置一茶道，这里便成为我的心灵栖息地了，疲惫或带着淡淡忧愁的我回到家，心不由自主地靠近栖息地，未有茶而见杯之静穆，未坐定而思茶之醇香，心生愉悦，情有所托，意有所往。

比如花瓶。花瓶总是以一种孤独而尊贵的姿态出现，但它并不冷漠，它喜欢你亲近它，喜欢你的抚摸和欣赏。在花瓶的心中，拥有温馨与舒展，拥有被珍视与膜拜的荣耀，是它送给你的善语箴言。你采撷的草，插在花瓶里，于是就有了情境。早春的梅花，见到你后，待放的花苞欲言又止，春天的故事，被福尔马林浸泡成一段情节复杂的遐想和悬念；盛夏的清荷或深秋的莲蓬，将禅意染得碧绿或枯黄。作为衬托的花瓶以丝丝凉滑的触摸感熨平了你泛起皱褶的心绪。一切趋于安谧。

再比如花盆。前年的夏天，我买回一盆阔叶吊兰，吊兰我倒不是十分在意，在意的是栽吊兰的泥瓦盆，青灰色的，扣之铮铮然，很坚硬，也很稳重。我喜欢这种自然的质感，与优美无关，与沉静有关。瓷盆太滑，塑料盆太假，紫砂盆太贵，泥瓦盆抱朴。给花浇水的时候，泥瓦盆因水的浸透，颜色会变得或浅或暗，又得水墨画之意境。

家藏一方端砚，通体乌黑，呈椭圆形，体重而轻，质刚而柔，摸之寂默无纤响，按之如小儿肌肤，温软若玉，嫩而不滑，且纹理绮丽，疑为上品。关于砚，《释名》中解释："砚者研也，可研墨使和濡也。"砚台作为古代文房四宝之一，是习字作画的必备用品。

这方端砚已经用了半个多世纪，仍然完好无缺。本是父亲当年练书法时用的，大哥也用过，但我却从未用过它。求学之余，若是心血来潮，想写几个字，大多买现成的墨汁。二十年前，我参加过学校组织的教师"三字一话"比赛，得过特等奖，在田字格的学生字帖上写过几幅颜体，似乎雄浑敦厚，从此再未提笔。

端砚一直置于书橱里，暗光浮动；与之相伴的，还有几支毛笔和一个笔架。我平日里根本不去注意它，打开书橱取书的时候，偶尔会瞥它一眼，心里才会泛起涟漪，毕竟它在我家已经生活几十年，一直沉默寡语，但墨香犹存。看到家砚，便记起如烟之旧事，以为家有此砚，便有了墨香，便有了书香，便有了温情。

还是在去年，烟花三月，在泽南兄的寓所里，见过若干只茶壶，各式各样的，摆满博古架，但茶壶似乎都蒙上了一层灰。我问他，为何不拂去灰尘。他笑笑，说，有些茶壶放十多年了，从未碰过它们，就让它们守在那里吧。至于灰尘，他说，这是纤尘，是世尘，但壶不会理它的，壶也不脏的，清者自清。我得了道似的，忙点头称，然也。

说到器物，我不得不提到笑堂兄，他家的老物件甚多，甚至连房子都是老物件哩。

俞氏老宅乃清代建筑，不过看上去屋子有点儿歪。笑堂说，屋子已经歪了上百年，可屋子里头一点儿都不歪。这话是真的。三间屋子均为全木架结构，稳定牢固。

堂屋的地面铺以青灰大方砖，平而不滑，明而不亮，夏天光脚踩在上面尤为清凉，且脚底还不脏。曾有人以数百元易一块地砖，笑堂犹豫片刻，终拒绝。堂屋门前的石阶乃青石板，长且六尺，宽尺余，厚达半尺。石面青灰色，布满自然的纹理，细瞻，以为山川相缪，时有可观：高峰入云，清流见底；两岸石壁，五色交辉；青林翠竹，四时俱备；晓雾将歇，猿鸟乱鸣。乃奇石也。

两把太师椅各缺一条腿，垫上两块砖，坐在上面还是有模有样的；一张紫檀大方桌应该很值钱，两个人搬不动，打牌的时候，肘子搁在桌沿上，特舒服；一张荸荠漆木制摇篮床，民国初年的，搁在另一张两门橱的橱顶上，两门橱的把手是老黄铜的；爬爬凳（小板凳）也足够霸壮，都是大象腿，坐在上面拣菜，高度正好；还有一张很小的小方桌，鸡翅木的，做工精良，超可爱；四张长条凳，宽厚待人，养屁股。另有若干花瓶，据说是晚清的，瓶身绘着梅兰荷竹，都暗投在角落里。

不过，我更感兴趣的，是堂屋两侧的立柱上贴着的一副对联，或者叫作标语，道是："提高警惕，保卫祖国。"红纸已经白且破，黑字已经淡且模糊。笑堂说，对联贴于20世纪60年代初，其父刚从苏联留学回来不久。每次造访俞宅，我都要凝视这副对联，甚至产生完好地揭下这副对联的念头。

置身于俞宅，仿佛时空穿越一般，思绪万千。最得意趣的是，堂屋正门两侧的格子扇窗，上面糊了白纸，留下几个不规则的小洞，这是电影中常见的特写镜头，有丰富的想象空间，大多与浪漫或惊悚有关。笑堂说此八扇格子木窗质地细腻，图案古雅，雕工了得，乃花梨木也。我坚决不信，问之于谙熟古玩的老弥先生，弥先生视之，曰，杂木也。

俞宅北有老井一口，俞家有一吊桶，铅皮的，以麻为绳，用了几十年了。平日里，吊桶则吊在扇窗上并与数挂腌咸菜、一把火钳和一只拖把为伴，颇有市井凡俗之趣也。

还是在俞府的附近，拐过扁豆塘，折而西向，在鹅颈巷深处，偶见被弃于墙角的坛坛罐罐，还有硕大的凉匾。坛坛罐罐自不再赘，那只凉匾倒是引起了我的兴趣。

凉匾足有小床那么大，细观其竹篾，似乎并未破损，只是颜色淡褪，毕竟风吹日晒已久。

盛夏时节，凉匾也是我小时候的床，里面可睡两三个孩子呢。凉匾四周翘起，形成一个椭圆形的防护圈，躺在凉匾里的孩子是滚不下来的。最难忘的，是外婆掇个小板凳，坐在凉匾旁边，轻舞着芭蕉扇，一边驱赶蚊子，一边给我们哼唱着童谣。

外婆轻声哼唱道:"老鼠点灯,娃睡觉,睡到半夜,起来踏车,车一倒,打个鸟,鸟一飞,打个龟,龟一爬,打个啥(蛇),啥(蛇)一游,打个麻球球。"又哼唱道:"排排坐,吃果果,你一个,我一个,东东不在留一个。"又哼唱道:"小蜗牛儿背书包,慢腾腾儿上学校,东望望,西瞧瞧,爬到太阳落,刚刚到学校。往里看一看,已经放学了。"还哼唱道:"从前有个山,山上有庙,庙里有个和尚讲故事,讲的什么故事?从前有个山,山上有座庙……"很快,我和两个哥哥都睡着了。夜色如洗,凉风习习,蚊虫不扰,明月西垂。

盛夏已过,转瞬即秋。将凉匾洗净后擦干,放在床顶上或搁在门后面。待岁暮冬至,家人又得将凉匾搬出来,因为又到晒萝卜干的时候了。

母爱都是用手来表达的。除了做饭,做家务,做针线活儿,还要腌咸菜和萝卜干。待萝卜干腌好浸泡在坛子,过了两天,还得每天早晨,从冰冷的盐水里将萝卜干捞出来,一一排在凉匾里,放在太阳底下晒。寒冬腊月,母亲的手总是冻得通红。萝卜干晒好入坛后,又得将凉匾清洗干净了,然后搁在床顶上或门后面。冬去春来,春去夏至,梅雨天一过,遇到大太阳,凉匾又得派上用场了,晒伏的时候,冬天的衣被都摊放在凉匾里,堆得满满的,放在太阳底下暴晒。

阳光的味道溢满了衣被,也溢满了每一个贫穷而快乐的家庭。

有时,时光像个调皮的孩子,你喊他的时候,他溜得老远,回过头来,还冲着你笑;你烦他的时候,他总是出现在你的身边,还逗你急。

器物是时光存在或消失的唯一证据,你回忆过往,它会主动跃入你的眼帘,让你触景生情,情不自已;你郁闷颓然,它会抚慰你的情绪,让你转悲为喜,心定神安;在你快乐无忧的时候,它也会突然刺痛你的某根脆弱的神经,让你转喜为悲,跌入深渊;在你需要它的时候,它又会躲在你的背后,或尘封在某个角落里,再也寻它不见。

每个人都有自己的珍藏之物,不可告人的秘密,凄美哀婉的情节,铭刻于心的经历,难以忘怀的旧事,无法实现的梦想。

还有老照片。一般插在旧相册里,或者嵌在照片框里,或者压在玻璃台板下，或者夹在一本书里。我有很多的旧照片，大前年，《新周刊》刊登了一篇采访我的长文，文中插入好几幅老照片，其中一幅是我周岁时坐在母亲腿上的照片。我将照片放大后，摆在书橱里，偶尔瞥见，遂觉得暖意融融。

钱兄有一张年轻时跟女朋友逛街的旧照，地点在海陵路光明副食品商店门前。他自己并没有这张照片，是陌生人拍的。去年，他的同学竟然在网上发现了这张照片。钱兄得知后，曾多方打听过这张照片的来源，终无果。但他也不失落，因为那时的他看上去很英俊，很潇洒，脖子上还围了一条格子图案的长围巾。

有一张值得我珍藏的老照片，是大学同宿舍四年的八位同学的合影。常常记起那时的大学生活，于是这张老照片即刻活跃起来，生动起来，丰富起来。

照片是黑白的，但大学生活却是彩色的；年轻的我们是幼稚的，但也是充满活力和朝气的；求学生涯是艰苦的，但精神是勃发而愉悦的。

老班长久春是退伍后考上大学的，是中文系的老大哥，性格豪爽，酒量大，但他爱打鼾，鼾声如雷，在我的上铺雷了整整四年。周平兄似乎有洁癖，每天做早操之前，梳头的时间总是比较长，人道是：看上某个女生了。泉荣兄一头乱发，带卷儿的，走路有点儿拖，为人特仗义。振宇兄弹跳好，文笔也秀，于是后来任超级中学泗洪中学校长达十年之久。维德兄喜欢打篮球，只是常常跌倒，膝盖老是受伤，因为他个子高且瘦，他现在也是校长。如今的助东兄乃海门中学校长，个子不高，但才高八斗。志明兄也是校长，虽不善言辞，但睿智内敛的人大抵如此。

大学校园是滋生爱情的温床，小桥流水，桃红柳绿，姹紫嫣红，都是爱恨情仇的意象。似乎我也曾谈过女朋友，确乎担任过校园广播电台的播音员，而那时就小有名气的作家毕飞宇担任编辑。我什么都不是，只喜欢在篮球场上跌打滚爬。夕阳吻地的时候，最得佳境，我一边打篮球，一边听广播里飘过来的妙音。更多的恋爱中人则喜欢花前月下，卿卿我我，因为男生可以无偿地获得女朋友的饭菜票，强烈的饥饿感也是促使男生谈恋爱的原始动力之一。

　　一张老照片，留下来的不只是影像，还留下来更多的记忆和联想的空间。所有的曾经，都可以借助于一张老照片得以清晰地再现，再现的还有看不见、摸不着却铭记于心的情感。

　　细节是老照片的灵魂。上大学时特别在乎自己有没有长胡子，长了胡子后，从来不刮，当然男生都不刮，以显成熟和阳刚。那时的眼镜学生并不多，所以拍照片无需微微低头，显得魁梧和挺拔。我有一件花衬衫，很妩媚的那种，但衬衫里面却是黑色圆领汗衫，真是土得掉渣。

　　除了老照片，还有家里的那些小物件，也能引起我们的追忆和思念。无聊的时候，找东西的时候，你很可能会翻翻抽屉，或者书橱，或者衣柜，或者阳台，偶尔会有意外的发现。原来曾经的缤纷岁月竟然藏在无意间，这让你不禁感慨良深，于是思绪如风，追逐着旧日的时光。

　　家里有一个很老的老虎钳子，我们小的时候用它来剪过螺蛳。一只脚踩在一只把手上，一只手抓住另一只把手，将螺蛳的尾尖压在带齿的钳口上，抓住把手的那只手往下一摁，毫不费力地就能将螺蛳尾尖剪下，半淘箩的螺蛳很快就剪好了。这把老虎钳子作用多多，还可以剪铅丝、拔铁钉、修家具。如今，这只老虎钳子已经锈迹斑斑，基本上不能用了，但舍不得扔掉，因为看到它，我就想起兄弟仨轮流剪螺蛳的情景。螺蛳可是那时候的荤菜啊，洗净了，加些姜葱蒜椒等佐料，放锅里一阵猛炒，鲜美无比，还下饭。

　　家里还有一把小锥子，都几十年了，以前是母亲纳鞋底用的。男孩子脚大有劲，棉布鞋底都要加厚，顶针有时顶不住针鼻儿了，鞋底太厚实，于是只好用锥子先在鞋底上钻个细眼儿，然后再用针戳穿鞋底。一只棉布鞋底一般要钻几百个针眼大小的细孔，密密麻麻的，分布有序，形成由小到大的旋涡状的圈儿。一个秋季下来，母亲要做成五六双棉布鞋底，右手的手掌和虎口处常常被锥柄磨出好几个血泡来，而左手的食指和中指上也常常被锥子或纳鞋底的针不小心刺破并流出血来。夜深，母亲待我们睡着了，就坐在我们的床头，在朦胧的灯光下，一针一针地缝衣或纳鞋底。母爱，不仅仅是用手来表达的，更是用她的生命来表达的。想起这样的情景，我的眼里就噙满了泪水。

家里报纸杂志多，父亲常常用这把锥子在报纸或杂志的边沿钻出一排细孔，然后用粗棉线穿过细孔并系扣在一起，就像古代的线装书，然后装订成册，整齐地排放在书架上。这把小锥子父亲也用了几十年，装订过数不清的报纸杂志。看到这把小锥子，油然想起父亲钻锥子的情景。父亲特别喜欢看书，也珍惜每一本书，所以，我们兄弟仨从小就养成了爱看书的习惯。我崇拜父亲，他是我人生的第一任老师，也是最好的老师。

事实上，几乎每个家庭都有一些杂物并未扔掉，它们赖在你的家里不走，或者说依然留恋着你的家，它们也是你家庭的一员，只是不会说话，只能隐在角落里，让岁月替它们表达。

比如废弃的花盆。花草已逝而盆土犹在，但你已经不再关注它们了，于是这些花盆就堆在阳台或院子的一角，日晒雨淋，花盆或变旧或破裂，失去了往日的鲜亮。花盆曾经是花草的家园，也曾因为花草的繁茂和美丽而深得主人的呵护。有生命的花草曾经带给你葱葱绿意、姹紫嫣红和阵阵幽香，你每天都会亲近它们，欣赏它们，给它们浇水、施肥、培土和修剪，你因它们而自豪。

但你不该冷漠这些花盆，就像不该冷漠你的故园，尽管已经无人居住，尽管已经荒芜，尽管你身在异乡。每个人都有故土情结，思乡是每个人的精神诉求和情感寄托。即便是一草一木，也会对生它养它的那方水土怀抱感恩之心，也会对呵护它们的人回馈以灿烂。

永森君的父亲养着满院子的花草，尤以盆景为多。偌大的院子里，你几乎找不到一只废弃的花盆，每一只花盆里都养着花草，哪怕是最廉价的、毫不起眼的、无人观赏的花草。

什么才是真正意义上的家？"家"这个汉字本身就作了最好的诠释。东汉许慎编撰的《说文解字》中说，"宀，交覆深屋也"，"豕，豨也"——豨就是猪，两字合写为"家"字。猪是温顺、繁殖力旺盛的动物，对古人来说圈养的生猪能提供食物的安全感，因此畜养生猪便成了定居生活的标志；同时，这个字还告诉我们，有猪必有人，这就构成了"家"的最原始、最朴素的概念。

"归去来兮，田园将芜胡不归？"每个人都有自己的故乡，但未必都有自己的精神家园。一只废弃的花盆同样需要以生命的物象来点缀和充实，才能意有所托，思有所向，老有所依。那么你的家园也当如此，唯有灵魂可以栖息的地方才是我们最终的精神归宿。

茶是有灵魂的俗物

凤城的冬季比较漫长，来的时候急急忙忙，走的时候拖拖拉拉。凤城人似乎不太喜欢冬季。

不过若是遇上冬日暖阳的话，日子便丰满多了，风景也有了情致，人也鲜活起来了。很多人会到户外晒太阳，或漫步于草地，或鹤立于壁前，或团坐于门侧。

若是遇上下雪，凤城人便调皮起来了，嗨起来了，吃火锅自不必说，拍雪景也能拍出北方感。说实在的，雪是冬天的味道，没有雪的冬天就像人掉了魂似的，总会有些失落感。

当然，我更喜欢在冬日的午后，孤坐于南窗下，泡上一壶老茶。若是有几绺儿阳光恩赐于我，又有几只不怕冷的麻雀在窗外捉迷藏，还有一枝蜡梅替我点香，便觉得冬天还是蛮可爱的。

茶是最懂人心的，因为它有灵魂。与茶相遇，是最好的禅缘。轻啜一口，便得知己。所以你得敬畏它，视之若贵人。若是有一方清石蹲着，或一寸菖蒲陪着，或一抹青苔衬着，或一丛疏叶映着，抑或一朵闲花盈着；恰巧，天得温晴，或窗含余雪，或檐凝细雨，或树敛啸风，怎么着，都生了些意趣，以为世间之至境尽在乎己也。若是邀上二三茶客，视茶为友，陪茶而坐，以茶为题，轻言慢语，或听茶声，或闻茶香，或瞻茶姿，亦是品茗之妙境也。

茶爱孤独之人，也不拒绝同道之客，但茶喜欢干净、清朗和纯粹，拒绝与龌龊、浮躁和浑浊为伍。

可我仍然不谙茶道，只愿借助于茶来酝酿思想，以为茶水可以生成、滋润并纯净我的思想；再说，茶比我懂事，比我深刻，比我坦然，也比我从容。

五年前，在京城，我第一次喝普洱。二哥的好友郁哥和金哥皆茶道中人，我在金哥的茶室里，聆听过郁金二人关于茶道的禅言。老京城人的身上总会带些风骨之气且古意盎然。二哥说皇城根儿的人就爱喝普洱，郁哥说普洱茶的味道最深邃；金哥乃八旗之后，喝了半辈子的普洱茶，他以为，"说不清"才是普洱茶的真味。这话有点儿玄了，但耐人寻味。

其实，凡茶皆有苦味。苦是普洱茶的第一味。不过自古以来，苦恰恰是一种美味。《诗经》曰："有女如荼。"将美女比作苦荼，可见苦味甚美。普洱的苦是一种灵动的苦。早期的苦味是很清浅的，你的舌尖尚未与之深度接触，就被其他的味道冲淡且消融了。中期的苦味变得醇厚些，但你已经感到苦中渗香，其香沉静而绵柔，尤为耐品。后期的苦味似乎又淡了些，但你的舌头变得轻盈起来，仿佛雨水洗过的荷叶，清香而纯美。

很多人以为普洱茶还有股怪味，似乎有鱼腥味或者糯米味或者生涩味。我也曾品到过类似的味道。其实，这正是普洱茶独特的地方。"说不清"才是最好的味道，也是最好的茶道。你喜欢什么味道，它都能满足你。然而，这不仅仅取决于茶叶和茶水的品质，还取决于你的感觉，你的知觉，你的意念，以及舌头的敏感度和悟性的高低。

凡物皆分阴阳，我更喜欢阳刚的普洱。年代较久的普洱茶往往能冲泡出很强的野樟茶香，凝重沉健，古韵十足，茶气遒劲，浓烈似火，水化生津，有如日近正午而壮勇。

又有人以为普洱既为茶，终归寡淡而无味。不错，再好的茶，泡久了，也会趋于无味。茶已无味，但茶味已入你心，这才是品茶的最高境界。

我以为，无味之味竟有着无言的禅境。普洱茶的茶道是参化道家的真道，同时也处处弥漫着禅机。参契者从无味的普洱茶中，透过明心见性而顿悟警醒，得无味之味，观无景之景，听无音之音，见无我之我。是故，品茗即品心也。

从京城回到凤城，我便开始尝试着喝普洱茶了。但凤城人似乎并不青睐普洱，他们更钟情于绿茶，以为玻璃杯中携着一抹青山绿水，便觉神清目明，淡雅之香也更容易为他们所接受。

缪伟君嗜茶，但只喝绿茶，每次从金陵回到凤城，造访日涉居，也是随身带着泡了绿茶的玻璃杯。他说，喝绿茶是多年的习惯，难改。很多茶客也喜欢随身带着玻璃杯，里面泡的也是绿茶。绿茶又叫工作茶，有的人还会在茶杯里加些枸杞、参片之类的清补之物。其实，这些都是不难解释的，因为绿茶是茶水相融，可以随身携带，而红茶或普洱是茶水分离，所以更适用于茶道。

不过平川先生喜欢喝普洱。他家的阳台上置一茶道，坐在阳台上喝茶，可以东望凤城河，俯瞰迎春桥，南眺望海楼。他说，喝普洱也是受我的影响，老是去日涉居喝普洱，喝上瘾了，终究冷落了绿茶。

振宏君亦嗜茶，但至今，我仍然未能弄清楚他究竟喜欢喝什么茶，或许什么茶他都喝。果如是的话，我以为此君乃高人也。他送过我不少茶叶，去年冬季，他还送给我一小包福鼎老白茶，说是极品，只有这么多了。我大笑数声后，表情萧然。振宏君对茶道的理解颇为独特，每每出语惊人，令我不得不刮胡子相看。

风之先生亦嗜茶，他喜欢掌一只紫砂壶，直接啜饮。其壶若南瓜，呈蜜枣色，小巧玲珑，壶身因长期的抚摸而变得油亮细腻。他写得一手好字，衣着古典，精致严谨，其头发总是一丝不苟且黑亮如漆。当然他爱喝绿茶，不过也曾询我以茶道诸事，我以为他可能改变了茶格。

但我仍然不谙茶道，以为茶乃人恋草木而得草木之味，草木依人而得人之趣，所以茶与人之邂逅，投缘则相近，无缘则相远。闲适时，离骚时，愉悦时，烦躁时，孤寂时，雨落时，雪飘时，风起时，夕照时，花开时，夜静时，皆可依茶而坐，与茶相伴，邀茶共语。

如今，静心品茗的人并不多见。在这个喧嚣、浮躁而焦虑的人世间，更多的人对名利趋之若鹜，能沉下心来读点书、写点文字的人已经不多了。即便有机会品茗，也常常坐立不安，东张西望，神志恍惚。

世爱纷奢而我独守一隅，人逐浮华而我唯求心净。每天都应该特意安排些时间给自己，或寄于书籍，或寄于孤灯，或寄于清茶，或寄于纸笔，或寄于雨雪，或寄于静月，或寄于黑夜。孤独的时候，你才能看清自己，才能看清世界，才能与心灵对话。书籍是可以信赖和陪护的好友，文字是心灵的眼睛；孤灯是一抹静谧的微光，能照见你前行的方向并柔软你的身心；一杯清茶能让你的情绪缓冲下来，恰好的温度最暖人心；纸笔是物质的东西，有着极为顺滑的触摸感，心之所向，笔之所履，情之所溢；雨雪乃自然之芳泽，却能滋润人的心田，寄托人的情感；静月是最美的意象，也是内心的观照；黑夜是极端的冷色调，也是最深沉的背景，能反衬出你暖色调的心境。

我常常独立于天德湖畔，荻花瑟瑟，清波粼粼，思想可以随波逐流；常常徜徉于凤城河岸，水域辽阔，白鹭栖游，心绪可以且沉且浮；常常漫步于三水湾，青砖黛瓦，桃红柳绿，情感可以或浓或淡。孤独而来，又孤独而去，但心却不再寂寞。

你还可以流连老巷以得古意之趣，你还可以驻足街头以听都市之喧，你还可以走进菜场以品口舌之味，你还可以拐进茶寮以寻清静之所，你还可以趋于荒野以观杂草之莽，你还可以独自凭阑以啸浩然之气，你还可以登上高处以望倦鸟之还。

心净则得静，心静则得境。

早春是四季的初恋

我以为，日涉居总是很清静的，除了瓦雀在花圃里唤我几声，还有低调的风且行且吟，还有墙外的路人相互寒暄，以及早春的虫们在土壤里窸窸窣窣地蠕动。

尽管我喜欢菜蔬、器物、杂物、小物件和茶君，但我仍然对花圃情有独钟。不论是花草，还是虫们，一直陪着我和我的思想，从未有过厌烦和不满。在我最失落的时候，它们从未离开。当然，我也尊重它们和它们的情绪。

漫长的冬季已经谢幕，不过好像前天还下过一场雪，接近中午时，雪已经融进春天里。于是，我走进花圃，寻觅关于春天的消息和冬天的旧事。

土壤已经松软，踩上去很轻柔，这是春天来临的征兆，就像人的皮肤，不再紧绷僵硬，变得嫩滑且富有弹性。去年的衰草已经完全腐烂，但已有几枚冷绿的草叶在它们的身边破土而出。杂草总是率先觉醒，而且长得很快，几天工夫，就铺陈一大片，绿油油的，直逼你的眼。去年打朵儿的月季花终究没有充分绽放，寒冷和霜雪摧毁了它们的春梦。海棠缀满青红色的苞芽，这些苞芽已经酝酿一个冬季，足够的等待才能开出最美的花。牡丹也抽芽了，跟芍药的嫩芽一样，呈酡红色。我不太喜欢牡丹和芍药，尽管无数古诗词都点赞过它们，但花期极短，只有五六天，开得辉煌，败得迅速。我不得不再次提到蓝鸢尾，嫩叶已经蹿至半尺高，而枯叶犹存，像刨出的朵朵木屑花。蓝鸢尾在我家已经生活了五六年，从未浇过水、施过肥，但依旧长得繁茂，五六月份满眼的淡紫色，洋溢在南窗下。

早春是四季的初恋，乍暖还寒。

凤城的早春是有脾气的。早晨的气温跟冬天差不多，甚至感觉更冷些，因为毛细血管被束缚得太久，沉不住气，调皮起来了，毛孔也随之活跃起来，岂料晨风一吹，浸入肌肤，冷得浑身直打战。到了中午，气温又变得和蔼可亲，你甚至会自信而勇敢地脱下冬衣，换上春装，享受一个下午的轻松和轻盈。但到了黄昏时分，寒意又杀了个回马枪，来势凶猛，让你措手不及，春装扛不住了，赶紧回家添加衣服去。其实，早春就这脾气，既活泼又任性，既可爱又可恨。

早春不好惹，古语就有"春风裂石"的说法，可见二月春风的厉害。凤城人也信守自古以来就流传着的"春捂秋冻，不生杂病"的养生谚语，所以，早春穿的衣服跟冬季穿的衣服没什么区别。

万物都会在初春时节苏醒和蓬勃，但一不小心，也会遭遇"倒春寒"的无情打击。人的心绪和情感也会在初春时节发酵和酝酿，但也会因初春的怪脾气而起伏跌宕。

初恋就像早春。早春是新鲜的，初恋也是新鲜的，但保鲜期很短；初恋又是纯洁的，但现实却是复杂而尖锐的，所以玻璃心易破；初恋也是单极的，总是全心全意地爱着对方，却不懂得爱自己，失去了对方，也就失去了自己。初恋如淡淡春风，徐徐而来，甜甜入唇，但经不起大风，终究甜不到内心。但初恋又让人忘不掉，淡无痕却曾经飞过，雾中花却依稀可见，日中梦却因之枕泪。其实，当你踏过早春，蓦然回首，才发现初恋原来不是用来占有的，而是用来怀念的，怀念逝去的曾经以及曾经的美好，而且是在你失落或寂寞的时候。所以看到早春的芳草，我们总会顿生怜爱之情；看到缀在枝头的花蕾，我们总会惊喜连连，满心期盼；看到消融的脉脉流水，藏在心底的情愫总会泛起阵阵涟漪。但早春毕竟是脆弱的、单薄的、短暂的。

不过，早春之时，还是少说关于情感的话题，也不要读唐诗宋词。不如丢下你的剑，你的酒，你的书，你的瑶琴，你的面具，你的怅意，你的相思，你的得失。不如踏青去，寻自然之野趣；不如访古去，觅凤城之旧事；不如至日涉居，与我一起，静穆不语。

《尚书》曰："春，出也，万物之出也。"在西周，万物萌动之时，就开始迎春郊游于野外。先秦时，齐国便有"放春三月观于野"之风俗。晋代的踏青风俗中又有曲水流觞等雅俗，且十分盛行。书圣王羲之曾于永和九年

（353）三月三日与谢安、孙绰等人在会稽山阴的兰亭相聚，赋诗，流觞宴饮，写下流传千古的名作《兰亭集序》。唐代的踏青更为盛行，杜甫有"江边踏青罢，回首见旌旗"的诗句，孟浩然也有"岁岁春草生，踏青二三月"的诗句。明清以来，踏青风俗亦然。《杭州府志》中记载："二月花朝以往，士女急先出郊，谓之探春。"又曰："每当春日，桃花盛放，一望如锦，游人多问津焉。"

一直觉得古代人似乎比我们现代人活得更浪漫些，更优雅些，更有情调些。现代人的生活似乎变得愈加程式化、抽象化、机械化。即便有人仍然钟情于雅致的生活，也会被人讥笑，以为作秀，以为矫情，以为吃饱了撑的，甚至误以为大俗才是大雅，丑到极致为最美。人生的趣味就是这么一步步丧失的。

但早春的郊野仍然呼唤着我和我的心灵。我可以辜负青春，辜负韶华，辜负天下，但不可以辜负早春对我的在乎和牵挂。心向往之，足之所履，意有所至，情有所依。

我曾经去过北郊，通扬运河的南岸，绿野葱葱，茂林修竹，清流激湍，映带左右。虽无丝竹管弦之盛和视听之极，但与三五挚友，席地而坐，携家常恬食，或迤迤而行，或漫漫而游，或看清波滔滔，或观百舸争流，或嗅岸芷汀兰。风带着青草的气息，扑面而来，鼓动我的衣衫，飞扬我的头发，荡涤我的呼吸。早春的野花太害羞，你寻不到它，却闻得到它的幽香；枝头的黄芽太稚嫩，但它终究会长大；早春的天空太清明，虽不甚蓝，却澄澈如洗。

我曾经多次去麒麟湾。不是为了看植物园，这些地方不是我所以为的郊野，尽管花团锦簇，风景如画。那不是我的自然，我的自然没那么好看。

所以我和几位同道者只在野河里钓钓鱼。鱼倒是没钓到多少，但我钓到了自己，淡然，闲适，还有从容。早春的河流特别的沉静，春风尚幼，无力吹皱一池碧水；芦苇枯萎，芦花落尽，但浅青色的芦芽已经从老根的一侧抽出来；长相各异的野草急不可待地爬出地面，没人注意到它们，但它们并不失落，更不孤单，即便踩着它们，也不觉得疼，反而长得更凶；野河的河岸总会歪斜着几棵杂树，稀稀疏疏的，叫不出它们的名字，也不见它们长高长粗，多少年来，就这么存在着，活着。

紧挨着河岸的便是庄稼地。农谚说："二月没九，饿死鸡狗。"意思是说，农历二月里没有数九天，天气回暖得快，害虫出来得早，就会影响收成，甚至连鸡狗都会饿死。二月二这天，又称"龙抬头"，也称为"春耕节"，这天皇娘要送饭，御驾要亲耕。

钓不到鱼的话，我就放下鱼竿，沿河岸漫步，以观早春的田野风光。正在田头锄地的老农看到了我，以为我是外人，遂走过来"问所从来"，我"具答之"。"原来你是玉春的老师啊，看你就像个读书人，你们随意，你们随意。"老农笑眯眯地又去锄地了。我想起《论语》中的一句话："四体不勤，五谷不分，孰为夫子？"

至午，只钓到几条小鱼，不忍，于是都放生了。小鱼并不谢我们，径直游向河的深处。

玉春风尘仆仆地赶过来，盛邀我等去他家吃顿便饭。玉春是麒麟村村委会的干部，个子不高，为人谦和。当年还是高二学生的他，有一次肚子疼痛难忍，作为班主任的我背着他，一路跑到离学校数百米远的医院，因抢救及时，病情很快得以缓解。彼时，玉春家贫，学校离家甚远。此事玉春至今还记得，每每提及，几欲垂泪。

麒麟湾不是世外桃源，只是离城市最近的安静之地，掸去纤尘，洗净铅华，祛除繁杂，还原了生活的本真。

麒麟湾的水都是活水，直通江河。玉春的家就坐落在河岸旁。颇为神奇的是，他家有个很大的地下室，推开地下室的东门，映入眼帘的就是一条开阔的河流，河岸与门仅有数步之远。最有趣的是，倚在地下室的窗台上，伸出鱼竿，就可以垂钓了。最有意境的是，窗旁还种了几棵桃树、橘子树和月季，门外一侧又有一狗窝，白天狗不在窝里，谁也不知道它在哪里，但天一黑，狗就乖乖地回窝了。玉春说，去年狗狗下了六条小狗，都被邻居抱走了，狗狗郁闷了个把月。但麒麟湾的村落并不大，百多户人家，就几条小路小巷，所以，小狗狗常常溜回玉春家，摇着尾巴找妈妈。

午饭没几样菜，红烧鲫鱼、茨菰烧肉、香干炒药芹、西红柿炒鸡蛋、咸菜豆腐汤，另有一碟花生米，但我们很满足，还多吃了半碗饭。饭罢，玉春带我们去村里转转。家里那只狗一直跟在我们后面，看上去情绪不坏。

一路上，遇到很多的狗狗，颜值都不高，不过没一只狗对我们怒目而视。有的时候，玉春家的狗还会主动走过去，跟那些狗狗打个招呼。天气很架势，阳光很阳光，不少人家在院落里或大门外晒被子。

农村人的被子跟城上人的被子不一样，农村人的被子一般不用被套，大多又是棉花胎，就直接将被子捧出来晒了。颇有意蕴的是，农村人盖的被子更有中国风，被面仍以绸缎为主，大红大绿的，上面还绣着诸如花好月圆、鸳鸯戏水、国色天香、龙凤呈祥等精美的图案。想想看，晚上睡觉时，将晒了一天的被子盖在身上会是怎样的感觉，蓬松绵柔的被子不仅渗透着阳光的味道，单是看看被面上绣着的那些精美而寓意美满的图案，你还会辗转难眠吗？再说，农村的天黑得早，乡下人晚上睡得早，灯就熄得早，狗狗也不叫。

凤城可以踏青的地方并不少，可你是否还保存着这份闲情逸致呢？抑或你的工作太忙碌，抑或你的生活很丰富，再抑或你的人生太荒芜。早春很懂事，它仍然在等你，你错过了早春错过了时光，错过了风景错过了岁月，人生还剩多少情趣？

当然，即便是早春时节，凤城访古也是别有一番趣味的。

那么，凤城保存至今的古迹多乎哉？不多也。你一定以为凤城的古迹不少啊，什么老街、望海楼、古稻河、乔园，什么光孝寺、南山寺、北山寺、西山寺，什么斗姆宫、城隍庙、关帝庙、范家花园。若是邀我做向导，我就不会带你去这些地方，你自个儿去。

早春的涵东是我的首选。不过涵东的明清古建筑群我已写过若干次了，因为涵东的某条老巷子里有个名人叫笑堂，我的同窗，矮而胖，是凤城河北岸的交际舞王，书香门第，宅中的老物件多得没处放，随手搬个东西走，极有可能都是"国家宝藏"，但他低调不张扬，鄙视一切身外之物，生意做得很兴旺，买了一辆"新能源"，最爱驾车到处逛，他对涵东一带的典故和传说也了如指掌。他不假思索且一本正经地说，温知女子学堂是个有故事的地方。

温知女子学堂乃泰州名士韩亮侯倡办的。韩亮侯，乃"凤城四侯"之一。那时有仲一侯、韩亮侯、韩召侯、马东侯，皆为凤城文坛风云人物。韩亮侯才华横溢，擅长诗书，精通音律，早年与胞弟韩召侯赴日本留学，工诗文，精德、日两国文字。1915年，韩亮侯与其妻创办温知女子小学，开凤城女校之先河。李叔同应邀为之谱写校歌："万柳堂近太平桥，有我温知女学校……"万柳堂是韩家的堂号，门前有条小溪，岸边栽满柳树。

学堂的大门朝西，正对着草河。我和笑堂来访的时候，阳光正照向草河的西岸。

跨进学堂的门，便是个大门堂，凤城里很多民居都有个大门堂，狭小而昏暗。我以为这是个颇有意味的空间。紧挨着大门堂的是一排坐北朝南的人字脊七架梁的平房，共有七八间，依稀是校舍。大门堂右侧再往南一点，也是一排平房，应该也是校舍。两排平房的中间应该是一片空地，我以为是曾经的操场，只不过现在已经砌了好几间屋子，以厨房为多。如今的校舍已经变成住家了，虽然破旧，但仍然能找到那时学堂的影子。

屋脊是值得细瞻的风景。阳光正照着朝南的屋脊，黛瓦仍然排得整齐，历经百多年的风雨，瓦片呈青灰色，干净清朗，明而不昭，亮而不耀。不过完好的瓦当所剩无几，大多已经破损，因为破损，才露出悠悠古意。

瓦松特别多，犹具体而微的森林。秋冬之时的瓦松呈枯萎状，颜色黯淡，而早春时的瓦松似乎饱满了些，还带着些"草色遥看近却无"的浅绿色。不过古人对瓦松多有偏见，以为其"高不及尺，下才如寸"，没啥用处，所谓"桐君莫赏，梓匠难甄""在人无用，在物无成"。但我喜欢它们的这种高冷孤寂感，最得禅意的是瓦松的叶瓣呈莲座叶线形，以为居于凡尘之上而静穆得道。

屋脊上的杂草最先预报春天的到来，阳光照过来的时候，嫩绿的叶子正剪着蓝天。校舍的门框和窗框大多犹在，尽管已经破旧，墙壁应该还是以前的，青砖砌得不算整齐，砖面也因风化而凹陷，有的地方砖缝很大，可伸一指，这让我浮想联翩。校舍高出地面，还残留着部分砖砌的台阶，少有人走的地方苔痕斑斑，甚滑。

我一直在寻找关于一百年前的那些证据。那一泓小溪不知流向何方，那一排青柳不知绿在何处，教室里的琅琅书声止于何时，太平桥是否就是如今的破桥，学堂北侧的那几棵亭亭如盖的泡桐树是否也由当年的师生所手植。

除了温知女子学堂，让我感兴趣的还有草河西岸的陈厚耀读书处。这是个耐人寻味的地方。

陈厚耀是清代著名的天文历算家，曾在此处读书求学。康熙五十二年（1686），他被授翰林院编修。康熙五十三年（1687），陈厚耀的母亲去世，康熙赐给他一笔费用，并让江宁织造曹寅（曹雪芹的祖父）帮他料理丧事——规格竟如此之高。

然而，凤城人对这位儒士却鲜有所闻，总以为凤城乃戏曲之乡，这真是让人啼笑皆非的事情。如果是我，家有学子，定会常常造访此地，为它而烧香，为它而磕头，为它而自豪。我以为，能够撑起一座城市的，始终是底蕴深厚的精神品质，积极、上进而坚固的文化筋脉，普济天下，具有感召力的人文力量。

不过，当我们走过徐家桥，来到陈厚耀读书处的时候，这里以及整条巷子里已是一片废墟，所有的住户都迁走了，到处碎砖破瓦，垃圾遍地。官宣说，此地待修缮。我大跌眼镜且仰天长啸。人是屋的主人，巷的主人，街的主人，城的主人，没有了人气，哪来的底气？哪来的财气？哪来的文气？又哪来的福气？

我想起扬州的东关街，一处没有河流的地方竟然人流如湍。我想起江南的周庄、同里和木渎，还有西塘，那里的住户大多临水而栖。三月的江南，烟雨蒙蒙，灯笼仍是青红，杨柳吐了新绿，画船出了溪头，碧水荡桥拱，游人恍入梦。

读书是城市里最美的风景。徜徉在陈厚耀读书处，我一直在想象着那时的他勤奋读书的种种情景，可能坐于台阶上轻声吟诵，可能立于河岸处高声朗读，可能在黑暗中的一盏青灯下奋笔疾书，也可能在有阳光的窗户前凝神而思。

我又想起北宋教育家胡瑗。峙立在泰州泰山南麓省泰中校园内的安定书院，是他的讲学故址。相传校园内的那棵千年银杏是他亲手所植，"致天下之治者在人才，成天下之才者在教化，教化之所本者在学校"是他的警世名言。或许，处于清代的陈厚耀就曾受到过胡瑗教育思想的影响，因为读书是民族文化的最好传承。"高山仰止，景行行止"，我为泰州能拥有胡瑗和陈厚耀以及很多的古代文化名人而倍感自豪。

离开涵东，已近午时。辞别笑堂兄，我回到了日涉居。午后，我静坐于南窗下。阳光正躺在茶桌上小睡。这是一天中最温暖的时刻，也是最空灵的时刻。

你在春天里应该选择嚣张

早春的阳光还是有些害羞，八九点钟的时候，躲躲闪闪地探进窗户，光线在茶桌上轻描淡写，你并不觉得有暖意，暖意只在你的眼睛里。正午或午后，阳光大方多了，画在茶桌上的光线竟有些胀眼了，但你感到暖意融融。午后品茗是最惬意的事情，思绪随茶而动或随茶而静，什么陌上花开，什么桃花流水，什么清风徐来，什么闲云出岫，什么清泉石上，什么明月松间，都没了意境。因为，人和人的心境才是真正的意境，有人才有意，有意才生境。若是再焚一缕不抢风头的雅香，则更合茶意。明代徐惟起在《茗谭》中说："品茗最是清事，若无好香佳炉，遂乏一段幽趣。"

焚香焙茶能够让你的嗅觉产生愉悦感并让头脑愈加清醒。跟人的视觉和听觉相比，嗅觉，更加敏感，似乎更容易产生审美疲劳。古人云：入芝兰之室，久而不闻其香；入鲍鱼之肆，久而不闻其臭。若是闻惯了某种茶香，我们会完全适应这种茶香而无所感觉，大脑会产生对茶香的疲倦感。焚一缕雅香就能修补这种疲倦感，而且焚香又能祛除霉湿之气，净化品茗的环境，且青烟一缕，缭绕而上，形遁而味留，烟散而香存，寻而不见，隐于无象，却重新唤醒了你对茶香的依恋之情。

早春之时，在日涉居品茗是很容易入境的。你来了，无需寒暄，即可坐于将军凳，或坐于书卷椅，亦可倚立于窗前。有一抹菖蒲和碧藓，就巴掌大，紧挨你的肘子，你不得不亲它们一回。还有绿萝四五片，金钱草一两茎，可爱得不像话。此时，万籁无声，瓦雀不闹，花圃里的草尖在戏弄着阳光，风在戏弄着草尖，虫在土壤里聆听佳音，花在枝头酝酿着苞芽。品茗可以不说话，一切都可以拜托给茶和你的心境。

即便不品茗，只是坐着，立着，闲着，打瞌睡那就小眠吧，打个哈欠也是得趣的，嘴可以张得像河马，没人笑你。也可以胡思乱想一阵子，然后自嘲一下。早春就是这么的慵懒，闲鹤一般，但万物已经悄然蓬勃起来，日涉居的花圃也渐渐地朗润起来了。

趁着春风不躁，我又一次探访日涉居的花圃，因为我一直以为这里的一切都在等着我，等着我亲近它们，唤醒它们，惯着它们。

土壤已经完全酥软，就像爱的缠绵。这是草们最喜欢的状态，不出一个星期，它们就会铺满花圃的每一寸芳地。

蒲公英顶着白色的绒球在我的眼前摇曳，待些时日，它的种子便会随风飘到遥远的异乡，去孕育新的生命了。所有的花都有花语，蒲公英的花语是"无法停留的爱"，这似乎更能让人生发出无限的感慨。看似卑微的蒲公英却能更好地演绎关于爱的轨迹和情的走向，不辞辛苦，无法停留，一路追寻，一路芬芳，衣带渐宽，其犹未悔。当然，这种爱可以指对心上人的执着，也可以指对故土乡亲的牵挂，还可以指对美好理想的憧憬。

还有吉祥草，茂盛在南窗下。秋天，从碧青的丛叶中间蹿出很多花茎，缀满淡紫色或粉红色的小花；到了初冬，花已落寞，茎上却留下了一粒粒朱红色的浆果；至深冬，浆果又变成了曜黑色。吉祥草自古被视为神圣的草，传说释尊在菩提树下成道时，就敷此草以坐。我常常无意中瞥见这些吉祥草，起初并不十分在乎它们，以为它们只是一丛草而已，生而不够高贵，举止不够优雅，性情不够温和，周身也无幽香，远不如兰花那般得宠。但如今，它们已经静穆了我的心境，甚至示我以禅道。吉祥草属于自然，无需打点和关照，不择时节，不畏风霜雨雪，总是隐在你的视线之外，纯净你的余光。最得意趣的是，雪后，其叶已被白雪所覆盖，但犹有串串曜黑色的浆果娉婷于白雪之上，这是特别清冷而沉寂的画面。

很多野草都在极度地扩张以争夺地盘，它们不允许有裸露着的泥土，它们疯狂地生长且不顾形象，有些野草还以抢先开花来炫耀自己的能耐。我并不厌恶它们，以为这才是春天到来的时候应该呈现的盎然景象。

早春，所有的花草都伸出胳膊，跷起腿脚，活动筋骨，调皮起来了，这是花圃里最能打动人心的细节。生命从来都是以最恰当、最真实、最纯粹的方式，赐予世间以一切美好。

但昆虫们似乎仍未现身。早春总是把生命的复活和绽放率先留给花草，因为气温仍然比较低，温差也比较大，昆虫们很难抵挡住早春的寒冷。

当然，麻雀不知冷暖，它们就像一群野孩子，早已适应各种天气了。我在观察月季花芽的时候，两只麻雀就站在离我不甚远的地方，观察着我的举动。但花圃里还没有它们喜欢的食物，没有昆虫可以让它们饱餐，没有落果可以让它们果腹，也没有草的种子可以让它们解解馋。但它们不肯走，似乎有话要说。我不能确定认识它们，麻雀长得都差不多，但它们有可能认识我，因为我的长相只有我最相似。麻雀是不用喂养的，一生都在打野食。最终，它们还是飞走了，不过它们还会来玩的，毕竟花圃也是它们可以留恋的所在。

除了麻雀，斑鸠也常常来访。斑鸠浑身灰黑色，颈项处围着一圈白色的斑点，连缀在一起，很像一串珍珠项链，而尾羽的末端则泛出葡萄色。斑鸠降临于此，也是来觅食的，它喜欢在草地上漫步，四处张望着，有时也低下头去，以嘴尖拨开泥土，试图啄到昆虫，但它很失望。有时则在花或树下转圈子，可能是想捡到落在地上的秋果或冬果，但它也很失望。花圃无甚趣味，于是斑鸠就往别处的草地踱去，不紧不慢地，仿佛闲庭信步。有时，它在花圃里觅食，偶一抬头，便能看见立在窗前的我。我一动不动地立着，就像一棵老树。终于，它放弃了对我的警惕，甚至坦然地向我走来。但落在地上的一颗橘红色的月季花果引起了它的兴趣，它停下脚步，审视着这枚果实。可惜果实大若樱桃且外壳坚硬，斑鸠无从下口，只得放弃。但它也不再顾我了，世界那么大，有食便有家。斑鸠失望而去的时候，发出咕咕咕的叫声。

昆虫尚未出现，麻雀和斑鸠也都怅然离别，花圃便显得异常的冷清。寒冬之时，花圃的冷清正合我意，但春天一旦来临，我就很想听到鸟鸣，还有花开的声音，甚至风翻阅树叶的声音。冷清的花圃让我感到孤独和寂寞，尽管春天已经悄然而至。我更愿意听到春天的喧闹，那是生命的歌唱，激越而高亢。你在冬天里可以选择沉默，但在春天里应该选择嚣张。

钟楼巷是凤城里最初的流韵

春天总会有特别让人感动的情景，世界充满新鲜和活力。你的视觉变得透明，你的听觉变得聪颖，你的嗅觉变得犀利，你的味觉变得灵敏，你的双手变得灵活，你的双脚变得矫健，你的腰身变得硬朗，你的头脑变得清醒，你的心灵变得纯净。那么，跟我走，离开日涉居，三月的凤城美若嫁衣。

还是去天德湖吧，虽说离日涉居很远，但离春天很近。我熟悉那里的一切，就像熟悉春天的故事。

最好去湖边，春天的水像童话，单纯可爱；也像你的眼睛，清澈见底。有芦苇的水岸尤有可观。芦苇自不必说，蹲下身子，细瞻那水，嗜水的虫蚋尚未出现，冬眠的水开始苏醒，青荇在水底轻歌曼舞，很多石头半倚着水，水和石头的衔接处抹了一道淡青色的湿痕，像是冬天漏下的残诗。岸边的土似乎更滋润些，各种细草绿得像婉约的词。芦秆还是去年的模样，只是枯瘦了些，很多芦秆被折断，斜插在水里，而芦芽已经蹿出半尺高。沿水岸放眼望去，浩渺的水面泛出道道涟漪，鱼并未追逐涟漪，水鸟并未追逐鱼。岸柳尚未成烟，柳条成藤黄色，柳芽若青豆，珊珊可爱。

杨柳不是树，是意象，是离愁别绪，是"晓风残月"，是"朝因折杨柳"，是"客舍青青柳色新"，是"羌笛何须怨杨柳"，是"此夜曲中闻折柳"，是"记得相逢垂柳下"。还是不要恋杨柳，烟波浩渺有人愁。

沿着水岸拐向西，再折而趋北，便看见一条绵长的斜坡，那就是梅坡。坡上的梅树高高低低，芊芊莽莽，各色梅花身携冰肌雪蕊，眉含黛山瘦影，暗香清浅了黄昏，风姿迷倒了岁月。梅花清而不淡，艳而不妖，高而不贵，雅而不俗，香而不浓，最得早春的清嘉。

沿着梅坡往北，风景变得极有层次且丰富起来。我以为这里才是天德湖最具魅力之所在。这里地势蜿蜒起伏，幽谷涧溪，巨木参天，景色时有可观。

水相思着岸坡，云依恋着树梢，风抚摸着修竹。脚下怪石抱波，清流涓涓，任意西东。其闲散之心境一如人生，慢下来的时候，你才会怀想岁月。迂回曲折的窄道带着你渐入佳境，仰头窥见树缝里嵌着点点的幽蓝，低头唯树影斑驳有如记忆的碎片，绕过水榭亭轩尽可吐浩然之气而莫凭栏，以手濯水清冽嫩滑且可亲岸芷汀兰，观群鸟倏然只闻嘤嘤佳鸣而轻羽已远，草没道疑无路有悬松倒挂峭壁间，杂草搂膝忽遇梅影清疏香娇婉。

一路苦了双脚，却捡了春意，品了春醪，又得了春魂，都怪天德湖抢了早春。不过，你无须踏遍天德湖，半个天德湖就能春天下了。所以不如换个地方，幸好凤城也不大，听说城中的钟楼巷最懂风情，早春就是个待字闺中的小女子，"墙里秋千墙外道。墙外行人，墙里佳人笑"。

早春的钟楼巷弥漫着氤氲的气息，这是凤城里最初的流韵。拐进此巷，街衢的杂音陡然销匿了，青砖黛瓦的背后却是时尚的元素，就像民国的旗袍改了良，收了腰，短了袖，开了衩，更具风姿了。

最有想象空间的地方当属一人巷。其实，这里并不是一条巷子，只是两侧的房屋挨得太紧，夹成一条宽不足一米、长不及三十米的狭窄甬道。巷子的最南端是一家茶馆，名字就叫"一人巷"。早春没有给这条巷子带来什么变化，只是墙脚已经抹了一层青苔，绿得晃眼，你不得不看，关于静穆的内涵；再有，就是零星的杂草挤出墙缝，无甚可观，唯有生命可圈可点。茶馆有个不大不小的院落，这是个颇有意境的空间，闲花自生自灭，却从未颓废；铺地青砖又亮又滑，奔走的猫从不打滑；藤茎趴在墙上，棕黄的茎蔓越过墙头，垂至别的人家；一棵蜡梅斜倚在墙角，花已谢而叶未生，无牵无挂。

天下茶馆一个样，泡壶茶，然后，拿起，放下，在"一人巷"喝茶也是如此。所以，我并不在乎茶品的优劣，而在乎茶境的远近和人心的雅俗。尽管这家茶馆里装饰得还算古拙，但我更喜欢它的院落，似乎跟茶无关，却又尽得茶味。

钟楼巷的茶馆很多，另有一家叫"老家"的茶馆，我也曾去过，仍然是院落让我流连，还有它的瓦檐。院落比"一人巷"小得多，但特别的养眼静心，这要感谢小青砖的地面和墙壁。小青砖砌得非常平整，色泽清朗，青黑色的地面和墙壁冷而不寒，视觉效果恰到好处，浮躁或不安的情绪很快就会被熨平。院子的角落处和窗台下，照例会随意种些花草，花草都栽在瓦盆里，花草丛中也看得见泥土。早春的花草不太招人喜欢，花未开而叶已旧，但嫩芽已经悄然绿出，所以你能窥探到季节的更替和时光的流转。更重要的是，你的心绪也冒出了嫩芽，并以闲适的姿势坐等花开。

屋檐是值得关注的意象。"老家"的屋檐特别低，因为是五架梁的结构，但这似乎更有趣味了。我踮起脚，伸直手臂，就能摸到微微前倾的瓦当，所以我能看清它们的脸，读出脸上的文字，看懂脸上的图案，就像翻阅一本线装的旧书，封面大抵也是青黛色的。雨落屋檐是特别有意境的情景，正好你坐在窗前品茗或读书，或沉默，或思想，于是，很自然地，你悟到了人生。院落的南墙上，还虬着一棵凌霄花。《诗经·小雅》中说："苕之华，其叶青青。知我如此，不如无生。"苕，即凌霄花。至于茶馆的内里，与别的茶馆也没什么大异，但印象中，书很多，摆满了一整墙。书未必都是要你去读的，有时陪着你就蛮好。

"老家"的门外也是一景，我说的不是门外幽深的过道、门檐上的老藤以及墙上的旧式壁灯，而是凤城的小吃。从"老家"出来，几步之遥，就是世俗的天下了。每到傍晚，这里弥漫着冉冉不绝的世俗烟火，大快朵颐是让人羡慕的生动景象，凡尘之所以让人如此迷恋，或许在这里就能找到最佳答案。

可我还是往钟楼巷的深处走去，因为我更喜欢巷北的那户人家，以为那里才是"大隐隐于市"的最好诠释。

从钟楼巷的中段折而向北，走上三十来步，便看到那户人家了。

院落竟是敞开着的，没有围墙，但因为此处不是过道，平日里也少有人走，便觉得是个安静的所在。朝南的一侧是一排琥珀色的木格子扇门，紧锁着曾经的时光。窗外闲着几盆花草，正对着早春微笑。门一侧还斜倚着一辆自行车，仿佛即将有一位身着白袖青衫的少年正准备骑着自行车，穿过相思的岁月。院落的东侧有一棵茂密的银杏树，你很可能会想起盛夏的某个时分，一群孩子在树荫下纳凉、打闹、弈棋或看书的情景。屋脊上照例会有瓦松，瓦缝里落满了秋冬时的枯叶，不必清扫，岁月愈见深沉和凝重。

我多次想象这扇格子门里的故事，是否曲折、生动或有趣，经典的画面穿越时空，留下颇有意蕴的空间。木格子扇门无论是山水情怀还是花鸟虫鱼，都可以在门窗中画一处风景，寓两三拂绿意。可以想见在古朴的木格门窗前，鸳鸯双绣的女子临窗而坐，"对镜红妆浅黛眉。翠鬟斜弹语声低"，这样的画面，寂静、平和而明媚。

在钟楼巷里，这户人家几乎是唯一并未开店做生意的一家，所以显得格格不入。但甚合我意，以为居于此才是真正的闹中取静，静中入景，景中得味。世俗的风情紧紧地挨着它，撩拨着它，熏陶着它，但它不为所动，也不为所染，固守一隅，洁身自好，出入自在，俯仰自如，乃都市之大隐者也。

离这户人家并不远的拐角处还开着一家咖啡馆，演绎着风雅颂，但我并未停下脚步，咖啡馆里总会留下曾经的清晰和如今的模糊。又有一家火锅店，烟火泼辣，腻香游动，但我并未停下脚步，以为火锅涮熟了食物，也沾染了调料的味，平添了贪婪的意，无趣。又有一家酒吧，半掩着的扇门，迷离的灯光，幽暗的角落，只有音乐和影子的问候，玩弄着手中的酒杯，液体似有丝丝的荧光，慢慢地获得沉下去的感觉，但我并未停下脚步，我需要寂静的空间和纯粹的时光。又有一家甜品店，粉红的公主色像吻着情人的唇，甜香无力而缠绵，我也没有停下脚步，我喜欢茶的清淡和窝窝头的味道。

钟楼巷里面的民居以明清建筑为主，至今还保存着王氏住宅、张淦清故居以及部分民国建筑。掸去尘埃，舒一口气，定一定神，敛着纷乱的心绪，沿着钟楼巷往东而走，就如同翻阅一本有些残破的凤城历史文化笔记。即使是紧挨着钟楼巷的关帝庙巷，那著名的54号旧宅也是古趣盎然。仪门已经破损，但仍然极有看头，虽饱经风霜，伤痕累累，但砖雕、瓦当、门槛、墙壁都昭示着主人的威严之态和凤城文化的厚重。流连古巷，当你从一座沧桑的老屋走进另一座古朴的院落，也许，就在那几步间，你已从明朝"跨进"了清朝，又从清朝"跨进"了民国。

我以为，探访钟楼巷最好是在春风沉醉的晚上。夜色才是心理师，你的情感会暴露无遗；灯光才是化妆师，朦胧是最好的距离。拐进钟楼巷，或许你曾想过翩然离去，但心里又渴望留下，时间在黑夜中失去意义，只求内心有所托依。风情万种的钟楼巷是失落的你，寂寞的你，惆怅的你，或者浪漫的你，不错的栖息地。如果我还年轻，又与伤感不期而遇，那么我会披上黑色的风衣，竖起衣领，带着拒人于千里之外的表情，携着忽冷忽热的晚风，将香烟作为道具，孤独地走进钟楼巷，寻找产生剧情的场景和可以安放灵魂的角隅，不知有汉，无论魏晋，沉默不语。不过，这里毕竟是年轻人的驿站，他们可以在幽深的巷子里背台词，可以在昏暗的灯光下卿卿我我而无忌，可以对着花色咖啡表情达意或甜言蜜语，也可以吃着各种虐待肠胃的美味而激动不已。

夜晚的钟楼巷弥漫着与春有关的脉脉香气。当你一不小心，或者有意无意地走进来的时候，阵阵香气就会触摸你的嗅觉，你会觉得这里一定是个有故事的地方，因为你好像什么都不缺，就缺故事。闻香识女人，听弦知雅士，于是你在这里实写或虚构美丽的童话。其实，走过，路过，就是最好的故事。

钟楼巷的最东面，再拐向南，还有一家门朝东的茶馆，我也颇感兴趣。跟"一人巷"和"老家"一样，还是因为它们的院落。我常常驻足于门外，探入头去，往院子里张望一下。但我并不想坦然地进去，我更愿意做个旁观者，窥一斑便足矣。

院落比"一人巷"还要大些，呈长方形，墙头上长满了杂草，这是很得意的一景。这些杂草大多是千层塔、治疟草、野蒿、一年蓬和狗尾巴草，它们出身卑微，生命苦短，自生自灭，且其叶也不够绿，其姿也不够雅，其花也不够美，但作为百年老屋或古朴的茶馆，它们又是不错的背景衬托，甚至还能给你关于人生的某些启示。最有意蕴的是，墙头草在晨曦或夕阳中随风飘曳，便生成了一天中最早的和最晚的一道风景，疏与密，浓与淡，动与静，明与暗，光与影，远与近，让你在捉摸不定中追捕到那些稍纵即逝的细节变化，从而引发你对岁月流逝的思考和对闲适恬静的向往。

墙壁斑驳陆离，有刷了石灰的，有抹了水泥的，有砖头裸露着的，这也很得意，因为可以证明历史的真实存在和简单质朴。墙角是不能空着的，越是容易被人遗忘或忽视的空间，越要点缀些东西，以实补虚，虚实结合。所以，东南角会植一棵藤蔓，如爬山虎、蛇葡萄、络石、薜荔、常春藤和扶芳藤，趣味便有了；也可倚着一株老梅、凌霄或紫藤，四季便清晰了；还可以植低矮一些的石楠、醉鱼草、雪柳、九里香、六月雪、木槿，如此便可引你近观细瞻了。

院落的南墙下，大门两侧堆了些杂物。坛坛罐罐自不可少，家的感觉已经找到。也有缺了口的坛子侧卧于地，风将草的种子送过来，于是就有几枚闲草在缺口处羞涩着。另有一只荷花缸，青黄色的缸身，锦鲤戏莲的图案，小半缸的残水，是夏雨、秋露和冬雪的记忆。但莲藕尚未出芽，亭亭玉立的六月荷就得靠你的想象了。还有一些弃物安置在院落的东北角，失去花的盆，坏了的拖把，断了腿的凳椅，空的纸箱子，没什么意味，只刷存在感，倒也情有可原。

小青砖只铺成一条甬道，从院门延伸至屋门，止于台阶下。偌大的院落几乎都是草地。草也不是人工铺就的，而是从土里自然长出来的，更多的是趴地草。趴地草的生命力很顽强，繁衍得很快，且根与根相缠，茎与茎相连，叶与叶相挽，你很难将它们分开，更不用说连根拔起，这是最有内涵的杂草。至于茶馆门窗下的奇花异草倒是无甚可观，只是一种渲染罢了。

从未在这家茶馆里喝过茶，我只是个匆匆过客，但我似乎寻到了一些故事素材，尽管情节还不够跌宕起伏，甚至连主人公都没有出场，但作为故事的序幕，也是颇有意蕴的。早春也是春天的序幕，所有的故事都将在你可以期待的日子里，欣然绽放。

还是回到日涉居。夕阳吻地的时候，我静坐于南窗，花圃里抹了一层明丽的色调，这是一天中最短暂的时刻，黑夜正躲在我的背后。我喜欢在黄昏时分再次看看窗外生动而雄浑的景象。

杂草总是抢先让我看到它们的茁壮，肥大的叶子泛出嫩滑的油光。花们还在小心地抽芽，月季的枝干已呈青红色，最先开花的都是月季且开得特别努力和持之以恒。栀子花的嫩叶已经长大，乳白色的浓香将在五月恣意地流淌。牡丹的嫩芽也已经长出寸把长，淡紫色的细叶迅速地向两侧铺开。鸢尾的青叶蔓延得很快，人间四月，蓝色就将成就春天的梦。所有的花草都在与夕阳告别，当黑夜降临的时候，它们又将默默地等待黎明的曙光。

黄昏总是以最美的姿势谢幕，并写下生命的种种隐语。微薄而透明的空气被染上一层素雅的温煦，散发出清淡的味道。花圃的上空，劲舞不息的纤尘很快就被天边几抹微酡的霞光所融化。日暮稀释了城市的喧嚣和浮躁，逐渐的宁静如同一束星光使城市的心灵趋于淡泊温和，一切流动着的风景都缓慢下来。黄昏不代表悲伤，却唤醒了另一份希望。寻常巷陌的人们最爱站在门口，在黄昏中随性地闲聊，乡音俚语流进了经年的日光里，飘浮在湉湉的云尖上，浇透了寂寞已久的人生一角。彤霞抹着残阳的凄婉，将黄昏的情绪表达得淋漓尽致并给人以无限的遐思。

唯有阅尽黄昏，你才能坦然地接受黑夜。夜晚属于热爱白昼的人。每天晚上，都要挪出些空间给自己，跟时间约好，相伴而静，相视而坐。你在白天把自己弄丢，那么就在黑夜中找回自己。黑夜能滋生你的忧伤，也能将它埋葬；黑夜能空虚你的灵魂，也能充实你的思想。万物已入梦乡，唯有点点文字，如白蝶一般，将最黑的天空扇出皦白的微光。

其实，世上有很多美丽，喜欢藏在神妙的黑夜中。璀璨的星星藏在青河中，涤心的神曲藏在夜空中，呢喃的呓语藏在夜风中，苏醒的玫瑰藏在夜香中，不尽的思念藏在夜雨中，真实的秘密藏在夜雪中，暗生的情愫藏在夜光中，萌芽的期盼藏在夜明中，我曾经所有的梦想藏在暮春街的夜色中。

日子不会怠慢风姿绰约的你

日涉居的清晨属于我。每天清晨,我都要走进花圃,给生活在那里的生灵们请个安。春天的清晨,万物比人类起得早,当你看到它们的时候,它们已经欣欣向荣。早起的鸟在花圃里觅食,叫声清脆悦耳,这是最具生命意义的时刻。

天空是淡青色的,镶嵌着几颗残星,还有残月在等待着朝阳。当薄疏的晓雾被晨风驱散罄尽时,朝阳便踏着晨曦铺就的烂漫霞路,冉冉升腾到天光熹微的苍穹之上,几乎是一瞬间,天地间便充满了盎然的生机与活力。花圃里的花草们自由地舒展着它们的筋骨,以最美的姿势迎接朝阳。这是一天中最轻松、最自由的时刻。自由不是随心所欲,而是主宰自我。

每天清晨,我都要漫步于小区的东侧,那里有一大片田野。田野让我获得某种满足感,一个安静而纯净的早晨总是带着生活的暗示,引导着你以正确的方式走进白天。

清晨的田野是清亮的,淡淡的晨雾仿佛早起的旅人,在朝阳出来之前就远行去了。东方的天空渐渐地泛出一条狭长的白光,像是一条大鱼。突然,大鱼又被抹上了一层淡红,渐渐地,淡红越来越深,像被披上了一层鲜艳的锦缎。此时,太阳跃过茂密的树林,从田野的身后喷薄而出。初升的太阳像一只正在煎着的蛋黄,不一会儿,万丈阳光就温柔地抚摸着田野上的一切。

温暖的阳光穿梭于微醺的气息。草木的香味弥漫在春日,将天地间的一切空虚塞满,留下我孤清而飘逸的身影。阳光从树叶的空隙中漏下,掉在了我的脚下。无需语言或肢体,只要用心慢慢体会那种感觉,世间的一切似乎都充满了人文的味道。

回到日涉居,但见阳光从南窗射进来,被窗外的树叶筛成了斑驳的、暗白的碎片,错乱地写在茶桌上,像是神秘的文字。这样的早晨是让人依恋的。

其实，每个人都能获得富有意蕴感的早晨，即便是去菜场买菜，或者闲适地站在窗前，甚至上班的路上或者孤身去远方。早晨不会偏爱凤城，但你该偏爱凤城的早晨，而凤城的早晨往往是从吃早茶开始的。

很多人会选择去老街吃早茶，而且特别的早，天麻麻亮的时候就去排队了，吃完早茶还可以顺便去桃园转一圈，这是最有生活意趣的早茶。桃花盛开的时节，在老街吃回早茶，便足以撑起凤城的半个春天。

凤城人吃早茶似乎并不很讲究，仪式感也淡漠，甚至常常给人以乱糟糟的感觉。这就对了，凤城人吃早茶图的就是个热闹。排队大呼海叫的，队形不瘦且很粗；占位子像是争夺地盘且互不相让；开吃的时候也不在乎坐姿和吃相，茶水就倒店里自备的茶水，有点茶色就满意了；也有人自带茶杯的，那一定是玻璃杯，可以让人看见碧绿的芽茶，于是自得风光地坐着；没人轻声细语地说话，个个都是大嗓门，好像凤城人的耳朵都不太灵；当然也有穷讲究的，比如将筷勺用开水涮一下，其实开水基本上也不开。

凤城的早茶是有特色的。鱼汤面是早期的代表作品之一，如今只是个传说，基本上只剩游客品尝了。奶白色的鱼汤让我情绪紧张和精神分裂，带着鲜明的鱼腥味和自来水味，且装满一大碗，碗又是塑料碗，胃口产生了浓烈的抵触情绪。

更多的人则青睐干拌面，这是凤城的早茶与别处的早茶最大的区别。颇为奇怪的是，嗜食干拌面的人竟不分男女老幼，几乎全城的人都心向往之。甚至你在街上随便问几个凤城人，问他们凤城哪里的干拌面最好吃，答案几乎都不相同，可见干拌面有多神奇。或曰，干拌面比较便宜，故食者众。但很多达官贵人也趋之若鹜，可见并非是贪图它的便宜。吃干拌面的标配是煎鸡蛋和汤。干拌面最吸引人的是它的面条，而且最好是粗面、跳面，必须是有嚼劲的那种。干拌面所有的秘密就在底料，如蒜头、青葱、辣椒、香菜、药芹、豆芽、干咸菜，酱油必须是熬熟的，最终起鲜起香的则是猪油和胡椒粉。要让干拌面香入味蕾，必须充分地搅拌，使得佐料的味道能够完全渗入面条。

吃干拌面的速度是很快的。因为面下锅片刻就得捞起，所以面尚未因水的浸泡而胀开，仍收缩得紧凑，入口能够恣意地咀嚼，以满足牙齿的咬啮感和舌头的触摸感。同时，因佐料与干拌面的亲密接触，使得干拌面变得特别的滑爽，可以大口地吞吃。当然吃得太急的话，你也会有饱腻感，喝一口素汤就可以解除这种饱腻感。素汤里最好漂浮着几片切碎的绿叶，如药芹叶、香菜叶或葱花，以中和干拌面的油腻感。也有的早茶店里所配的素汤是一小碗浅薄的玉米粥汤或采儿粥汤，柔软缠绵的粥汤与粗犷阳刚的干拌面相搭配，达到了刚柔并济的效果，粥汤成为干拌面的最佳伴侣。至于煎鸡蛋，以土鸡蛋为最好，碗底大小，外白内黄，外酥内嫩，以提升干拌面的品质和素养。

当然，吃干拌面很容易口渴，渴得厉害，必须多喝水，而且干拌面很当饱，即便到了中午，也不觉得肚子饿。所以，吃干拌面最好在早晨七点钟之前。八九点钟才吃的话，会严重影响午饭的食欲，而到了下午四五点钟，又会觉得肚子饿了。

除了干拌面，烫干丝也是凤城早茶的代表作品之一。烫好的干丝叠入素碟中，高高耸起，犹如女性之云髻，锥顶铺放嫩姜丝、青蒜丝、红椒丝、榨菜末、香菜，用麻油和酱油环而浇之，便如杏花春雨般赏目，食之则淡中见味，味中见醇，滑而不漏，腴而不腻，细而不碎。一般说来，烫干丝是吃早茶的楔子，目的是调整一下味觉，铺垫一下肠胃，以勾引来势汹涌的食欲。

不过凤城人吃烫干丝，并非把它作为一种先声夺人的手法，或者说并非是为了抛砖引玉，而是把烫干丝作为早茶的主食之一，甚至作为吃汤面或下酒的一道菜，这是凤城人对烫干丝的一种独到的理解。

打靶场巷里有一家饭店，叫望海楼酒楼。你来吃早茶，张老板都会手写早茶单，字写得很潇洒，很多人将单子收藏。我要说的不是张老板的硬笔书法如何了得，而是每天来此吃早茶的那位老茶客。此人六十余岁，五短身量，戴一副金丝眼镜，看不出他的身份，但他每至此，都会坐在固定的座位上，将一瓶白酒，普通粮酒之类，置于桌上，其他早茶都不点，只点两份烫干丝，然后就旁若无人地喝起酒来，烫干丝是唯一的下酒菜。不过他也不是一个人来的,还带着一只宠物犬,棕色的,乖巧地趴在他的脚下,观察着周围的一切。有时也有认识他的人过来打招呼,他就让张老板加一只酒杯,非得请那个人喝一杯。那个人也不客气,就着烫干丝,陪他来一杯。将烫干丝吃到如此境界的人,我还是头一回遇到。

凤城人比较随和,吃早茶也没那么多的规矩,随性而为,随性而吃,便尝到了生活的真味。

凤城的早茶摊特别多,在街头巷口置几张桌子、一只炉子,食客不邀自来。坐着,站着,蹲着,几分钟就解决了早饭问题,吃罢,嘴一抹,就心满意足地上班或办事去了。

在万字会西侧,著名的俞府的北侧,就有一家专门卖干拌面的早茶店,门庭若市,来吃干拌面的人几乎都喜欢站在店门外吃。干拌面的底料中放了干咸菜,吃起来特别的香。迎春桥西侧有一家猪猪香早茶店,其干拌面也有特色,芹菜丁、香菜叶、榨菜丝或绿豆芽放得多,口感绝佳。海光小区里有一家苗家早茶店,其干拌面的分量足,价钱也不贵,食者如云。五号区西大门也有一家早茶店,那玉米粥汤很好喝,桌子上还有各种小菜如萝卜干、雪菜、泡菜等任君取食。

街头的早茶,一般只有汤面和干拌面,要是在巷口,你还会吃到豆腐脑、油条和烧饼,这是凤城最传统的早茶,特别的接地气,特别的亲民。

豆腐脑也是凤城早茶的特色之一。豆腐脑装在一只厚实的大木桶里,上面有一个可两瓣的小木盖,打开后便看到一层凝胶状的乳白色豆腐脑,冒着热气,拿起那把边沿很薄而中间较平的、白铁皮长柄的勺儿探进桶内,然后转动勺柄轻轻地这么一舀,是顺着桶壁旋转着一舀,舀起薄薄的一层,将满勺鲜润嫩滑的豆腐,盛入一旁的小瓷碗内。瓷碗里早就放好了各种佐料,如青葱末、香菜末、榨菜粒、酱紫菜、虾皮、芝麻香油、辣椒油、酱油、味精。

来一碗滑嫩爽口的豆腐脑是对早晨的清浅的眷恋,是对岁月的朦胧的怀旧,是对心情的柔软的呵护。豆腐脑并不能填饱肚子,却可以挑逗你的舌尖,鲜活你的口味,润泽你的肠胃。

卖豆腐脑的摊儿最好是摆在老巷子口，背景是斑驳的墙壁，弯曲的古槐，沧桑的老井。拐出巷口，便是繁华的都市街头，时光在一瞬间出现断裂，但你的情绪却将时光衔接。这是颇有意趣的人生时刻，以为桃红谢了还有柳绿，日子不会怠慢世间的一切美味，更不会怠慢风姿绰约的你。

吃罢早茶，凤城人还喜欢到处转转，看看风景。凤城里的风景也就这么多，看来看去就这么几处，但仍然喜欢看，熟悉的地方才显得亲切。

你的生活能让岁月留恋

在老街吃罢早茶，很多人觉得还有些空暇，便自然而然地走进桃园。

其实桃园就是老凤城里著名的凤凰墩，地势虽不甚高，但斜坡蜿蜒，曲径通幽，坡上林木扶疏，又有一亭，翼然栖于墩上，仿佛得了山林之风骨神貌。沿山径拾级而上，见一钟庞然于眼前，此钟叫作"飞来钟"。相传一场龙卷风给凤城卷来了一对铜钟，一口掉在钟楼巷，另一口掉进了东城河。据说掉在城河里的那口铜钟，非得嫡亲的十兄弟才能抬起来。阮家巷一户人家有九兄弟，就让一个女婿来凑数，谁知抬钟的时候，一个小舅子喊了一声"姐夫"，刚出水的铜钟又掉进东城河里，从此再也寻它不着。

凤凰墩的西侧是藕花洲，建有浮香亭、斋汤桥、清风阁，四周遍植莲藕、梅花。浮香亭留传的苏轼、苏辙、秦观、黄道潜等人的桃花诗，合为"四贤诗"。斋汤桥的典故与赵匡胤避难凤城时获济麦糁粥的传说相关。我在长篇小说《千雪柏》中也提到过这座桥，但在小说中将此桥移至乌巷的北侧，浮香亭也一并移至于此。清风阁以王安石《清风阁》诗知名，立于阁中，近可环视桃园之佳景，远可眺凤城河之风光。

桃园里还有一个景点，即藕花洲南侧的陈庵。清代戏曲家孔尚任曾出仕凤城治水，始荣后衰，后来落魄于陈氏家庵，且在此完成《桃花扇》戏稿。陈庵西侧的岸边，还建有水中画舫，舫上构置古戏台，以合孔尚任在凤城舫亭赏戏的遗图。

陈庵的南侧是桃花岛，岛内广植桃树，每年的三四月份，岛上桃红催雨，香染晨旭，一望无际的桃花独辟出凤城一角的桃花源。站在高处，回望东城河，只见河面开阔，水光接天，木舟在波心撒网，白鹭追逐于水面，两岸桃红柳绿，一派烟波画意。

倘徉于桃园，便能在喧嚣的都市中觅得一隅芳地，无世俗之侵扰，无丝竹之乱耳，无案牍之劳形。凤城人刚刚得了口福，又得了眼福，岂不快哉！

即便是在街头或巷尾，吃一回早茶摊，也能寻到些意趣。

海光小区的那家苗家早茶店，我只去过一次，但记忆深刻。让我难以忘怀的，倒不是这家的早茶更有特色，而是市井烟火之阜盛，置身其中，恍然有隔世之感。一切都在时光的氤氲中，悠然地呈现。你看不到很时尚的东西，甚至感觉不到季节和岁月的更替，那人，那物，那景，那情，模糊了城市的面目，沉淀下每一个早晨应该具备的生活状态。谁都不慌不忙，谁都能恰到好处地走过，谁都可以在这里整顿一下情绪，我以为在路边吃个早茶是最惬意的事情，也是对属于自己的早晨最坦然的接受。

苗家早茶店的两侧也都是早茶店或早茶摊，你可以到隔壁家喝一碗豆浆，咬两根油条。你也可以在不远处的早茶摊上买一团糍饭，裹了油条和白糖的，或者没有馅儿的纯糯米糍饭，揭开白棉纱布，裸露出白白胖胖的圆锥形糍饭，冒着青白的热气，泛出晶莹剔透的珍珠光泽，一口咬下去，得，绵柔醇香的糍饭温玉般体贴着你的舌尖。当然，你也可以吃两只刚刚炸好的麻团，淡黄色的，缀满白芝麻，外酥内软，馅儿是豆沙的，黏稠却不粘牙，清香而不油腻，温软黏香的早茶可以收敛你的锐角和蓬勃，带给你一个跟春天的气质相符的人生态度。当然，你还可以买一个烧饼，咬上一口，芝麻屑子纷纷撒落在地上，一只狗或猫会跑过来，回收每一粒残香。

离苗家早茶店不远处就是路边菜场，都是卖自家种的菜，样子不甚好看，但感觉老早以前的菜就是这样子的，刚从地里挖来的，带着晨露和泥星，连卖菜的人长得也跟这些个菜一样，能闻到泥土的芳香。很多年纪大的人先是踱至菜摊，慢慢地挑选儿女们或孙辈们爱吃的菜。买了菜之后，再去买豆浆啊油条啊包子啊，带回家给孩子们吃。

早茶和菜摊就在家门口。不过，即便是吃一回早茶或者买一回菜，也得花上个把小时，因为彼此都是街坊邻居，见个面也得聊几句。大妈就聊诸如张家长，李家短，王家的媳妇闹翻天。大叔就聊凤城事和天下事，以及弈棋、垂钓、打拳、唱戏、官场、旅游、保健、掼蛋、字画、酒茶。这么一聊，太阳已经爬上了树梢，于是赶紧招呼着各忙各的去了。

另一个生活场景安排在泰山公园的东大门。这里人烟稠密，车水马龙，市井生活紧挨着古老的公园，就像两种完全不同的剪影被时光嫁接在了一起，往东，弥漫着世俗的气息，凡尘还原了物质生活的真相；往西，则洋溢着超然物外的出世光芒，数步之外便是幽静而秀美的自然之境。这是温情脉脉的岁月在凤城里最得意的呈现。

居于城东的我，常常会不惜脚力，穿过繁华的都市中央，甩开那些淤积在身上的辎重，一路西向，以至于此。通往公园的是一条百十米长的街道，两侧商户密集，又有若干路边小摊挤在商店门前，以最醒目和最原始的方式向你搔首弄姿。各种小吃摊就摆在你的身边，目之所及只有吃的和用的东西，你几乎看不到所谓精神和情感的印记，想象的空间也被这些东西塞得满满的，于是你不得不扭头或低头，带着厌烦的目光，冷漠地看着这些毫无浪漫可言的世间俗物。

这里什么早茶都有且大多没什么特色，一般只能填饱肚子。即便是干拌面和烫干丝也是最简单的那种，佐料也不花哨，不过，很实惠，分量足，汤尽管喝；豆浆都舀在海碗里，碗大多缺了口；豆腐脑也用大碗，各种佐料与豆腐脑混沌一气，像油画的调色板；油条普遍肥胖而臃肿，两根足矣；烧饼奇形怪状的，酥油放得也不多，可以当干粮；臭豆腐不臭且丑，炸得老黄，水椒任意蘸；包子都很壮大，馅儿也不够精致，两个包子可以饱你一个上午；炸好的麻团像泄了气的皮球，但不影响口感。

除了早茶，还有各种菜。肉摊就有好几个，砍刀在眼前乱舞，可谁都不怕，人们只关注肉，不关注刀。这里的猪肉或牛肉比菜场便宜些，正合老百姓的实惠心理，且不怕摊主耍花样，因为每天他都要在这里营生，要是犯了事儿，逃到南门高桥也能逮到他。还有鱼，各种鱼，现杀，鱼肠子你带回家养花。鸡蛋都是草鸡蛋，蛋壳有些脏，但便宜，新鲜。蔬菜更多，荸荠是春天的宠物，白白嫩嫩，甜脆生津。春笋已上市，烧肉、烧鱼、炖汤，每个家庭煮妇都拿手，孩子只挑鱼肉吃，大人只捡竹笋吃，各取所需。还有本土的韭菜，长得像把青草，但韭菜香特别浓，不像那些个肥厚的韭菜，一炒就水滋滋的，没啥韭菜味。

除了吃的东西，还有用的东西，都是寻常人家必备的生活用品。老百姓的生活就是衣食住行，家里的装饰也过于简单且趋于雷同，不见高雅之物，但见锅碗瓢盆，是实用主义的忠实践行者。当然，阳台上也会放几盆花草，不值钱的；墙上也会挂一两幅画儿，大多花好月圆、富贵呈祥；也有几本书或杂志随意地丢在茶几下，跟文学艺术无关。

岁月从来不会打扰你的生活，但你的生活却能让岁月留恋；时光是一幕冷静的背景，你的生活会让时光获得温暖。

吃罢早茶，买些家用之什物，很多人又会不由自主地踱进公园。

泰山公园是凤城的第一座公园，是人气最旺的公园，也是最得百姓心意的公园。几乎每一个凤城人对这座公园都情有独钟，觉得它从来就在自己的身边，伴随着自己走过缤纷的童年、轻狂的少年、桀骜的青年、深沉的中年和从容的老年。

公园里的小西湖是老百姓最喜欢逛的地方，因为它的小巧玲珑和风景独好。凤城人刘万春有诗曰："吾乡亦有小西湖，泰山之麓城西隅。蛙鼓隔林空积藓，雁沙连野剩残芦。"又有清代凤城诗人黄云《题小西湖》诗曰："除却钱塘亦有湖，种梅山已不名孤。过桥花落桃兼否，隔浦风翻柳与蒲。"小西湖畔的"春雨草堂"，取春花秋月细雨盈风之意，更是文人雅客怡情抒怀之所。明崇祯进士宫伟镠《春雨草堂诗钞》中说："十亩方塘跨两桥，桥边红杏恰相招。篮舆玩世山椒曲，画舫怀人水面骄。"

还有小泰山，老凤城人都叫它锅巴山，是凤城里唯一的一座山。吃罢早茶，很多人也会爬上锅巴山，俯瞰凤城的全景，以抒怀荡气，寄情云端。当然，也可以沿着山脚转一圈，以放松腿脚，舒通筋骨。山南有幽径迂回，山东是耍石锁的乐园，山西有小西湖依山而漫，山北则藤披巉岩。

在凤城人的心目中，泰山公园天生就是他们共同拥有的私家花园。每一道风景都亲在眼前，每一棵树都会让人记起从前，每一朵花都带着四季的笑脸，每一处空地都是芳草碧连天，每一条幽径都通向廊桥水岸，每一座轩亭都能让你把阑干拍遍。

花圃也是有灵魂的

灵魂是有寄托的。水恋着山，云恋着风，雨恋着瓦檐，花恋着春天。当我沉静下来的时候，我恋着书香，因为我的灵魂需要在神秘而浩瀚的文海中寻找归宿。

读"岂曰无衣？与子同袍。王于兴师，修我戈矛，与子同仇"，感受古代将士们同仇敌忾的气氛；读"老骥伏枥，志在千里。烈士暮年，壮心不已"，感受曹操的慷慨悲凉；读"策扶老以流憩，时矫首而遐观。云无心以出岫，鸟倦飞而知还"，体味陶渊明逃出世俗樊笼的自满自足；读"人生得意须尽欢，莫使金樽空对月。天生我材必有用，千金散尽还复来"，想见李白喷薄而出的豁达；读"风急天高猿啸哀，渚清沙白鸟飞回。无边落木萧萧下，不尽长江滚滚来"，领略杜甫沉郁顿挫的心境；读"过尽千帆皆不是，斜晖脉脉水悠悠。肠断白蘋洲"，体会那股无名的愁闷和难以排遣的怨恨；读"晴川历历汉阳树，芳草萋萋鹦鹉洲。日暮乡关何处是，烟波江上使人愁"，揣摩崔颢思家心切；读"人有悲欢离合，月有阴晴圆缺，此事古难全。但愿人长久，千里共婵娟"，佩服苏轼的旷达和乐观。

阅读自然，同样可以获得人生的意境。每一只飞蛾都有自己的归宿，那一朵扭曲悸动的火焰就是它的归宿，那里有它的另一半的灵魂，它要去找寻它的灵魂，成为完美。蝴蝶在蜕变中承受着痛苦与艰辛，虽然始终无法飞过沧海，却将美丽停留在一瞬间而获得永恒。灼灼桃花，花开有时，却愿与君长留不分离。一树梨花十里香，半城烟雨半城荒，念她又何妨，将晴雪一瓣入酒樽，苍白思故人。杨花独得春风意，离开枝头，漫天飞舞，卿本无情，只因人有情。——风荷举，翠叶吹凉意，洒菰蒲雨，制芰荷以为衣，出淤泥而不染，心中有莲气自华。

现实未必总是春光明媚，心中水草丰盈，依旧可以让自己得到诗意的栖居。等待那一盏微光，依恋心中的天使，且一如既往，深爱不弃，久爱不腻。

所有的故事都能在日涉居找到渊源。花圃在春天里获得新生和灿烂，这是最好的时刻，就像遇见最好的你，日子不得不蓬勃且明媚起来。

一个月前，我给每一株花草都施了肥，如今，它们报我以葱葱绿意和粒粒花蕾，这是春天里最动人的事件，生命的盎然总是给我很多的启迪，我不得不关注它们的成长和我的不再迷惘。

春鸟睡得很少，四点多钟就在花圃里呼朋引伴。我被它们吵醒，却又在它们的叽叽喳喳中半睡半醒。这是很微妙的感觉，半睡半醒，半明半昧，半吐半露。沉睡不知浓淡，浅睡犹知冷暖。春鸟似乎已经不是先前的那几只，叫声也变得更细腻些，更清朗些。还是麻雀最活泼，就像邻家的孩子，调皮又可爱。它们无时无刻不在跳跃，得了多动症似的，动辄歪着头看着窗前的我，这是它们的习惯动作，眼神充满了挑衅和自负。野八哥似乎从未离开过，它们喜欢在早晨或黄昏时分陡然飞进花圃，以寻找食物，步履还是那么悠闲而从容。喜鹊被誉为精灵鸟，来过好几回了，它们的羽毛黑白相间，黑色中还闪耀着紫色的光辉。喜鹊的颜值并不高，但身材俊秀，气质优雅，叫声清脆悦耳，婉转连绵，其飞行姿势也是非常潇洒的。灵鹊落何处，梦醒而回归。喜鹊的降临和叫声似乎携来了春天的消息，人们愿意看到它的身影并听到它的叫声。

不要拒绝春天的声音，那不是喧嚣，而是吟诵或歌唱。我曾故意矮下身子，蹲在花圃里，侧耳聆听风吹花草的声音，窸窸窣窣的，像翻书，像流水，像私语，从我的耳边滑过去，非常体贴而轻盈，像是蓝色天鹅绒那温柔的触摸感。

春雨润如酥，初春的细雨，总是带着几分朦胧的妖娆，烟雾缭绕，似梦似幻，似真似假，似月似花，空气中时而夹杂几缕幽香，悠然沁鼻。花圃里随风轻落几抹翻红，袅袅娜娜，像温婉的情绪，有如一帘幽梦泻进心里，泛起串串涟漪。

在我最喜欢的午后，花圃里飞过来一只白蝶。草地上铺满了细腻而晶莹的野花，早期的野花大多幽而不芳，淡而不艳，隐藏在草丛里，带着岁月的静美。玲珑素雅的白蝶完美地飘落在极小的花瓣上，浅蓝色的触须，纤细得像云锦。它久久不愿离去，似乎是遇到了曾经暗恋过的那朵花。

天气终于暖和起来。我知道，花圃里很快就会出现各种昆虫，且不论以什么样的方式出现，都是我所期待的姿势。等待了一个冬季，终将等来生命复苏的壮观场景，这一定是春天的好意。

月季长得很快，叶子的颜色已经由深紫向浅红过渡，不出一个星期，浅红又会变成青红或黛绿，而花苞也会缀满枝头。四棵枇杷树已经长得很高，亭亭如华盖，每年的五月份，都会缀出若干串枇杷果，橙黄色或蛋黄色；摘下已经成熟的、带着青叶的枇杷果，将春天一分为二，一份送给朋友，一份留给自己。海棠花已经完全绽放，圆形的花瓣和金黄色的丝蕊，开得密密麻麻的，如火似霞，仿佛赤子丹心，尤为夺目。牡丹和芍药就像一对亲姐妹，牡丹谢后芍药开，牡丹的茎为木本，色褐黄，花朵端庄高贵；芍药的茎为草本，色青绿，花朵清新婉约。窗下的那株蔷薇已经绿成一片，其叶比月季要小些，但色泽嫩青且长势茂盛，又有数枝虬茎缘着南墙扶摇而上。还有三株茶花，花蕾硕大，滚圆而饱满，一抹绯红仿佛要泼出来似的；已绽开的茶花颜色艳丽，浓香扑鼻，但茶花在凋谢的时候，不是片片花瓣随风飘零，而是整朵花，在某个瞬间，突然凋谢；掉落在地上的茶花仍然完好无缺，始终保持着优雅而静穆的姿势。还有那株橘子树，四月底便开满小白花，五月中旬就将结出青黛色的果子，然后孕育两个月，在秋收时节摘取成熟和鲜甜。

花圃也是有灵魂的。所有的花草和昆虫都将淋漓尽致地展示它们的活力和绚烂，给我以生命的启示和人生的箴言。我在一径春色里，等待它们的风姿，等待你的光临，等待关于春天的佳音。

凤城人的血脉里流淌着戏韵墨香

那天晚上，跑步归来，平川先生已经在日涉居门外等候多时了。他刚从西藏回来，说有一些人生感悟要与我分享。我赶紧请他坐于南窗下。

好几天没泡茶了，于是改用青花瓷壶碗泡了一枚小青柑。此茶入口甘醇香甜，有独特的花香味和陈香味，这是由于青柑里裹着的普洱茶长期吸附了柑皮的果香味所致。平川先生很喜欢柑普的味道，说，在西藏头疼了好几天，回来后，还有些头疼，今晚喝了几杯柑普后，顿觉神清气爽，估计头不会再疼了。我笑道，古语说茶乃万病之药，治头疼更有效。听罢，彼此大笑。

平川先生说，在西藏听到这么一句话，说去西藏旅游的人，眼睛在天堂，身体在地狱，意思是说，眼睛可以领略到纯净的风景，身体却又因为高原反应而产生严重的不适。他又说，西藏值得一看的只有蓝天白云和布达拉宫，山上的植被很贫瘠，因为氧气含量少，花草树木都长不起来。所以，还是凤城好，到处春意盎然，舒服。我笑道，西藏之行，其实是一种极富挑战性的修行，不过我只愿意孤坐于南窗下，看着花圃，与花草对话，喝喝清茗，便是修行了。

平川先生又说道，这次在西藏玩了十来天，前天回到家后才发现，阳台上的花草枯死了一大半，后悔莫及啊。我说，所以我一般不出远门，因为花圃里的这些花草离不开我，我也离不开它们，它们是我生命的一部分。平川先生叹道，西藏一游，倒也说不上什么修行，带回来的好像也只有几十张照片而已。我说，要是我，我还会用文字表达这场修行的感受。平川先生说，可我文笔差，行程又匆匆，又有高原反应，哪里写得出的。我笑道，用最简短、最朴实的文字记录即可，无需华丽和矫情。他说，那我这两天补写如何。我说，亦可。

待平川先生走后，我便将原先放在客厅里的那些花草搬至阳台上。人间四月，春天翩然而至，养在室内的花草也该见见天日了，特别是那盆米兰，早该沐浴到阳光雨露了。笑堂兄老是提醒我，说米兰不能缺水啊。于是，我又想起春天里的笑堂来了。

好些时候没见着笑堂兄了。上回见到他，还是在初春的那个早晨，他带着我探访温知女子学堂和陈厚耀旧宅，一晃，两个多月过去了。笑堂兄是我的同窗，他女儿又是我的学生，可谓"亲上加亲"。他是凤城的舞王，擅长跳交际舞和拉丁舞，别看他五短身量，跳起舞来，却显得非常的挺拔而且潇洒。我们一帮同学都很羡慕他，不但羡慕他的舞技，还羡慕他有好多女粉丝，年龄从三十岁至七十岁不等。每到春暖花开的时节，他就特别忙，几乎每天晚上都忙着教人家跳舞，一跳就是两三个小时。

凤城里跳交际舞或拉丁舞的地方并不少，以凤城河北岸的露天舞场最为出名。那里风景优美，环境幽雅，尤其是春天的晚上，波光粼粼，杨柳依依，凉风习习，花香苾苾，芳草茵茵。这是个跳舞的好地方，当然也是个浪漫的好去处。即便你不跳舞，也不看人家跳舞，单是在河岸走走转转，也是不虚此行的。春天的河岸太妖娆。

笑堂兄曾多次怂恿我学跳舞，说论相貌、身材、学识和气质，我才是跳舞的料，还说要是我学会了跳舞，那么凤城的历史就会改写的。我笑得很狰狞。当然，偶尔，我也会在春风沉醉的某个晚上，悄然来到凤城河北岸。我从未放过任何一个良辰美景，以为这才是对春天应该抱有的感情。

我会站在围观的人群后面，欣赏笑堂兄的浪漫舞姿。颇为奇怪的是，平素的他也是俗男一个，衣着有些邋遢，举止有些拖沓，表情甚至有些猥琐，但舞场上的他好像完全变了个人似的，特别是在跳拉丁舞的时候，他神情高冷、气宇轩昂，动作刚健俊朗、威猛狂野，周身洋溢着对生命自信的力量。有时我也会欣赏一下他的舞伴，尽管灯光比较朦胧，看不清她的身材和相貌，但我还是愿意借助于想象并运用文学的语言描写一番。舞伴身姿娇美，或双眉颦蹙，似有无限的哀愁；或笑颊粲然，享受着无尽的欢乐；或侧身垂睫，流露出婉转的娇羞；或张目嗔视，表现出女王的盛怒。跳拉丁舞，似乎能让灵魂与身体一同飞翔且与万物合一，这也让我想起所谓的施爱者与被爱者，征服者与被征服者，主人与奴隶，阳刚与阴柔，叛逆与顺从。

我多次留意过笑堂的眼神，他从不正视他的舞伴，显得傲慢而犀利，具有极强的穿透力，我甚至以为这是一种颇为高贵的目光。

但我不打算惊扰他，让他一直沉醉于浪漫的气氛中，这也是春天的好意。所以，正如我悄悄地来，我又悄悄地离开，往河岸的西边踱去。

当然，有时，他也会发现我的存在，待一曲终了，会走过来跟我聊会儿，气喘吁吁的，满头大汗的，神采奕奕的。聊到最后，他总是忘不了加上一句："我安排个美女教你跳舞吧，包你一学就会。"然后，他就指着那些女舞者，又啰唆几句：那个穿小黑裙的，那个长发披肩的，还有那个穿旗袍的，都不错。我笑得很丑陋。

春天偏爱笑堂，因为在春天里请他做教练的女性特别多，这是他最得意的人生。

凤城河的北岸有座庙，叫作关帝庙，乃明万历年间封关羽为关帝后，由宫氏出资修建，清嘉庆年间重建，民国四年（1915）再次重修。不过，我对该庙兴趣不大，唯有那两株树龄达两百岁的银杏树值得一瞻。当然，我感兴趣的是庙西侧的露天舞场。有的时候，笑堂也会被人家请到这里来跳舞。这个舞场也是有特点的，地势较高，南瞰凤城河，西望鼓楼桥，东瞥关帝庙，北邻金鹰商业圈。

春风桃李花开日，凤城人便开始慢生活了，晚上在家里待不住，就爱出来走走逛逛。凤城河北岸是老凤城人很爱去的地方，因为这里有两个规模较大的露天舞场，一边欣赏桨声灯影里的凤城河夜色，一边欣赏俊男靓女的交际舞和拉丁舞，倒也是人生的一大快事。

闲看跳舞的人特别多，男女老幼都有，其中也不乏极少数嗜窥者，颈项伸得很长，仿佛一只鸭，被无形的手捏住了，向上提着。当然，对春天的事物垂涎三尺，上帝都会点赞的。

笑堂兄的舞伴特别多，她们会轮流请他吃饭，有时也请他吃凤城河西岸的油炸臭干，五块钱一大串。

　　暂且不提笑堂兄吧，因为我已经从鼓楼大桥的桥下穿过，来到桥西的河滨绿地。这里有条曲折的长廊，廊柱上虬满紫藤和凌霄，每到春天的晚上，长廊就成为戏曲爱好者的乐园。

　　凤城人酷爱戏曲。官宣以为，品鉴凤城戏曲文化一定要去梅桃柳三园，即梅园、桃园和柳园。梅园有梅兰芳，桃园有孔尚任，柳园有柳敬亭。但凤城的老百姓更喜欢在家门口哼哼唱唱，自娱自乐；再说，梅园和桃园晚上又不开放，柳园的晚上有些阴森，人气不旺。街心公园跟老百姓离得近，几步就到了。吃罢晚饭，很多人便来此溜达，高兴起来，就哼上几句，或者听人家唱上几句，不分彼此，没人笑话你，你也不会笑话人家，每个人都是主角，也都是配角，更是观众。

　　河岸绿地的长廊深得戏曲爱好者的喜欢。一位老者，携一把二胡，孤倚在暗处的廊柱旁，先拨个弦什么的，再干咳两声，便自拉自唱起来；听众并不多，他也不在乎有多少听众，自顾地哼唱着，唱得很沧桑的样子，让人觉得他应该是有故事的人。也有带来伴唱机的，拿起话筒，摆成丁字步，手臂这么一扬，头这么一抬，眼神这么一凝，就开唱了；不一定非得唱京剧或淮剧，也可以唱通俗歌曲；甭管好听不好听，总会有观众鼓掌吆喝的。讲究一些的呢，还会自带个乐队，胡锣钹琴之类的乐器一应俱全，乐师三五个，都是六七十岁的光景，但精神矍铄，神态坦然，半闭着眼睛在伴奏；唱者多半是个女的，五十多岁的样子，化了妆的，唱得风生水起的，一招一式也是有模有样的，叫好声不绝。

　　长廊一带的观众是流动的，聚散自由，来去无挂，他们中的大多数人并非戏曲爱好者，但在溜达之余，也会停下脚步，挤进人群，瞅瞅那些唱戏的，听听那些不很专业的唱腔，也是蛮惬意的。还有，你不要以为这些围观的人都是上了年纪的，其实也有不少年轻人会驻足以观，带着好奇的目光。也难怪，凤城本来就是戏曲之乡，凤城人的血脉里流淌着戏韵墨香，这是凤城人共有的基因。

凤城人的血脉里流淌着戏韵墨香

水是凤城的灵魂

跳舞也好，唱戏也罢，春天里的凤城人就是喜欢这种悠闲自在的慢生活。

约翰·列侬曾经说过："当我们正在为生活疲于奔命的时候，生活已经离我们而去。"因为真正的生活不是奔波、追逐、争夺，而是与灵魂相伴而行的从容、安静和轻松。慢生活不是磨蹭，不是懒惰，不是懈怠，不是消沉，而是让生活的速度回归平稳，变得细致、温情且有仪式感，这是一种返璞归真的人生意境。

在你最忙碌的时候，偷来罅隙中的一缕闲暇的时光，到天德湖边席地而坐，或漫步水岸，静观流水脉脉，倾听花草的春日私语，让心情平静下来。你也可以隐入凤城的老巷，徐徐而行，品粉墙黛瓦的古色古香，寻觅凤城的胎记或过往。你也可以趋步郊野，看杂草苍莽，呼吸自然的纯粹和亲近，沉淀心绪。你也可以临凤城河岸垂钓，在阳光下抛投，在风雨中下钩，捆着自己钓，钓自己喜欢的鱼。你也可以在热闹的街头，那棵老槐树下，坐于棋摊旁，与陌生人对弈，恍然不知黄昏之将至。你也可以在某个寻常的午后，突然改变人生的方向，订一张电影票，让自己失踪两个小时。你也可以拂去喧嚣，择一茶寮，焚一炷檀香，浅斟一小茶盅，把茶冷眼观红尘，啜茶清心度春秋。你也可以逛逛菜场，从每一个摊位前走过，既能看到活生生的人，又能看到活生生的菜蔬，满满的人间烟火，不常去菜场的人，便不足以大谈人生。你也可以养养花草，一隅花开，半城倾慕，孤独而优雅。你也可以花点时间去健身，珍爱着自己的身体，身体里的每一个细胞，每一个器官，每一个组织。你也可以入厨房，亲手做菜，将心思、技艺、火候、调料与食材的天时地利人和进行友好的沟通合作。你还可以依一盏青灯，悦读经典，或诉诸文字，漂涤心灵，以求片刻的安宁和内心的饱满。

在纷繁复杂中，在尘嚣喧哗中，在焦躁不安中，唯有慢生活才能找回最真实的自己。

凤城人的慢生活是离不开水的,水滋润着凤城人的一切,水是凤城的灵魂。古语曰,天下柔者莫过于水,而能攻坚者又莫胜于水;水不汲汲于富贵,不戚戚于贫贱。

凤城的水是相连相通的,所有的水流都有亲缘关系,就像血脉的流淌和循环。

凤城河张开双臂,将老城区紧紧地揽入怀中。碧水浩淼,迂回曲折,水鸟贴着水面飞翔,河岸芦苇轻摇,芳草萋萋,桃花烂漫,垂柳吻着水面,又有画舫逐波,渔舟唱晚。春天的早晨,水面像隔了层模糊的雾气,氤氲弥漫的湿度紧紧粘在浅滩的水草上。河水就像是一面闪着圣辉的云幕,与天上的云一起凝视着古老的凤城。

凤城河的水是温柔而滋润的,水流到哪里,便柔到哪里,润到哪里,丰盈到哪里。漫步于水岸,青芷没膝,杂花追踵,古木参天,怪石卧坡,亭若鸟栖,春天的凤城河湿润了你的心田,丰盈了你的遐思,也温柔了你的情怀。于是,你沿着河岸,或往西而去,一直可以抵达城西,与南官河相遇。或往南逶迤而行,跨过迎春桥,穿过望海楼,便与三水湾隔水相眺。然后,再跨过文峰桥,拐向南便到了三水湾,也可以继续往西走进柳园。

风景一直伴你左右,水一直对你不离不弃。想亲水则去三水湾,那里曲水留香,清纯明澈,昨夜未散的青雾,今晨初缀的露珠,弥散着新鲜的气息。坡上的桃林,朵朵簇簇开得粉艳妖冶;墙外的绿竹,清幽雅致正得人生的佳境;月牙般的石拱桥,俯瞰着淙淙静流清姿难掩;水岸的柳絮,缠着半城情愫半城烟雨。最得意境的还是白羽毛书吧,四面环水,幽静尔雅,是三水湾最温馨的一隅。

柳园也是有水的,与凤城河相衔。虽说水域不甚开阔,但南岸栖一长廊,掩于翠柳中,凭栏北望,清风徐来,水波微澜,有南山塔影倒映水中,蔚为壮观。园中挽着一道水泊,泊岸绿荫蔽日,常见水鸟飞掠栖息;夏秋之交,则有碧荷弥池,清凉宜人。西岸还有一亭,形若双翼,立于亭中,四周岑寂无声，甚合"幽人独往来"的意境。

自柳园而西，则有玉带河隔路相望。玉带河是老凤城的内河，其实以前玉带河与凤城河也是相通的。玉带河的河道狭长，形似玉带，亲密地偎依着老城根儿。玉带河向南直通凤城的通扬河，而通扬河又与凤城河相通，折而向西则与西城河，即南官河相连。

凤城就是这样，被水拥抱着，被水滋润着，被水呵护着。老通扬河被誉为凤城的母亲河，河道开阔，两侧挡土墙驳岸整整齐齐，杨柳低垂，婆娑起舞，河水浩荡，有着极佳的视觉效果。尤其在夕阳西下的时候，可观"长河落日圆"的壮丽美景。两岸沃土千里，良田万顷，水渠纵横，五谷丰登。老通扬河是当年凤城的水上交通枢纽，河面上万舸争流，穿凤城而过，给凤城人带来了无穷的福祉。"善利万物而不争"，这是老通扬河的品质，凤城人依偎在她的怀抱中过着悠闲而丰裕的世俗生活。

说起凤城的水，不得不提及位于凤城城北、通扬运河以南的古稻河。明清时，凤城乃里下河地区农产品集散地，粮行、油坊、栈房等大多沿稻河而设，自然形成了"小桥流水人家"的市井街区。古稻河呈南北走向，东有草河比肩而流。

稻河人家是老凤城的一道别致的风景线，尽得寻常巷陌的人间烟火之气，演绎着老凤城人缘水而居的风情画卷。凤城风情画派代表人物新明先生以他灵动而温情的画笔，将古稻河的民风民景、民生民情墨染在宣纸上，挂在了凤城的历史画廊里。

与稻河相邻的草河也是凤城的一条古老的河流。稻河之"稻"与草河之"草"竟然如此默契神会，正是凤城世俗风情质朴而亲切的写照，是最接地气的市井之物象。

在前文中，我就多次写到涵东一带的明清古建筑群，但并未更多地涉及草河。其实，没有这条河，明清古建筑群就会黯然失色，是草河让它们鲜活起来的。

在我最初的印象中，草河的南端有个闸口，每年春夏之时，河水潮涨，打开闸门，碧浪汹涌而北，涵澹澎湃，水声噌吰，惊涛拍岸，余音不绝。如今的草河似乎失去了往昔的激情和气势，变得温顺起来，脉脉地流淌着，似乎在诉说着什么。草河的西岸多为民居，以瓦屋为多，依河而建，参差不齐，显得很破旧。不过，在有雪的冬天，西岸还是颇有趣味的，白雪覆盖在屋脊上，高高低低的，断断续续的，深深浅浅的，晨曦在屋脊上幻出数味橙红，一只小木船泊在岸边，船篷像一只白绒绒的棉帽子，稀疏的几株老梅斜出断墙坍壁，染出几抹明黄。

草河的东岸则意趣盎然。曲曲折折的栏杆顺着曲曲折折的河岸，一直延伸至草河北端的破桥。栏杆并不精致，甚至有些破旧，但结实可靠。高大粗壮的泡桐树倚着栏杆，留下大片的绿荫，于是，你可以在绿荫下凭栏而闲。栏杆前丛着些杂花，无人照料，却开得自在。也会置着些杂物，比如瘸了一条腿的藤椅，几个坛坛罐罐，一堆刚劈好的柴火，当然也会扔几张小板凳在那儿。清晨或黄昏，在河岸闲走或闲看或闲聊的人最多，有草河一带的老街坊，有路过的人，也有访古探幽的游客，或立或倚，或坐或蹲。

还是因着这条草河，寻常的日子烟火苒苒。草河也是活水河，往北穿过破桥，便汇入通扬河了。作为颇有历史感的一条河流，草河从未干涸过，近岸水草嘉茂，铺张着远古的绿意。河里一直是有鱼的，也一直有人立于河岸垂钓。

凤城河是凤城的外河，而玉带河则是凤城的内河。史载，玉带河乃宋代凤城知州王璪于南宋绍兴十年（1140）所开，此人虽为奸相秦桧的妻兄，却在凤城筑城墙、开市河、架桥梁，是一位亲民且有所建树的知州。"穿城不足三里远，绕廓居然一水通"，晚清凤城诗人康发祥的竹枝词，描述了双水绕城的凤城美景。

玉带河与老凤城最亲近，亲近了一千多年。老凤城人熟悉这条河，它从你家门口穿过，又从别家的门口穿过；你需要它，它也离不开你。每天，你都要取它的水，倒进自家院子的水缸里，作为生活的备用水。玉带河岸的台阶最多，老凤城人每天都要在河里洗衣淘米。河岸的码头也多，因为玉带河

水是凤城的灵魂　　123

是环绕凤城的,是可以撑篙行船的。各种运货船可以顺着水道,停泊在任何一处码头,最北可以到达扬桥口,其间又会穿过十余座小桥。

最有意思的当属鱼鹰捕鱼。鱼鹰即鸬鹚,善于潜水,嘴强而长,适于啄鱼,下喉有小囊,常被人驯化,以作捕鱼,在喉部系绳,捕到后强行吐出。春夏之时,玉带河涨潮,水草丰美,鱼虾甚多,常见渔人划一鸬鹚船,在河面上捕鱼。捕到鱼虾后,当即就卖给两岸的居民,价钱很便宜。

鸬鹚不仅是捕鱼的能手,在古代,人们还把它视为美满婚姻的象征。结伴的鸬鹚,从营巢孵卵到哺育幼雏,始终共同进行,和睦相处,相互体贴。《诗经》开篇诗作中有"关关雎鸠,在河之洲"的诗句,其实诗中的"雎鸠"指的就是鸬鹚,鸳鸯并不常见,而鸬鹚却常见且与老百姓的生活密切相关。《诗经》中的"国风"大多取材于百姓的生活,所以以鸬鹚喻美满婚姻,也是说得通的。

当然,凤城的水又是离不开桥的,水与桥共同成为凤城的标志,沉淀着凤城的历史文化底蕴,彰显着这座古城独特的人文魅力。

据说,老凤城有九寺十三庙三十六个澡堂子七十八口井一百零八座桥。这一百零八座桥大概是真的,因为老凤城双水绕城且城中又遍布河流,桥多也是自然的。

如果说水是凤城的灵魂,那么桥就是凤城的诗意。可以想见,昔日的凤城因为城小河多,桥是怎样的独得世俗之风情,凤城人又是怎样的独领人间之趣味。门巷悄悄,玉箫声绝,碧云隐霞,何处弄明月;小桥流水,稚童探头,桃红满径,家家起炊烟;垂杨亲岸,画舸停桡,槿花篱外,几度寻暗香。

最著名的当属老高桥。该桥始建于明正统三年(1438),时为砖桥;后经王思旻、韩诏等重修,改建为石拱桥;又后,由乡绅仲振履、储之秀、张日旺等捐资兴修如旧。高桥耸立于城南,南北各有三十八级台阶,立于桥上,凤城之景尽收眼底。凤城号称凤凰城,高桥便有着特殊的寓意,从上空往下由南向北俯瞰,凤城很像一只展翅欲飞的凤凰,高桥若凤首,城北的赵公桥似凤尾,东西凤凰墩如凤之双翅。高桥一带人烟稠密,商户云集,桥下船只往来频繁。在我的印记中,桥南侧的那家卤菜店和开水坊最为出名。凤城人一直以为,由南而北,跨过高桥,算是进了城;由北而南,跨过高桥,就算出了城,到了乡下。

除了老高桥,古稻河上的孙家桥也是一座古老的石拱桥。不过民国三年(1914),孙家桥坍塌,后由官员和乡绅捐资重建。史载:"孙家桥,旧志未详何代建,今桥石栏刻'利涉'二字。"春天的时候,桥上的石板略显湿润,上面结着墨绿的青苔,细细的露珠散落在上面,清晨的微光荡漾在桥上。桥两旁是抚摸光滑了的小石柱护体,小桥离水面很近,似乎伸手就可触摸到水面,其实还远得很呢。

除了孙家桥,处于凤城中市河上的税务桥也是不能不提及的一座桥。该桥始建于宋淳熙年间,初名太平桥,明洪武初年重建。桥为砖砌单拱弧形,桥面和台阶皆铺以麻黄石板,桥栏为砖砌。史载,桥北曾建有福善庵,坐北朝南,每日桥上暮鼓晨钟,香火缭绕。平时附近居民家中有了红白喜事,都要到桥上烧香求佛。桥东北侧的桥坡上另有一座茶水炉,茶水炉的东隔壁有个小肉铺,紧接着在拐角口的就是百年老店"税务桥烧饼店"。

不过,最难忘的还是升仙桥,这是少年时的我最熟悉的、印象最深的、故事最多的桥。

升仙桥的桥名是凤城所有的桥名中最有特色的,也是最令人神往的。因为它起源于一则民间传说,说的是"海陵十仙"中的徐神翁搭渡一个叫花子升仙的故事。

有一天,从玉皇宫里跑出来一个叫花子,衣衫褴褛,肚子上满是血,好不吓人。爱看热闹的人都围过来看他,他也不理会,径直往八字桥南边的桥上跑去,一头睡倒在桥顶上的土地庙里,嘴里还不住地喊:"你舔我渡(肚)!你舔我渡(肚)!"围观的人都来了气:"你肚子上又是血又是脓的,恶心死了,谁还会舔你的肚子去,最多找块抹布帮你擦擦就是了。"这时,也不知道从哪里跑过来一条大黄狗,伸出舌头直接在叫花子肚子上舔,等到把血啊脓啊舔干净了,才甩着尾巴从土地庙里跑了出来。正待众人纳闷的时候,哪晓

水是凤城的灵魂　125

得这条大黄狗没跑上几步,就四脚腾空,飞上了天。这时候才有人醒悟过来:原来叫花子说的不是"你舔我肚",而是"你舔我渡",这下子,众人才知道叫花子是神仙下凡。从此,众人就改称这座桥叫升仙桥,因为它是神仙升天的地方。至于它原来的桥名呢,也就没人记得了。

升仙桥是独拱砖桥,桥栏也是砖砌的,桥面并不高陡,几乎跟路面一样平坦。其拱呈半圆形,远远望去,像是一弧月牙,又像是一道弯弓,也像是一张儿童的笑脸。因为此桥处于暮春街的北首,是少年的我上学的必经之路,也是我和伙伴们最喜欢玩耍的地方。

蔬果最得人间之俗趣

长大就在一瞬间，我已不再是少年。青涩的时代一去不复返，果子总会渐渐地饱满。谁让我站在青春的面前，已经不再腼腆，幼稚的游戏跟我说再见。我读不懂爱情的前言，但忘不了冬梅的长辫；我读得懂父亲的训言，唯有读书才能走出贫困，拥抱充满幻想的明天。

记忆重新回到日涉居。

当我平静下来的时候，花圃里正沐浴着午后的阳光。很正派的时节，让我的思绪变得温文尔雅，于是不如画画。从未拜过师、学过画，也不打算再拜师，吾眼观吾物，吾手画吾心，一半写实，一半写意，人生才能圆满。

隐入日涉居的书房，腾出一半以作画室，购得画纸毛笔颜料，不需要惊天动地，不需要大张旗鼓，不需要改变世界，于是人生获得了片刻的静美。在我觉得人生有些残缺的时候，我用画笔修补这些残缺，不是为了表达生活的无奈和抑郁，而是不愿意屈就和卑微。能够坦然地做自己喜欢的事，这是最惬意的人生。

但当我逐渐爱上绘画的时候，也会产生困惑和迷茫，就像情侣般的矛盾和纠葛，以至于搞不清楚这是不是我的初心所向。不过当我画出上百幅画作并勇敢地展示于众的时候，我终究没有麻木。我保留了自己本来的情绪，反复地怀疑自己，不断地审视自己的这份炽热。我以为，绘画满足了我的某种自尊心和虚荣心，这是让我不甘沉沦和堕落的一抹芬芳。在创作了数百万字的文学作品的过程中，我曾几度陷入泥潭以至不能呼吸，在苟延残喘中找不到岁月的方向，几近崩溃。所以，在前年盛夏的某个寻常的早晨，听完窗外的一阵蝉鸣之后，我突然想画画，这种冲动很可怕，也很优雅。有时，人生的一些意外恰恰能让你发现别样的风景，甚至找到另一个自己，那个你不太熟悉的却很可能是你曾梦寐以求的自己。

绘画需要带着心灵的眼睛去观察世界，又要带着哲理的思辨去剖析世界，这样的世界既是客观的，又是主观的；既是自然的，又是想象的。

我不懂静物写生。最初的静物是一把煮熟了的菱角，放在我的面前。我剥开吃了一个，又粉又甜。一直喜欢吃这种可爱的世俗之物，碧绿或紫红的菱衣，雪白丰满的肉质，待煮熟后，菱衣变成黄褐色或灰黑色，肉质光滑饱满。那是在秋日的一个午后，窗外寂然无声，我盯住它们好久，从不同的角度审视它们的形体。拿起画笔的时候，我的手是发抖的，这是极度缺乏自信的表现，因为我并不知道先从哪里下笔，当然我知道先从哪里下口。带着混沌的思路，我画了菱角的一只角，但无法准确地把握粗细、长短、明暗、光影等元素，全凭感觉，这是草莽式的盲目自信。但我终于画出几只菱角的大概模样，反复观照，似乎有点儿像了，这是颇为励志的开头。三个小时后，菱角算是画好了，我放下画笔，油然而生一种莫名其妙的快感，看着画纸上的这几个菱角，我甚至产生了要吃掉它们的冲动。

另一幅写生画作是荸荠，同样是我喜欢吃的世俗之物。但在调色的问题上，我困惑良久。荸荠色似乎很难调到极致，多次调配，均不满意，于是搁笔，于是将荸荠煮熟吃光。第二天，又去菜场，买回一把新鲜的荸荠，择其中两枚，置于桌上。花了很长时间，才将颜色调配至满意的状态。差不多两个小时后，两只荸荠算是画好了，感觉蛮像的。

由此，我开始思考关于静物写生的艺术趣味。我以为，不同的物品都有不同的质感，如陶罐的粗糙、玻璃的晶洁、丝绸的柔滑、金属的坚硬等。当物品触摸到我们的视觉后，便唤醒了我们的感知或联想，从而产生了视觉上的质感。古人说"师法自然"，我以为我不是不会画，而是不会看，不会观瞻，不会体悟。描摹物品应该从最佳的角度或者自己喜欢的角度画出物品的形态特征。所以，我长时间地观看眼前的两只荸荠，把身心投入观照之中，体悟造化的神妙，故意细瞻它们的局部，于是有了意外的收获。唯有抓住细节特征，才能更好地描摹物品的妙处。

当然，能够描摹物品的外部形态只是一种技能，照着葫芦画瓢并不能称之为艺术。凡物皆有自然生态，但在形体之中、细节之处，都含蕴着一种内在的精神。唯有奉献出自己的心灵，关注并喜爱它们，才能捕捉到这种精神微光，才能恰当地凸显出它们的精神内核。

在画一朵即将衰败的月季花之前，我准备了好几天。当它还生在枝头的时候，我便反复观察它。这株月季花已经生长了十余年，高达两米，枝干粗壮，花大色艳。去年秋冬的那天夜里，一场寒雨骤然而至，第二天中午，我才发现这朵月季花已经被摧残得无法继续完美地绽放，正是这种凄美之态让我顿生爱怜之意。于是，我剪下这朵月季花，小心地放在画桌上。须臾，一片硕大的花瓣陡然脱落，像是被删除的一行极美的诗句。

趁着它的叶子还新鲜，花朵尚未进一步枯萎，我鼓起勇气，大胆而谨慎地在宣纸上细细地描摹起来。此时，在我的眼里，只有这朵静穆不语的月季花独自存在，我凝神屏气地描绘着它的情状并不断地与它进行沟通。我只希望它能雕塑一般保持着这种状态，好让我的画作来延续它的凄美以至永恒。最费心的是画出那几片已经粘贴在一起的且已经褪淡了的花瓣；最难画的是残留着的那几处雨痕。虽然总算画出了雨痕，但觉得比较浅薄，并未表现出雨滴浸透花瓣后的吸入感和产生的凹凸感，就细节而言，这就是败笔。

在处理叶子的时候，经过反复斟酌，后来我故意将几片绿叶画得更鲜绿些，更坚挺些，更有活力些，以与正在枯萎的花瓣形成鲜明的对照，即仍然旺盛的绿叶和已经衰败的鲜花，从而表达出某种带着哲理趣味的意念。

我以为，对一幅静物写生而言，摹其形不是最难的，透视出其内在精神才是最难的。万物有逐你而来的翠色，有附耳而至的清风，有弥目而悦的斑斓，大自然的每一刹那都能在你的胸襟中，注入一缕柔情，引起你的共鸣，这是慷慨的自然赐予我们的意义。所以，静物写生并不是僵硬而机械地临摹事物，而是在高度的相似中沉淀某种非物象的意蕴，让人的灵魂与所描摹的物象之间产生心有灵犀和心照不宣的精神交流。

在画山芋的时候，我倾注了更多的心血。我从小就爱吃山芋，乡下老家的土是沙土，很适合种山芋，特别是粉山芋。有意思的是，凤城街头有不少

蔬果最得人间之俗趣 129

炕山芋的摊儿，牌子上居然都将"炕山芋"写成"炕山竽"，我百思不得其解。

为画山芋，我特意去文峰菜场买回几个红皮山芋，不是为了吃，而是为了画出来更好看些。买回家后，将山芋洗净晾干，置于画桌上。我端坐于画桌前，深情地凝视着它们，细观它们的形状、皮质、筋络、根蒂、侧须、疙瘩和疤痕。眼前的这四个山芋是那么的可爱、淳朴而沉静。

我想起小时候在乡下老家门前的地里挖山芋的情景。山芋的秧藤细长，匍匐于地面，花是淡紫色的。挖山芋先得从山芋秧藤入手，顺着秧藤向下挖，才能挖到。刚刚挖出来的山芋串在一起且沾满黑色的泥土。洗净后，不等下锅煮熟，我就生吃起来，又脆又甜，满口生津。不过如今的山芋大多是水山芋或甜山芋，我不爱吃。

老实说，画山芋的时候，我已经有了相当的自信，我太熟悉它们了，熟悉了几十年。但在真正画它们的时候，我陡然产生了一种敬畏感，我必须画好它们，画出它们的形态和神韵。带着这样的心理和情绪，我过于虔诚而细腻地描摹它们，包括它们身上的那些褶皱、斑痕和细须。

这幅写生是我最得意也是最喜欢的画作，而且给了我很多启示。很多人都想求得这幅画作，但都被我婉言谢绝，因为它离不开我，我更离不开它。

当然，从艺术的角度看，这幅写生仍然是很不完美的画作，因为我对线条、光影、明暗、虚实、浓淡和深浅的把握仍然不够准确，不够到位，不够谙熟。

在静物写生的过程中，我力求全方位地对描绘的物象注入自己的观察和情感，透过外在的形态特征，从精神层面上去把握物象。静物写生不是单纯的描摹，而是从中获得对人生的体验和感悟。人生有时必须放下重负，"宠辱偕忘""不计得失"，才能把自己交给关注的物象，从而进入"每有会意，便欣然忘食"的境界。再平凡的事物都有属于它的特有的美感，但要用我们的眼睛去发掘，用我们的观察去体验，用我们的能力去表现，这是一个寻趣、寻味、寻真、寻美的过程，也是一个精神愉悦和升华的过程。

至于创作古意小品画，则是我的另一种尝试，所有的尝试都跟人生有关。

创作古意画全靠想象，包括构图、人物、用墨、意境等，这是极其困难的过程，常常几天都无法形成明确的画面设计。我以为，古意画追求的应该是虚灵、澄澈的诗意和哲学的意味，其透露出的气韵和格调，才是要创造的那种超乎自然的精神氛围。所有的山水花草，都应该带着人文的元素，最终仍然是要画人，画人格，画精神，画自己。

古意画追求的是意境，这种意象是超现实的，摒弃现实生活的喧嚣躁动，流露出的是静寂、旷远与超尘，给欣赏者以安宁、超然的精神享受。追寻高古清幽、离尘绝俗，表达天人合一，这是人文精神的延伸。诗意的情怀，高古的气韵，清朗的格调，又会让观赏者泛出情绪的涟漪，最终获得心灵的慰藉。

我观察并欣赏过很多古意山水画，古代的，近现代的，当代的，无一不是将人深藏于崇山峻岭之中，山的高峻，水的浩渺，草木的茂盛，季节的模糊，时间的冲淡，一切都成为纯粹的自然物象本质精神特征的艺术表达，也就是绘画意境的表达。在这种流变不居的、无限延伸的、永恒的生命特征里，人与自然合为一体。

但在创作古意画的时候，我有着自己的思考。作为观赏者的我，总是觉得传统的山水画在人的视觉上会产生错乱感，过多的山水重叠和草木的渲染，钝化了观赏者的视觉敏感度，而人的渺小又让我产生一种无助、无力和无趣的失落感，观赏者的情绪并未得到更多的安慰，因为人被自然所包围且沦陷其中，人的精神力量得不到伸张，反而跟动物一样，寄生于自然且依赖于自然。我整个人都觉得不好了。

同样是在一个寻常的午后，我孤坐于南窗下，泡上一壶茶。于是，我的眼前浮现出这样的场景：澄心静坐，益友清谈，小酌微醺，浇花种竹，抚鹤听琴，焚香煮茶，泛舟观山，松下弈棋。

很快，我诞生了自己的思想。

我将古意画中的人作为画面的核心，突出并放大人的形象，着重表现他们的衣着、神态、举止和风度，山水草木则追求极简和古趣，作为人的背景和衬托，以表现人在自然中的情绪和意念，让观赏者能够较为直接而轻松地从人的形象上获得启示。最重要的一点是，让灵魂安静下来，是古意画的意境所在，也是我创作古意画的终极目标。涧边品茗，远足赏景，孤坐而眺，独处幽思，舟中垂钓，倚岩冥想，郊野踏春，静候故人，松下送客，坡上听泉，对酒当歌，山谷观瀑，每一幅画作，都在清理纷乱的情绪，收敛张扬的欲念，平息波动的心灵。

  画作并未过多地从艺术的角度去诠释思想和情感，只是从私人的角度去揣摩画意。关于构图，我只在乎人的定位，人物画好了，感觉到位了，我以为，这幅古意画也就成功了一大半。所以，我是先画人，再画山水草木，一切围绕人和人的活动而展开，最终也归结于人。当然，将人物画活，画出神韵，画得古意盎然，是非常困难的。因为没有画好人物而被我撕毁的画作最多，但我毫不惋惜。

  传统的古意山水画，意境高远，气象万千，或缓坡云树渐叠，或水畔嘉木葱茏，或小径蜿蜒远引，令人幽情思远，如睹异境，人物也飘逸高古，恍然相隔千年。我在创作古意画的时候，试图拉近画中的人物与观赏者之间的距离，将人物放于最靠近观赏者的位置上，以求得更为亲密的交流和沟通。观赏者借助肤浅的想象，就可以看懂画面，更快地与画面的意境相互渗透和融合，甚至联想到与人物和画面有关的情节或故事。看着这些古意画，我的情绪逐渐平息下去，眼睛逐渐清明起来，灵魂逐渐安顿下来。

  无论是写生，还是古意，都是生活方式的解读。写生取材于世俗之物，大多为蔬果，弥漫着人间烟火的气息，可亲可近，可口可心。古意之画虽为想象，却指引着世俗之人的精神归宿，且实且虚，且远且近。

  所以，我喜欢去菜场，喜欢去路边小饭店，喜欢进厨房。在菜场里，我喜欢看看摸摸那些菜，即便不买，也要亲近它们一回。初春的某一天，我看到一家菜摊卖的茨菰很特别，颜色嫩黄青绿，煞是好看，竟萌发了想画它们的念头，于是我买下一小把，共八只茨菰。画好后，将茨菰洗净切片，与青蒜、百页和白菜清炒，鲜美之极。还有一次，我买回一斤扁豆，待画完其中几个后，将扁豆与龙头芋红烧，尤其开胃。看到红萝卜，顿生爱怜之心，买回几个以入画，画毕则啃萝卜，水嫩水嫩的；买了些冬枣，青红相间，觉得好看，遂画于纸上，啖之脆嫩香甜；单位发了扶贫香梨，碧青冰莹，画了三个，削皮而咬，香甜没齿。也喜欢出入小饭馆，蹩进厨间，看厨师掌勺，问询菜可新鲜否，当然大饭店的厨房闲人免进。还喜欢下厨房，捣弄菜肴，即便是拣菜洗菜，也会细瞻菜的形状色泽，以为小青菜的根一掐即破，蚕豆的壳蓬松若棉，以及菠菜的青红根茎，洋葱的白紫相间，大白菜的青白韫玉，药芹的婉绿异香，都是唐诗宋词的润玉流翠。

　　蔬果可品味，亦可果腹，最得人间之俗趣。而趋步陌上以观花开花落，流连水湄以嗅岸芷汀兰，登上高处以望云卷云舒，独倚南窗以得茶语清心，孤坐角隅以赏美文嘉辞，又是你的心灵之约和精神之旅。置身于喧嚣的都市，或俯仰，或沉浮，或有得，或有失，便需要修补你的心绪。不如随我而来，闲憩于日涉居，看花圃其叶蓁蓁，朱实离离，说出你的故事还有我的过去，整几碟小菜，浅酌低唱，岂不快意！

一酌一饮一人生

黄昏时分，天空将蔷薇色的云霞托付给黑暗，这是最飘逸的伏笔。那时，我正在离家不远的路边散步。

温和的晚风把我的心情衬托得不错，更何况此时的路边并不寂寞。每天傍晚，闲来无事的时候，我都会散个步，因为路边的很多小摊儿特别吸引我，这是一天中最轻松、最具人情味的时刻，马路地摊才是最真实的世俗生活场景。

借着天空的最后一抹微光和朦胧的路灯，很多小摊一字儿排开，吆喝声此起彼伏。有卖自家种的蔬菜的，有卖时鲜水果的，有卖各种小吃的，有卖生活用品的，生意都不错。有时，我也会很随性地买回菜摊上的最后一把细瘦的韭菜，一小堆长得很丑的山芋，几根长短粗细不一的黄瓜，一个削果皮用的木制小刨子，一把用来种花草亦可种诗意的木柄小铁锹，一串油炸臭干或两个油端子或两翼虾糍。甚至，我会蹲下身子来，跟摊贩们搭讪几句，关于种菜或人生的话题。

遛狗的人比较多。春天的狗似乎比春天的人更快活，它们衣食无忧，及时行乐，得过且过。有把小狗脖子上的链子松开的，小狗犹如一条脱缰的野马，世界在它的脚下，都是坦途。也有遛孩子的，孩子没有方向感，会跟小狗一样到处窜。也有出来跑步的，表情六亲不认，步伐坚定，从你身边冷漠地掠过去。还有站在路边闲看街景的，不像在等人，也不像在思考，就这么客观地站着。还有只顾着往家赶的，拎着包或袋子，步履匆匆。

傍晚时分的散步，会直接影响到我在黑夜中的思绪。吃罢晚饭，我又会习惯性地立于南窗下，看着窗外的世界。若是没有朋友造访日涉居，那么我会泡上一壶茶，与茶私聊。

人在安静的时候，大抵会想到自己。古语曰："君子博学而日参省乎己，则知明而行无过矣。"这是每日反省自己的最好时机，所以我会回忆白天的一切，跟我相关的人和事以及跟我无关的人和事，但我并非君子。我喜欢独处，也不抗拒群居，每至周末，总会有朋友携着春意和故事，来到日涉居，黑暗中的人生不禁丰盈起来。

这天下午，几只崭新的麻雀在花圃里叽叽喳喳，叫个不停。我有预感，今晚将有老友来访。

自古以来，酒就是用来招待贵客的。《诗经》中就有不少诗句写置酒待客以尽欢的，如"我有旨酒，以燕乐嘉宾之心""君子有酒，嘉宾式燕以乐""湛湛露斯，匪阳不晞。厌厌夜饮，不醉无归"。

最喜欢《诗经》中的这几句诗："呦呦鹿鸣，食野之蒿。我有嘉宾，德音孔昭。视民不恌，君子是则是效。我有旨酒，嘉宾式燕以敖。"意思是说，呦呦野鹿鸣，来食野中蒿。我有众宾客，品行皆良好。教民不轻佻，依法来仿效。我有上等酒，主客同逍遥。所以，我总是以佳酿待客，尽管我不胜杯勺。

春天最得酒意，醉者之意却不在酒，在乎日涉居之胜景也。此时，岁月不惊，春和景明，时鲜甚繁，且有平川先生昔日所赠之郎君酒，故可举樽相祝，扬风扢雅，以畅叙幽情，舒心释怀。

夕阳西垂之时，我便隐入庖间。一碟油炸花生米是断不可少的，酥脆可口，香里裹着微微的烤焦，有点苦，这是清贫的味道。炝黄瓜亦是必有的，将黄瓜切段再以菜刀的侧面拍之，蒜头和红椒亦拍而碎之，淋点香醋和香油浸泡须臾。盐水鹅口味不错，肉质略柴，似含草药陈香。又一碟水蒸香肠，切成薄片，透而不明。

我非大厨，只能杂以冷碟，烧炒炖烩还得请永森君前来掌勺。一份手书菜单置于案上，道是：茭菰青蒜白菜百页肉片之凤城小炒、胡萝卜丝肉丝木耳丝莴笋丝竹笋丝之鱼香肉丝、葱段姜丝笋丝鼓油料酒精盐香菜之清蒸鳊鱼、老咸菜冰糖姜块葱段五花肉之咸菜烧肉、枸杞木耳山药绿芹青椒之雅炒；外加一素炒及一素汤。好了，食多无味，至于龙虾海鲜刀鱼山珍馔玉之类则不入，饕餮者有罪。

我于庖间之高阁取青花瓷酒壶及四枚青花瓷酒杯，洗净擦干置于餐桌上，又焚檀香一缕于博古架上，将文竹和兰花移至餐厅一隅。花圃亦懂我的心意，赐我以月季的红，鸢尾的蓝，芍药的粉，牡丹的艳，还有野花的淡。

宜保君是我的诗友、文友、书友、球友和茶友，相处二十余年了。那天在日涉居，酒酣之时，宜保君诗兴大发，以"写在谷雨后"为题，即席赋诗一首，其诗曰：

甘霖如酥润陌桑，和风拂面理鬓云。
波中锦鳞羞浣女，林间紫燕窥豪屯。
东君牖前瓯茶香，西宾案上翰墨纯。
如椽大笔抒胸臆，莫负年华莫负春。

在此之前，桃花盛开的三月，他也赋诗一首，诗曰：

灼灼其华入锦笺，香生小径弥春烟。
应怜南庄悲情赋，直羡解元换酒钱。

诗中的"南庄"是指唐代诗人崔护的诗作《题都城南庄》，此诗因"人面不知何处去，桃花依旧笑春风"二句而广为流传。"解元"即指唐寅，他曾中过解元，写过《桃花庵歌》。

稍早一些，春分时节，宜保君又有诗一首，其诗曰：

碧湖春水风吹皱，轻抚岸堤梳翠柳。
三月阳春映阡陌，四时仲景织锦绣。
斜依水榭瓯茶香，端坐明轩翰墨稠。
莫叹时年桑榆晚，直效东隅撸衣袖。

宜保君酷爱读书，学识广博，对凤城的历史文化及民俗掌故了如指掌，尤其谙熟凤城的河桥巷庙。每与我及众好友相聚，常常即兴吟诗以寄情抒怀，其仿古诗尽得意趣，且几合古体诗之格律，又不拘泥于格律之樊笼，更适合现代人诵读。其诗格调清雅，言辞古丽，立意幽远，感情充沛，用典亦恰到好处。

宜保君擅诗，其词亦工，曾作《鹧鸪天·元宵》一词，词曰：

　　火树银花三五夜，明月初腾碧落中。千点桃花紫阁西，一轮玉盘桂堂东。　柳已绿，花正红，击缶当歌话春风。满斟新醅溢翠斝，普天同庆乐大同。

又作《定风波·梅》一词，词曰：

　　凛寒英姿笑苍穹，疏影含香润严冬。琼枝凝脂傲霜雪，国风，点染江山万千重。　莫道卿家独自开，君看，玉洁冰清仍从容。不逐凡尘世俗癖，当崇，甘为春信作先锋。

每至日涉居，宜保君必以诗词与众切磋。此番小聚，另有二贤士携风而诣，乃缪伟君及平川先生是也。

缪伟君乃我昔日之门生，在金陵经商达十五年之久，平日并不常回故里。此番相聚，我特意邀其回凤城，因其与宜保君亦为诗友且相言甚欢，互为知己。长年漂泊于异乡，让缪伟君多有感喟，常和诗于宜保君，以抒其志。众友皆以为其受我影响颇深，性情亦类我，尤喜咀嚼文字，发人生之感悟。其相貌俊朗，如玉树临风，气度翩然，且为人豪爽。

平川先生乃我之同窗，亦是日涉居之常客，因其善解人意且酒量不浅，有着极好的人缘。此君并无殊好，唯嗜酒，然琴棋书画亦略懂一二，偶有谐趣之诗示于众友，诗中竟藏哲意，众皆佩之。长篇小说《千雪柏》中的马安

一酌一饮一人生

平，多少有他的影子，他是马安平的原型之一。

日涉居小聚也是有规矩的，或者叫作有仪式感的，斟酒便是其一。再华贵的酒瓶也是不上桌的，先得将酒倒进青花瓷酒壶，将酒壶置于桌上。酒杯得用青花瓷小杯，虽说斟酒比较麻烦，但这才有品酒的感觉。在我的眼里，青花瓷酒壶和酒杯都是古雅的意象，没有它们的衬托和渲染，品酒的趣味和氛围就会黯然失色，事实上，甚至连盛菜的碟盘也一律用青花瓷。

典雅是青花瓷的魂，珍珠般的素胎上勾勒着青色的线条，最高贵的孔雀蓝是青瓷的本色。古语曰："五彩过于华丽，殊鲜逸气，而青花则较五彩隽逸。"走过唐宋的诗风词韵，带来元明的底蕴高雅，伴着一抹悠扬的古曲，携着天青色的烟雨，诱发丰盈的情愫，演绎着江南的风情，染着皴白的月色，在素色的胚胎上镌刻一段缠绵的心事，让人想起那一弯如虹的拱桥，那黛瓦粉墙的屋檐，那静穆清冷的老巷，瞥见那位身着白底浅蓝花旗袍的女子。

于是，这样的小聚便成了诗。至于幽兰吐蕊，文竹叠翠，书香嗅墨，丹青揾染，则寄托着诗的菁菁意趣。

酒后且得茶，是人生的另一种境界。遇茶即是缘，好者皆同道；品茶寻幽香，清淡乃真味。

我以为，所有的日子，不是忍耐，就是等待，品茶也是如此。你的心最好慢慢地往下沉，不做招摇的树柯，只做静默的根须，深藏在最底层，唯求自身的简单和丰富，无视喧嚣世界的红尘滚滚，内心才能清风朗月。

酒罢，诸君趋之南窗。舌尖上的美味终究含着世俗的腥气，此刻的你，需要一缕茶香清洗你的齿颊，更需要一味禅意澹雅你的心境。古语云："炉香烟袅，引人神思欲远，趣从静领，自异粗浮。品茶亦然。"围茶而坐，拱手而安，空间静谧下来，诸君不再高谈阔论。

茶酒不相融，酒嗜浓烈，茶喜清浅；酒重性情，茶爱内敛。品茶须有闲，闲则生静，静则定心，临佳茗而遐思，啜茶汁而神明。

宜保君不但擅诗词，其书法亦有颇深的造诣，每书其诗词，众皆以为遒劲而潇洒。缪伟君有文才，其诗亦颇为励志，文玩又得闲趣。平川先生的钢笔字写得不错，平日里也喜欢附庸风雅。至于大厨永森君亦不可小觑，养着满院子的奇花异草，且常常馈人以葱葱绿意。所以，品茗便有了最恰当的理由，人生便得了最惬意的片段。

还是普洱比较应景，成熟的男人最爱深沉的事物，以为笃厚而渊博，深刻而凝重，隐而不发，藏而不露，下而不看，乃人生之大境界也。

茶过三巡，那酒气便烟消云散了，最终还是茶浸润了一切。其实，茶只是载体，品茗只是拿起和放下的简单动作，茶水本身也只是苦或香的味道，并不复杂，更不深奥，也无玄机。说到底，所谓茶道即人道，茶因人的情绪、心境、品位和思想才会变得气象万千，意味无穷。宜保君品出了普洱茶的厚道，这与他的性格有关；缪伟君品出了普洱茶的苦涩，这与他的羁旅怀乡有关；平川先生品出了普洱茶的鱼腥草味，这与他的酒道有关；永森君品出了普洱茶的陈香，这与他喜欢侍弄花草有关。

月上西楼的时候，茶已淡若如初。

凤城的清夏最得意趣

一场淋漓酣雨过后，来不及惜春，更来不及伤春，凤城已经拐进了初夏。

谢灵运说："首夏犹清和，芳草亦未歇。"韦应物说："绿阴生昼静，孤花表春余。"李商隐说："深居俯夹城，春去夏犹清。"初夏暖和却不炎热，凉爽而不寒冷，这就是我喜欢它的原因。如果说春天的美美在百卉争妍，那么初夏的美就美在万类竞绿。那弥眼的绿，层层叠叠，高高低低，远远近近，无边无垠，绿得深，绿得厚，绿得沉，绿得酣，绿得触目生凉，绿得照人如濯。

万绿丛中一点红，那一点红便是石榴花。绿翳里忽闪着的嫣红，不甚招摇，却绝对纯粹。花开的时候，引来了许多蜂蝶，飞来飞去的。没几天，雌石榴的花蒂便鼓胀起来，像一只只小花瓶，颜色也由绿色变成浅黄，浅黄又变成橙黄，最后染成嫣红。风从枝叶间挤过去，撞落了一朵，重重地将嫣红摔在地上。

不过，初夏的情绪总是不太稳定的，一会儿残花带雨，一会儿晚来风急，一会儿濡湿清冽，一会儿冷热无常，仿佛一个懵懂而顽皮的孩子，陡然从家里跑出来，一头撞进什么人的怀里，自个儿都蒙了。

我喜欢初夏的性格，清朗，坦白，活泼，日涉居的初夏便是如此。

那天午后，我正准备小憩片刻，忽见几只彩蝶飞舞花间，蓝天离它们并不远。当它们停下来的时候，远远看去，就像倒挂在树上的一片彩色的枯叶，要是你走过去伸手摘那片树叶，它却飞了起来。彩蝶翩跹，喃喃私语，它们读懂了花的心思。各种花已经美人迟暮，残花更贴人心，花瓣坠地，寂然无声，却弄醒了杂草。还是喜欢草木的简单和安静，总是让人不由自主地要亲近它们。它们生性低调，无欲无求，不争不抢，不媚不诌，逍遥自在。

初夏的麻雀已经熟悉了这个世界，即便我站在窗前凝视着它，它也不再胆怯，甚至蹦跳着走近我，嘴里衔着一条小虫。野八哥似乎从未离开过花圃，这几天它很忙，因为地上的食物丰富起来了。斑鸠也会光顾花圃，在草地上漫步，即便是觅食，也显得从容而坦然。

各种昆虫已经苏醒，世界不再宁静。

初夏的泥土是酥松的，这多半是蚯蚓的功劳。蚂蚁到处乱爬，试图寻找食物以及新的垤穴。再卑微的生命都能给人以深刻的启示。没有一种动物比蚂蚁更勤奋，然而它却始终沉默寡言。蹲下身子来，或许你还能看见时光在四季中跋涉的痕迹，像不断爬行着的蚂蚁穿越你的记忆。

当然，我更感兴趣的，还是那些会鸣叫的昆虫。在漫长的沉默中，我等待了一个冬季，又等待了一个春季，尽管冬天还有麻雀叫于雪檐，春天还有布谷鸣于田间，但我更喜欢那些虫鸣，以为这才是最得意境的。

再过几天，我便可以去寻找蝉蜕了，那是蝉的灵魂小屋。去年的仲夏，我在天德湖的密林里收了好几枚蝉蜕，这些蝉蜕至今仍静静地躺在茶桌旁的书架上。偶尔瞥它们一眼，便觉得时光有些急躁，记忆之声倏然溜至炎炎的夏天。"长榆落照尽，高柳暮蝉吟""垂缕饮清露，流响出疏桐""白水满时双鹭下，绿槐高处一蝉吟"。长榆，高柳，疏桐，绿槐，都是我喜欢的嘉木，于是蝉唱如梵音，在夕阳下袅袅着。

百听不厌的还是蟋蟀的清鸣，但此时的蟋蟀并未真实地出现在我的眼前，尽管它的鸣叫声已经多次抚摸过我的耳朵。还是再等等吧，那时的蟋蟀正年轻，而我和岁月又未老。

初夏最适合等待。日子慢慢地被时光拉长，一切都缓慢下来。静坐成为最有意趣的画面，在黯淡而幽雅的空间里，冷白或淡红的花亲吻着你的影子；音乐似有似无，却又不绝如缕，像某些不忍的回忆；空气中周游着纤纤清尘，像时光的絮语；阳光洒进来的时候，你正沉默。不必多想，美好总会悄然而至，在初夏的某个缤纷时刻。

在等待中冥想，不如把烦恼暂且放一放，独自选择清净的地方，聆听远处的风和近处的鸟，低吟浅唱。

纯粹的意念制服不安的灵魂，让一切重归最初的模样，超脱纷繁虚幻的外象。浮世越来越富丽堂皇，喧嚣成为城市最刺耳的音响，墙上的斑点是自然的真相，乱飞的蚊子黑质而白章，坠落的枯叶带走了你的迷惘，静穆的姿势模糊了你的形状。不困于惑，不系于网，不拘于时，不累于忙，不沉于香。心有所向，履有所往。

在这个清浅的初夏，我离开日涉居，去寻找初夏的风物。

还是东城河，它的故事太多。站在水岸的亭轩里，丝丝清凉浇透我的心。夏水长流，不复以往。河道宽了许多，东岸郁郁葱葱，老柳半立水中，桃树碧绿；西岸古木参天，芳草萋萋。

我是在下午来到河边的。那时的天特别的蓝，风在水面上徐徐而行，斜阳从枝叶的罅隙处漏下来，零零碎碎的，将碧草点亮。岸边的河泥特别的细腻和光滑，青荇最懂水的柔情，在细水清波中招摇，随意而平静。黄菖蒲临水而栖，花是黄绿色的，特别的醒目。每逢端午时节，很多人家就会悬挂几束菖蒲或艾叶于门窗之上，以祛避邪疫。芦苇如剑，满眼的绿，满世界的清香。经过一个冬天的酝酿和一个春天的沉思，初夏的芦苇已经有了成熟的思想。脉脉的流水缠绕着芦苇秆，一副耳鬓厮磨的样子。芦苇是风景中的背景，也摇曳着欲言又止的情思。没有芦苇的水岸是平淡无趣的，因为芦苇丛中藏着唐诗宋词，藏着离愁别绪，藏着鸢飘凫泊。

春末夏初，天气温煦而清和。下河摸螺蛳的人多了起来，河水凉而不冷，螺蛳肥硕鲜美；站在河边垂钓的人也多了起来，阳光暖而不热，河鱼繁衍得多，也长得快；在河边闲坐或散步的人也多了起来，绿荫蔽日，凉意顿生，十分惬意。在东城河里凫水的人也多了起来。尽管水仍然有些凉意，河中央的水甚至有些寒冷，但亲水者已经迫不及待了。

如今的东城河已经被不断长胖的城市所包围，远远望去，像是一座偌大的天然游泳池。在水中畅游，就仿佛徜徉在喧闹的都市街头。水中的你，就是一条鱼，游弋在城市的繁华处，携着水的清澈和你的自由，笑看风云，笑傲江湖。

伟庆君是个亲水者，他喜欢在东城河游泳，他的同好者，大多我也认识。肤黑体健的他还喜欢文学与其他。前两天，他晒出畅游东城河的剧照，我以为这是与初夏时节正相宜的事情。过两天真得邀他至日涉居以寻浅夏之趣味，虽说花圃里的第一波芬芳已经凋零，但第二波幽香正在酝酿，况且还有那箱清啤鲜在当下。

东城河边漫步是最得闲趣的。气温不冷不热，风不急不躁，云不浓不淡，脚下的草轻柔若绵，水岸的花沉默不言，坡上的石静穆若禅。每每遇到老熟人，老同学，老邻居，老同事，老家长，老学生，彼此照例一阵寒暄，然后海阔天空一番，最后挥手说再见。初夏时节就像一杯清茗，一切都是那么的自在、轻松而淡然。

那天，"凤凰品茶客"跟我说，天德湖的荷叶已经亭亭了。于是，我又来到天德湖，访问初夏的荷塘。此时的荷塘几乎无人问津，因为只有田田的荷叶。但我以为这是恰到好处的，青青嫩荷将天德湖的初夏渲染得眉清目秀。荷花朵朵固然美丽，但那已经是盛夏或初秋的好事了，再说太热的天也会影响到你赏荷的情绪的。

小荷才露尖尖翼。透亮的水倒映着它的所有，除了岸缘的石块和水草，我只看见了满满的一片翠绿，每一片从淤泥里生出的荷叶，都拥有着属于自己的姿态和属于自己独特的美。大小不一的荷叶疏疏朗朗的，高高低低的，层层叠叠的。有的紧贴着水面，像一个个碧玉盘；有的举在半空中，像一张张绿雨伞；有的斜插在水面上，像一把把小扇子；最可人的还是尚未完全舒展开的嫩荷，曲卷着，半抱着，皱褶着，摸上去滑滑的，薄薄的，凉凉的。

但我更喜欢初夏的田野。风如丝帛一般滑过，抹着青草的芬芳。挤作一团的杂草追逐着我的脚步，田间小道将古老的希望伸向远方。

晴日暖风生麦气，绿荫幽草胜花时。青青的麦浪轻轻地摇晃，成为初夏最明快的节拍。信步田间，万物盎然、欢快、饱满，色彩斑斓而多变，皆呈原色之美。春去了无痕，初夏的气息清新而来。置身于田野，你的皮肤始终保持在不出汗的舒服境界，轻盈，踏实，清爽，就像喝了一碗不冷不烫、不薄不厚、温和贴合的清粥，这正是初夏的味道。

蚕豆花蝴蝶般飞走了，豆荚纷纷钻出来，或如大拇指，或似小青虫。拨开豆荚，娇嫩的豆宝宝躺在棉絮里沉睡着，取出一粒，放在嘴里咀嚼，清香满口，略带丝丝的鲜甜味。茴香苗离蚕豆田并不远，蚕豆烧茴香酥软清鲜，香味浓厚，也是凤城人初夏的一道家常菜。西红柿开始结果了，歪瓜裂枣的，不过这才是原生态的，一口咬下去，肉质松软发沙，才是正宗的。黄瓜顶花带刺，绿中透黄，瓜皮上还沾着一层淡淡的白。

野花是田野的魂。木蓝花长得像小弯虾，不仅好看，还可药用和食用，用热水焯下，用冷水泡上一两日，和着韭菜或是咸菜一起炒，就是地道的农家菜。还有清明草，又叫黄花白艾，开着小黄花，也是草药。还有九里明，又叫千里光，俗语说"识得千里光，一世不生疮"，农村老人还喜欢用它煮水熏眼睛，可清热明目。还有一年蓬，瓣白蕊黄，从乡野开到城里，从路边开到屋前，是初夏里最活跃的野花。

广袤的田野，总有一两处池塘，铺满初夏的水草并几丛芦苇，不得意境，只求摇曳；总有一两处斜坡，长满杂树，没有风景，只有鸟窝；总有一两条沟渠，流水不清澈，犹可濯我足；总有一两只草狗，并不强壮，却健跑若飞；总有一两位农夫，荷锄而行，不问你我，只观天地。

凤城的消夏最得闲趣

最深刻的记忆已经变成片段，曾经的故事大多烟消云散，思绪暂时退回到日涉居。

都说凤城只有三季，因为春季实在太短，还没享尽春的唯美和舒适，在不经意的某个瞬间，凤城就拐进了夏天。

割过草的花圃清晰了许多。那天去阿波罗花木市场，买回两株蔷薇，一红一紫，栽于南窗下，又植竹竿数根作篱笆，好让蔷薇顺着竹竿向上蔓延。很多蝴蝶在花圃里飞来飞去的，它们在寻找心仪的花朵。有些花，我们闻不到香味，但蝴蝶能闻到，所有的花都有香味，这是与生俱来的品质。前段时间，下过一场雨，无数花瓣坠落在草地上，我看到了这样的情景。几天后，躺在草地上的花瓣便干枯萎缩，蜷曲成褐色的碎片，颜色渐近泥土。花朵衰败的过程是很短暂的，一场雨而已。不过让我感到意外的是，花圃西侧的草地上陡然冒出好几丛嫩竹，都一人高了，竹影斑斑，疏疏朗朗。从未关照过先前种下的几株竹子，它们却长势良好且繁殖得如此之快。还有一株凌霄，好像从未给它浇过水、施过肥，竟然也绿成一片，期待橙红色的花朵缀满夏秋。鸢尾花是春天的宠儿，如今只剩纺锤状的青果和绿叶，但仍在抽芽，此时是分株的最佳时期。栀子花已经吐蕾，不日即可绽放它的清香。有一棵菊花已经开出一朵紫红色的花，日子过得太急躁了，不知怎么说它才好。当然，生机盎然的花圃也是季节的馈赠，没有理由不去珍惜。

于是，我拿起剪刀，走进花圃，修剪花木。第一波月季花已经残败，必须将枝头的残花剪下，以期再生侧芽。

蝴蝶和蜜蜂赖着不走，挥之不去，它们还留恋着残香。几只灰黑色的飞蛾在毫无诗意的地方乱飞瞎撞，它们似乎对一切美的东西都不感兴趣，真是让人匪夷所思。一只小蜻蜓栖息在茶花的叶尖上，当我走近它的时候，它竟没有飞走，或许没有察觉到我的逼近，或许它知道我的逼近却镇定自若。蚊子已经出现，藏匿在草丛里或阴暗潮湿的地方，等待嗜血的狂欢。

天气渐热，花草难熬，人也难熬。其实消夏的方式应该是很多的，只可惜今天的我们一般只会选择躲在有空调的房间里。古代没有空调，但古人的消夏方式似乎更让人心驰神往，不仅纯天然，而且颇有格调。

《诗经·豳风·七月》里有"二之日凿冰冲冲，三之日纳于凌阴"的诗句，意思是说，夏历十二月里凿取冰块，正月里将冰块藏入冰窖，以待来年暑天降温所用。古代消夏最常见的"标配"是扇子。老百姓用芭蕉扇或者蒲扇，而文人雅士则喜欢用折扇，那些贵妇仕女则喜欢用团扇。古代文人最爱手摇折扇，不仅靠折扇纳凉，而且还喜欢在扇面上题诗作画。

唐代大诗人李白性情旷达潇洒，曾写下"懒摇白羽扇，裸袒青林中。脱巾挂石壁，露顶洒松风"的诗句，夏日的清风吹来，山中的林叶沙沙作响，诗人解下头巾，挂在石壁上，瞧，多么凉爽宜人。杜甫就没这么豁达了，面对炎炎骄阳，他只好写下"永日不可暮，炎蒸毒我肠。安得万里风，飘飖吹我裳"的诗句，可见他活得没有李白洒脱。

一生追求浪漫的刘禹锡独爱在池馆水榭处纳凉，其诗曰："千竿竹翠数莲红，水阁虚凉玉簟空。琥珀盏红疑漏酒，水晶帘莹更通风。"水边的风总是沾了丝丝凉意的，吹在身上更舒坦。王维是最懂生活的，盛夏来临，他便怀抱古琴，走进幽深静谧的竹林，席地而弹，其诗曰："独坐幽篁里，弹琴复长啸。深林人不知，明月来相照。"白居易的消暑方式与众不同，他说："何以消烦暑，端坐一院中。眼前无长物，窗下有清风。散热由心静，凉生为室空。此时身自保，难更与人同。"所谓心静自然凉，大抵说的就是这般带着禅意的方式了，但心静谈何容易！宋代诗人陆游喜欢拄着藜杖寻觅清凉之地，闭目养神，他在诗中写道："携杖来追柳外凉，画桥南畔倚胡床。月明船笛参差起，风定池莲自在香。"

最让我神往的，还是魏晋时代的"竹林七贤"，他们的纳凉方式简直了。据说嵇康、阮籍、山涛等七人，每到盛夏，便穿着特别宽松的长袍，就像阿拉伯人穿的长袍，走路自带风，飘飘何所似；不仅如此，为追求大自在，他们还喜欢不鞋而屐，这就尤其高逸了；不仅如此，他们还喜欢钻进碧透的竹林，席地而坐，觥筹交错，吟诗作赋，这样的消夏方式实在太过分。

想来古人是很聪明、很浪漫的，即便在盛夏酷暑的时节，他们也会想出各种方式来祛烦解暑，比如巧用花香也是古人的消夏方式之一。

明末清初的李渔在《芙蕖》中说："在荷花香气中乘凉，凉气随它而生。"夏天可以嗅着清幽的香花来"避暑"，睡眠时有花香弥漫床榻，这是怎样的快意人生。明人高濂在《遵生八笺》中写道："床头小几一，上置古铜花尊或哥窑定窑瓶一，花时则插花盈瓶，以集香气。"李渔深有体会地说："殊不知白昼闻香，不若黄昏嗅味。白昼闻香，其香仅在口鼻。黄昏嗅味，其味直入梦魂。"

盛夏里，古人的床帐中常备的是茉莉和素馨。茉莉花色白若雪，似有寒凉之气溢出，其香既烈且清，可醒脑安神。宋人刘克庄有诗曰："一卉能熏一室香，炎天犹觉玉肌凉。野人不敢烦天女，自折琼枝置枕旁。"至于素馨，花香清雅，可驱除因暑热而衍生的烦躁。清代屈大均说："以（素馨毬）挂复斗帐中，虽盛夏能除炎热，枕簟为之生凉。"刘克庄亦有词曰："目力已茫茫。缝菊为囊。论衡何必帐中藏。却爱素馨清鼻观，采伴禅床。"素馨之香沁心，将含苞待绽的素馨花裹在纱囊或绢囊里，置于床榻一隅，须臾，幽香入梦清。

李渔在《闲情寄偶》中说："即使群芳偶缺，万卉将穷，又有炉内龙涎、盘中佛手与木瓜、香楠等物可以相继。"果香与花香一样，亦能表达宁静安详的情绪，有助于盛夏的睡眠，比如佛手、木瓜、柑橘、金橘、青柚、香橼、橙子等，均可熏帐透香，以祛炎夏之暑气。

相对于古人，现代人消暑的方式就逊色多了。空调是扼杀诗情画意的罪魁，而现代人的忙碌、逐利和焦虑也使得消暑的方式变得简单且索然无趣。

而凤城的消夏最得闲趣。

那天一大早，我便走出家门，趋而东向。朝阳还未出现，天地间别有一种淡淡的清亮，这是昊昊的穹光。田野里活跃着窸窸窣窣的声音，掺杂着各种生物的气息。草丛在骨子里一直追求自由自在的活法，毫无束缚感的野草衬托着我的拘谨和多虑。

这片田野离日涉居最近，几乎每天，我都要走近它，以寻找那些不确定的事物和无解的真谛，特别是在我迷茫的时候。

田间有一条灰白的土路，有着凹凸干硬的车辙，匍匐至麦田的深处。高大的构树和榆树立在道旁，重叠的枝叶挡住了我的去路。菜地将夏天的风景变得世俗起来，莴苣的叶子肥大敦厚，芋头的叶子亭亭若荷叶，苋菜的叶子紫绿相间，小青菜的叶子上点缀着虫洞，丝瓜已爬架，黄花点点，辣椒不分青红挂在碧叶下。我闻到了夏天的味道，泥土混合了草叶和菜叶沁人心脾的芬芳。

各种鸟聒噪着衔来早晨，在旷野之中惊飞乱窜。夏天的鸟就是这样的任性和耍酷，一会儿跌入草丛，一会儿冲向天空，一会儿立于枝头，一会儿探进菜畦。劲俊轻快的翅膀在我的耳边扇过，将晨风卷过来，又裹了去，抛向田野。一切都颤动起来。我听到了夏天的声音，青空的呢喃与万物的悸动。

仿佛读懂了夏日的暗语，从田野回折而西，我又往不远处的街头地摊，悠然而去。那个路边菜摊也是我每天早晨必去的所在，早上七点钟之前，那里浸满市井之俗气，各种菜摊一字儿排开，蔬菜沾着夏日早晨的露水和泥尘。摊主皆是附近的菜农，长相和衣着让人想起曾经的年代，但菜是特别新鲜且原生态的，黄瓜大多清癯且曲卷着，黛绿中透着黄白；粉红色的西红柿捏上去软绵绵的，蒂部是青绿色的；白萝卜和胡萝卜都粘着泥巴且大小长短不一。我喜欢吃鱼，野生河鱼每天都有得卖，像菩萨鱼、赤眼鳟、马口鱼、蓝刀鱼、鳑鲏鱼，有时还有虎头鲨，每天都是打啊抢的买。

拎着几条马口鱼，踱至日涉居。早晨已经向我辞别，太阳裹着气温一起升腾，凤城炎热起来了。但我受了洗礼一般，并不觉得炎热。此刻，该泡上一杯绿茶，以敬踽踽而去的早晨。

花圃又将接受盛夏的"烤"验，但在昨天傍晚，我已经给它们浇过水。端起茶杯，隐入书房，我开始看书。

看书也是消夏的极好方式。《四季读书歌》里说："夏读书，日正长，打开书，喜洋洋。田野勤耕桑麻秀，灯下苦读声朗朗。荷花池畔风光好，芭蕉树下气候凉。"木欣欣以向荣，泉涓涓而始流，读书消夏，最与自然相融合，而阅读的灵感也像夏天的雨，说来就来。一书在手，白纸黑字，纸墨幽香，人浸濡其中，身心油然而生一种充盈而空灵的快感。你可以品味周作人的清冲平淡，胡适的机智幽默，梁实秋的细腻质朴，丰子恺的恬淡有味，张爱玲的雅韵飘逸，老舍的俚而不俗，鲁迅的犀利，季羡林的骀荡，贾平凹的匠心，余秋雨的博学，海明威的冷峻，雨果的浪漫，狄更斯的泼辣，伏尔泰的咏叹……读到妙处，忘乎所以，对气温的敏感度变得迟钝，遂不觉炎热，且一丝清凉自心底涌起，心灵仿佛铺上了一袭青软的茵席。

清代胤禛有《深柳读书堂消夏》诗，其诗曰："曲尘绿染万条丝，窣地浓阴暑暗移。旋渍霜毫铺玉版，细研荷露写新诗。一天月色画图古，两部蛙声鼓吹奇。潇洒楼台临碧水，夜深倒影静垂垂。"夏日读书赋诗，有烟柳叠翠，有芰荷飐风，有月色泻凉，有蛙声鼓吹，有碧水逶迤，岂不快哉！

暑气正浓，内心清凉如许。沉浸在书里的那颗心，却静安如瓷，清婉若玉。

品茗也是消夏的极好方式。草木总能预先获悉季节的风声，世间风物都能在盛夏时节得到淋漓酣畅的表达。茶，是盛夏的宠物。

北宋梅尧臣有《中伏日妙觉寺避暑》诗，诗曰："高树秋声早，长廊暑气微。不须河朔饮，煮茗自忘归。"盛夏的山中，清风绕屋，禅房葱茏，曲径幽深，栖于此地避暑品茗，竟乐而忘返也。宋代晁补之在《和答曾敬之秘书见招能赋堂烹茶二首》中说："一碗分来百越春，玉溪小暑却宜人。红尘它日同回首，能赋堂中偶坐身。"闲云野鹤般自由自在的生活，令人神往。明人易震吉在《小暑》中说："小暑啜瓜瓢。粗葛衣裳。炎蒸窗牖气初刚。无计遣兹长昼也，茗碗炉香。深院一垂杨。又闹鸣蜩（古书上指一种蝉）。簿书堆案使人忙。何不归与湖水上，做个渔郎。"煮一壶茶，炉碗都沾染了淡淡的茶香，可以清凉一夏了。

夏日品茗似乎更讲究茶器之韵，因为炎热和溽湿会模糊人的心智，疲惫人的眼眉，有尔雅茶器的亲近，绝不打扰的陪伴，会让人产生静穆而闲适的品茗情绪。好茶器亦可载道，器载茶的清韵，茶因器而静雅。好器与好茶的相遇，犹高山流水遇知音，是品茗的福分。唐代柳宗元在《夏昼偶作》一诗中说："南州溽暑醉如酒，隐几熟眠开北牖。日午独觉无余声，山童隔竹敲茶臼。"茶臼，是碾茶的器具，茶人皆不俗，哪怕是寻常的茶臼，也能让茶人为之心动，午后闻臼寻茶，消了几分暑气，得了十分凉意。

细品一杯清茗，静对一炉幽香，偷得浮生半日闲，心与茶的芳踪袅袅婷婷，相依而行。再有半叶青荷，一泓碧水，数枚微石，几丛翠微，又有竹藤棕葛等自然之物衬之。风轻云淡的时刻，只想静心品茗，以养性消暑并祈岁月无恙。

一叶之微，一器之韵，一水之融，一夏之清，一世之情。

岁月一直眷顾着古老的凤城，祥泰之州仿佛得了神灵之护佑，吉祥如意了两千多年。

其实，凤城消夏的好去处并不少。比如，你可以在浓荫蔽日的东城河岸以濯汤汤流水，在浮香绕曲的天德湖荷塘以观碧圆自洁，在烟岚青霄的锅巴山巅以瞰凤城秀色，在楼台亭榭的桃园以揽画舫漾波，在文昌水秀的三水湾以瞻粉墙黛瓦，在蓊郁成林的柳园以享幽情闲趣，在迂回曲折的古稻河两岸以追桨声桥影。至于篱落无人，蝉噪垂杨，芭蕉分绿，风生麦气，雨肥梅子，竹露滴清，石榴透帘，风老莺雏，呦呦虫鸣，也都是消夏的妙境。

不过，我更喜欢在凤城的深处消夏。

石人头巷的中段，拐向东，便是一条不规则的小径。小径的南侧孤坐一口老井，井栏若鼓，镌有瑞兽和仙鹤组成的图案，井壁上铺满了青苔；栏上残留着深深的勒痕，那是岁月留下的痕迹；老井旁植有杂木数棵，大片绿荫围成一把巨大的绿伞，遮住了井上的天空；离老井很近的围墙上爬满了丝瓜藤，丝瓜肥大无人摘；墙脚蒿草萋萋，蔓延至幽径；零星的闲花隐在草丛里，静穆不语。由老井再向东，踱上数十步，便见一株苍老的葡萄树倚墙而立，错乱的虬藤横跨在幽径南北的墙头上，串串玲珑剔透的绿葡萄挂在枝叶下；

从葡萄架下走过，伸手便可以摘到葡萄；低矮的风穿过茂密的枝叶，送来葡萄的缕缕鲜香；葡萄架下只漏下几点斑驳的阳光，像透明的花瓣。再往东走上数十来步，便可遇见一户人家，院门两侧养着一对高约一尺的狮子石墩，石墩呈青灰色，狮子头油滑透亮；石墩的正面饰以蝙蝠和莲花的图案。又有一株高大的老槐树斜出于院墙外，微风游动，枝叶婆娑，已经坠落的槐花清香扫地。一只大花猫在老槐树下蹒跚，一只小黑狗在小径的东头玩耍，蝴蝶或蜜蜂在枝叶间轻嗅残香，蝉在树枝上叫着夏天，麻雀在屋檐下梳理着寂寞。

这条幽径实在是消夏的好去处，若能掇一爬爬凳，或置一竹躺椅，泡壶老茶，手执芭蕉扇，便可逍遥于溽夏了。

另一个好去处安排在东玉带河的西岸。此处北邻笔颖楼，南眺望海楼，虽隐于寻常巷陌，却是老城区难得的一隅清凉。这里原是老居民区的一处空地，从20世纪80年代开始，就种上了枇杷树和柿子树。如今，这一小片果树林已经成为周边居民夏日纳凉的好去处。

五六月份，枇杷熟了。寒初荣橘柚，夏首荐枇杷，枇杷树上垂下一簇簇金黄色的果实，挨挨挤挤的。宋代戴敏有诗曰："乳鸭池塘水浅深，熟梅天气半晴阴。东园载酒西园醉，摘尽枇杷一树金。"明代杨基亦有诗曰："细雨茸茸湿楝花，南风树树熟枇杷。徐行不记山深浅，一路莺啼送到家。"明代浦瑾亦有诗句曰："雨熟枇杷树树香，绿阴如水昼生凉。"枇杷树是寻常百姓家最普遍的吉祥果树，象征多子多福；又因其枝叶肥大，四季常青，兼具遮阴避暑之效。

柿子树也是吉祥果树。《尔雅》中说，柿子有七德："一寿，二多阴，三无鸟窠，四无虫蛀，五霜叶可玩，六嘉实可啖，七落叶肥大可以临书。"因"柿""事"谐音，古人便赋予其多种喜庆吉祥的象征意义，如"四世同堂""事事安顺""事事清白"等。柿子树的叶子油光肥厚，颜色深绿，五六月份的柿子只有纽扣那么大，碧青碧青的。唐代白居易有诗句曰："况当好时节，雨后清和天。柿树绿阴合，王家庭院宽。"唐代广宣有诗句曰："当夏阴涵绿，临秋色变红。"宋代张九成亦有诗句曰："兹山余初来，掩冉柿叶青。相去未三月，柿花亦已零。"叶绿果青的柿子树，同样赐予炎炎盛夏以一片清凉。

枇杷树和柿子树将此地围成一个巨大的绿棚，树荫下摆了一张破旧的八仙桌，几张缺胳膊少腿的椅凳，还有一张旧沙发。几乎每天下午，都有人聚在树下打牌或闲聊。没有茶道，只有自带的茶水；嫌热的话，索性摇着硕大的芭蕉扇。地面是泥土，不硬不软，不干不湿，似有凉意，打个赤脚，踩在上面，脚板底竟然不脏。

最得夏趣的还是凤城里的背街里巷。

岁月和风雨磨损着老巷中的一切物质，却守护着老巷的安静。老巷里的风，总是不急不躁地流淌着，即便是巷外灼热的风，抵达巷内的时候，就被青灰色的墙壁、瓦檐、石板和冷绿的墙头草收了大半的热气，变得温而不热，乖而不戾。

隐入南阮巷，那粗壮的古槐和葳蕤着粗枝大叶的梧桐点缀在小巷深处。即便是盛夏的正午，也弥漫着自然的静谧和宜人的清爽。阳光在墙头草或屋脊上若隐若现，有时还有黑猫或白猫用瑜伽般柔软的身躯挡住了阳光。

还有曾经的天德巷，石板褐黄色，抹了些苔藓的翠绿，柔柔地漾着绵长和寂寞；斑驳陆离的砖墙，于罅隙中瑟缩了几缕细细的野草。若是飘来一阵细雨，不多时，檐上翘角聚多而滴，雨滴跌落下来，打在地面的小坑洼里，溅起一小点水花，碎了，散了，又聚了。巷里巷外一片迷茫的灰白，似乎笼络了整个凤城。

还有迎幸巷，位于陈家桥巷北侧的中段，狭窄的老巷长不及百米，却自得清闲。巷中有葡萄蔓延至墙外，又有紫藤在门檐上招摇，还有鸡冠花、太阳花和松果菊在墙角处灿烂着。

还有周武巷，这是一条少有人走的老巷子，安静多少年了，尤其是盛夏时节，半天不见人影，这是我喜欢的一种闲趣。听不见巷外的喧闹，听得见麻雀和夏蝉的鸣叫，无人打搅的空间属于我和我的情绪，或立或走，或仰视一米阳光，或俯察数丛杂草，没有出汗的理由，没有焦躁的侵袭，没有更多的欲望，也没有更多的思想。静以待夏，夏亦待你以凉。

　　夏之黄昏最有趣味。于背街里巷的拐角处，有穿堂风的地方，先将凉水泼洒在地上，三两老人，摆出躺椅，打个赤膊，摇着蒲扇，拉着家常，或讲着如小巷一般曲折的故事。这还不算，还是在南阮巷，古槐树下，摆一老桌，一张木凳，桌上置一酒瓶，一酒杯，一碟小鱼咸菜，一个咸鸭蛋，一把带壳花生；桌下伏一呆狗；离桌不远处，又立一稚童。

　　来，弄两杯。

消夏的美味犹有可亲

消夏的方式怎能不提到吃，不过古代人以食消夏的方式丝毫不比现代人逊色。

夏令水果最宜人。《诗经·召南·摽有梅》中曰："摽有梅，其实七兮。求我庶士，迨其吉兮。"梅子，也称青梅、酸梅，食之酸甜。《诗经·卫风·氓》中曰："于嗟鸠兮，无食桑葚。于嗟女兮，无与士耽。"桑葚，多年生木本植物桑树的果实，味酸甜。《诗经·王风·丘中有麻》中曰："丘中有李，彼留之子。彼留之子，贻我佩玖。"李，蔷薇科李属植物，别名嘉庆子、玉皇李、山李子，七月成熟。

唐宋时候，人们喜欢吃樱桃，还喜欢将樱桃装在碗里，然后淋上冰镇过的蔗浆、奶酪，就跟我们现在吃水果沙拉差不多。唐代诗人韩偓在《樱桃诗》中说："蔗浆自透银杯冷，朱实相辉玉碗红。"说的便是这种时尚的吃法。另有一首宋诗写道："房青子碧甘剥鲜，藕白条翠冰堆盆。"说的也是夏季吃冰镇水果的惬意事。

宋人的消夏方式最浪漫。六月的开封，"最重三伏，盖六月中别无时节，往往风亭水榭，峻宇高楼，雪槛冰盘，浮瓜沉李，流杯曲沼，苞鲊新荷，远迩笙歌，通夕而罢"，又，"湖中画舫，俱舣堤边，纳凉避暑，恣眠柳影，饱挹荷香，散发披襟，浮瓜沉李，或酌酒以狂歌，或围棋而垂钓，游情寓意，不一而足"。所谓"浮瓜沉李"，就是用冰水来浸瓜果吃。不仅如此，宋朝人还会制作冷饮，据《东京梦华录》记载，通常是在冷饮中加冰，种类繁多，如糖水绿豆、漉梨浆、木瓜汁、卤梅水、红茶水、椰子酒、姜蜜水、香薷饮、紫苏饮、荔枝膏水、白醪凉水、梅花酒、金橘雪泡、缩脾观、冰雪、沉香水等等。瞧，宋代人很会享受生活吧。到了明清时期，冷饮已经接近现代人的喜好了，如北京的冰镇酸梅汤，"调以玫瑰、木犀、冰水，其凉振齿"，甚至慈禧太后逃亡西安时都不忘要喝一碗冰镇酸梅汤。

现代人以食消夏的方式似乎没有古代人那么浪漫，变得越来越简单、实惠和快捷。不过在我小的时候，即便是得到一支最普通的棒冰，也会幸福很长时间的。

糖水棒冰，穿着透明的衣服，里面是白皙的皮肤，甜蜜蜜的，水滋滋的，很消暑。稍贵一点的是绿豆棒冰和红豆棒冰，套着薄薄的塑料膜走了出来，绿豆和红豆像琥珀里的动物一样镶嵌在冰里，脆生生的冰夹着糯糯的豆仁，咬一口很爽口，回味无穷。当然我们轻易不会咬着吃棒冰的，而是慢慢地舔吮着吃，吃相都是很拽的样子。一支棒冰要吃很长时间，待棒冰吃完了，细长的木棒还会留着，聚集多了，还可以搭积木，所以有时还会在路上拾木棒。包装纸也舍不得扔掉，洗净后，夹在书本里以作收藏，况且包装纸上还印有美丽的图案。

除了棒冰，还有白开水。白开水一般在清晨就烧好，将几只搪瓷茶缸都倒满了，供一家人特别是孩子解渴。下晚的时候，孩子放学回来或玩得浑身是汗地跑回来，第一件事儿，就是捧起大茶缸，大口大口地喝凉开水，这是世上最清凉、最解渴、最廉价的饮料。

有时也有西瓜吃。那时吃西瓜的仪式感是很强的，买西瓜要耐心地排队，挑西瓜要挑半天。买回家后洗净，放在盛满井水的铅桶或澡盆里浸上个把小时，或者干脆吊进井里浸泡。午睡或晚饭后才可以吃西瓜，将西瓜和菜刀擦干净，从腹部慢慢下刀，一切两半。若是午睡后吃，则留一半晚上吃，以湿毛巾盖住那半只瓜，置于阴凉处。西瓜要切成三角形，整齐地排在盆里，一家老小围坐在桌旁一起啃西瓜。瓜子吐在碗里，洗净后晒干，待秋后，可以炒熟了嗑瓜子。西瓜皮也有用，切成丝，腌一下可作凉拌。

条件比较好的人家也会煮一大锅的绿豆汤。待煮好的绿豆汤凉透了，单看那一锅的碧绿色，便觉沁骨的清凉在周身弥漫。舀上一碗，放点白糖，搅拌均匀，或用调羹舀着吃，或捧住碗直接喝，凉得透心，凉得彻底，凉得爽歪歪，瞬间驱散了令人窒息的炎炎暑热。

盛夏犹有可亲，消夏的美味弥散在街头巷尾。吃在凤城，凤城人天生爱吃，能吃，会吃。

说到凤城消夏的小吃，不得不提及油炸臭干。其实，此物并非凤城的特产，不过，相比较而言，金陵的臭干太丑，黑中带绿，像青铜器上的锈斑，味道亦太咸；长沙的臭干太软，佐料放得太多，味道也太辣；杭州的臭干有豆腐那么大，但大而无当，味道浮于表面，且食之不便。凤城的臭干最简单、最清目、最爽口，薄薄的一小片，呈淡黄色或褐黄色，很像金秋之银杏叶，以细竹篾穿成串，再淋点儿红灿灿的水大椒，吃起来外酥内嫩，余香逮齿。盛夏吃臭干是凤城人的首选，吃得脸上汗滴滴的才解馋，汗一出，风一吹，凉爽徐徐而至。

凤城的臭干摊遍布凤城，以东城河西岸、陈家桥巷西端、税东街雅堂浴室东侧和原野大酒店西侧的臭干摊最为出名。夏日的黄昏，闷热难耐，肚子已饿扁，寻着臭干特有的臭和别致的香，欣然趋于烟火缭绕处，买它一两串臭干，立于路边，前倾着身子，低着头，吃得咬牙切齿的，没人笑你的馋，也没人说你的贪，笑嘻嘻地来，笑眯眯地去。

凉粉是消夏的清品。其白如玉，细如脂，柔嫩而筋韧，刨成银丝后，髻在浅碗里，撒上酱菜丁、榨菜丁，浇上蒜汁、酱油、麻油、醋、水大椒，凉滑爽口，果腹又消暑。还可以将凉粉切成方块状，口感更丰满、更滑透些。街头也有不少外来的凉粉或凉皮，加了胡萝卜丝、黄瓜丝或绿豆芽，佐料过多，汹涌地冲淡了凉粉的原味，而凤城的凉粉则简洁明快，能鲜明地吃出凉粉的清香。

凉团也是消夏的清品。凤城传统的凉团主要是芝麻凉团，鸡蛋大小，米黄色，粘满喷香的白芝麻，馅儿多为白糖、豆沙或百果，凉团通体清凉黏滑，凉在嘴里，爽在心里。也有艾草青团，以透明油膜裹住，但吃起来太软滑且粘牙，糯米香也差些。如今，凤城里卖传统凉团的店家几已不见，超市里的凉团不少，但颜色太艳丽，油光发亮的，看上去像是一个个塑料球，而且形体也比传统的凉团瘦了一大圈,吃起来一点儿劲道也没有,口感被传统的芝麻凉团甩几条街了。

斜角烧饼也是凤城消夏常见的小吃。华军君曾在他的微信公众号里写过一篇关于斜角烧饼的小品文,阅完此文后的第二天下午,我特意去人民医院北院东侧的那家烧饼店里买过一只。尝之,似有岁月的旧味。

斜角烧饼的制作比较简单,将酵团经搓按压扁后拉长,抹葱油、细盐于中间,再将两边拍合,用木槌儿反复滚过再拉长,撒上芝麻,然后执刀斜切成若干个三角形,最后烘烤而成。其口味香,有韧性,若以初夏新上市之菜籽油滚边儿,吃起来更觉爽口闹香。凤城的斜角烧饼以素为主,馅儿多为葱油或擦酥,因斜角留有刀切的截面,能看见内馅儿,吃起来似乎更入味些。

夏季是街头特色小吃的旺季。凤城的斜角烧饼一般只在下午四点后才有得卖,因其造型别致,大小适中,绵柔清爽,不油腻,价格低,很适合黄发垂髫以作消夏垫腹之闲食。

还有传统的涨大饼,也是消夏的民间小吃。以馊粥为酵母,掺以面粉,放点白糖,调成糊状后下锅。锅底和锅壁抹一层油,涨饼有菜盘子那么大,涨熟后,大饼膨胀似铁饼,厚有寸把,呈金黄色并带有浅浅的焦痕,食之蓬松柔软,酸甜溢香,若是配以薄粥或烫饭,就更加有滋有味了。涨大饼在文峰菜场有得卖,生意不错,当然自家做就更好了。

功德林素油饼也是凤城消夏的清品。将发酵好的面团和着油酥横卷成条,揪取一小团,拍扁,嵌入葱油或野菜,将面饼擀成巴掌大小的椭圆形或圆形,整齐地排放在浅锅里,再在饼面淋上一层麻油,随后盖上锅盖。几分钟后,素油饼就出锅了。功德林素油饼轻软酥香,是下午茶的好伴侣。在古稻河东北角有个专门卖功德林素油饼的摊儿,生意也不错。

采儿粥是凤城消夏的经典清品,凤城人尤嗜食之。此粥以大麦为主料,亦可掺入玉米粉等粗粮,要用小火慢慢地熬,个把小时后,一锅浓稠喷香的采儿粥才算熬好了。盛出一碗来,待温凉了,喝上一口,便觉一股温柔在嘴

消夏的美味犹有可亲　157

里回荡，仿佛酷热难当之时，突然下起一场微凉的清雨来。采儿粥能清凉去火，且顺应四季，调养五脏。若是此生有人愿与你共黄昏，全在于此粥犹且可温。

凤城的消夏小吃还有很多，在此恕不一一赘叙，因为思绪又回到日涉居。

盛夏的凤城最具包容之心

午后，现实安静下来，但我似乎听到了去年的蝉鸣。万物皆有其音，而夏蝉最懂我心。当然，我喜欢各种天籁，以为与我都有心灵的契合和照应。

盛夏的凤城最具包容之心，鸟雀舍不得离开祥泰之"洲"。于是，我冒着酷暑，在某个清白的早晨，来到凤城河百凤桥的岸边，立于桃坡上，西望凤城河。

脚下是碧青的水草。芦苇与我一般高，却比我缥缈。水鸟不喜欢跟我亲近，它们并非惧怕我，而是更喜欢浩瀚的凤城河。

一只白鹭独立于离水岸不远处的木桩上。此鸟性格孤僻，喜欢在浅水中捕食。不论觅食，还是休息，白鹭始终都保持着不慌不忙的姿势。即便是严冬时节，在凤城河东岸的草泽地带，还能看到孤立于寒风中的白鹭，但它从不急躁，表情悠然，一副清澄孤傲的样子。白鹭是不会鸣叫的，但它擅长极目远望，那种静止而纯美的画面更像是一首无声的歌，随波静流。

乌鸫是凤城河常见的鸟，此君胆小，眼尖，对外界的反应十分灵敏，夜间受到惊吓的话，会仓促地飞离它的栖地，甚至在荒郊野外暂躲一宿。但它是一位善歌者，叫声响亮悠扬，特别好听，即便它在凤城河的西岸鸣叫，站在东岸的我也能听得清清楚楚。乌鸫还是鸟类的模仿秀高手，善仿其他鸟鸣且非常逼真。棕背伯劳也是一位模仿秀高手且体色漂亮，但此鸟生性凶猛，被人称为小猛禽。鹡鸰也因叫声而出名，《诗经·小雅·常棣》中就有"脊令在原"之句。脊令即鹡鸰。此鸟飞行时呈波浪线并伴有"脊令"的鸣叫声。鹡鸰是一种耐不住寂寞的鸟，喜欢吵闹，也喜欢成群活动，常站在枝头呼朋引伴。黑水鸡栖息于三水湾的灌木丛、蒲草、苇丛中，善潜水，以水草、小鱼虾或水生昆虫等为食，其叫声低微，有如虫鸣。

凤城河是众多水鸟理想的栖息地，因为它的开阔、丰茂和包容，就像它所拥抱的这座古老而又充满魅力的城市。

在柳园聆听佳音，更得盛夏之闲趣。喜欢柳园，大抵是因为这里的鸟雀与我更亲近，它们恪守着这一方净土，与外界相隔，天地虽然不是足够的广袤和深邃，甚至仿佛一只樊笼，却能独享草木之嘉茂，荷塘之袅娜，翠竹之清幽，水榭之亭亭。

柳园位于老凤城的打渔湾，其地势颇为奇特，西高东低，南高北低，北接凤城河，南抱一月碧池；池西栖一翼轩亭，池南披一排水杉，池西植一丛竹林，池北绵延一弯柳堤；池中则荷花依依，荷叶田田。园内古木参天，绿荫遮道，即便是炎炎盛夏，林中亦十分阴凉。

我喜欢在晨光熹微之时跨进柳园，因为早起的鸟雀们会一边悠闲觅食，一边引吭高歌，以迎接旭日东升和崭新的一天；这是一天中最蓬勃的时刻，生命中的一切隽语箴言都可以在聆听中获得清晰、准确而生动的诠释。我也喜欢在黄昏之时隐入柳园，因为鸟雀们也常常在此时蓦然而聚，攀拢高树，用各种美妙的叫声欢送夕阳缓缓西沉。待暮霭四合，月色清染，晚风渐敛，林间怡然无声，鸟雀们收心归巢，各自甘眠。

柳园的鸟是不到别处去的，这里是它们的家园。它们临水而饮，拣枝而栖，过着无拘无束的、无忧无虑的、自食其力的生活。

还是那一翼轩亭，我曾多次立于此处，因为这里是观察鸟飞和亲听鸟鸣以及眺望风景的绝佳角度。翠鸟最爱贴着水面疾飞，甚至在青荷红花之间穿梭而过，其鸣声清脆若笛声，能惊起百米之外的夏虫酣睡的美梦。画眉鸟机敏而胆怯，常在左岸的那片竹林里或池边的草丛中觅食，其鸣声婉转悠扬，如潺潺的溪水，又像靡靡的古筝，也似幽幽的洞箫，听之物我两忘。还有麻雀，就站在轩亭的凭栏上，看上去有些猥琐的样子，叫声永远叽叽喳喳，杂乱无章。但我以为，麻雀的叫声恰恰是最原始、最纯粹的，你听不懂它们的语言，它们听得懂你的语言；你嫌弃它们，它们却愿意亲近你。叫个不停的、飞个不停的麻雀一再提醒你，生命的本质就是跳跃、飞翔和自由。

当然，我更喜欢倾听乡村的鸟鸣，那是对生命意义的虔诚呼唤与应答，那种穿越时空的内心独白，源自灵魂深处的真爱与期盼。

夏麦渐黄，在村东头的密林里，黄鹂在深更半夜就开始鸣叫，急促而连缀的叫声，滚过田野，爬过河堤，钻进农舍，告诉田人：夏忙开始了。

娃们还是喜欢赤脚满地跑，随手拔起萝卜，去小河边洗净啃吃。老妪老叟常常扶杖立于村头，遥望村外。炊烟袅袅于青瓦间，瓜藤爬上低矮的院墙，空气中缠绕着浓浓的泥土味，庄稼在黑夜中潜滋暗长，硕大明亮的星空伸手可及。

乡村的时间都交给了声音，晨间有鸡叫，午间有狗吠，夜间有鸟鸣。

鹧鸪是田野中常见的鸟，特别喜欢在夜幕降临时鸣叫，在暮春或初夏时节，躲在未知的树丛中，其咕咕咕的叫声颇具沧桑感，就像一位流浪歌手，在旷野中，仰望夜空，深情地歌唱。乌鸦也是乡间常见的鸟，它们很狡黠，有强烈的地盘意识，对异乡人或陌生人常怀敌意，甚至主动攻击你，其叫声急促而恐怖。还有斑鸠，翅翮鼓动频繁，直飞而迅遄；有时亦作滑翔，像一片落叶似的，从堤树上俯冲下来，飞向田野的深处；其叫声低沉，富有节奏，能传出老远，但你辨不清它究竟是从哪个方向传过来的。

依然有麻雀，多得数不清，谁都不知道它们的家究竟在哪里，也不知道它们从哪里来，长得几乎一模一样，甚至连它们自己都分不清彼此。但它们却是田野中最鲜活的一道风景，嘈杂的叫声撕破天空，从四面八方涌过来，又一起消匿在田野的尽头。空气、麦浪、河流、野草、杂树和你的情绪颤动不已，完全没有韵律感的鸣叫声撞击着你灵魂的某根神经，生命的真相却在酣畅淋漓中彻底暴露，所有的曾经和未来都将在这片鸣叫声中找到新的归宿。

我对乡村始终怀有卑微的依恋之情，就像这些卑微的麻雀，只爱贴住田野，掠过水面，穿过炊烟，欢聚在有庄稼和屋舍的地方，以大自在的姿势，在浩然天地之间，活出真我。

除了鸟鸣，还有很多天籁，比如蛙声，也让我感怀于心。

夏日多雨，而青蛙最爱水。凤城是水城，每至盛夏，特别是雨后，城里的蛙声与城外的蛙声遥相呼应，水里的蛙声与岸上的蛙声竞相呼应，蛙声一片与蛙声孤鸣交相呼应，颇有些古朴的趣味。

古诗词中写蛙声的诗句颇多，如唐代韦庄有"何处最添诗客兴，黄昏烟雨乱蛙声"；唐代韦鹏翼有"岂肯闲寻竹径行，却嫌丝管好蛙声"；宋代李处权有"日长宜燕乳，水满自蛙声"；宋代林尚仁有"静入夜深闻鼓吹，一池明月乱蛙声"；宋代辛弃疾有"稻花香里说丰年，听取蛙声一片"。

唐代贾岛《郊居即事》诗曰："住此园林久，其如未是家。叶书传野意，檐溜煮胡茶。雨后逢行鹭，更深听远蛙。自然还往里，多是爱烟霞。"半俗半僧的他文场失意后，便去当了和尚，但他为僧难免思俗，入俗难弃禅心，人生颇为纠结。唐代张籍在《过贾岛野居》诗中说："青门坊外住，行坐见南山。此地去人远，知君终日闲。蛙声篱落下，草色户庭间。好是经过处，唯愁暮独还。"诗中写贾岛之居的偏远、寂静，碧草连接着庭扉，青蛙在篱笆下叫着，愈显贾岛野居的荒凉和冷落。唐代吴融在《阌乡寓居十首·蛙声》诗中说："稚圭伦鉴未精通，只把蛙声鼓吹同。君听月明人静夜，肯饶天籁与松风。"诗人倒是觉得于月明人静之夜，聆听蛙声，更是胜过天籁之音。宋代张舜民有《鸣蛙》诗曰："电掣雷轰雨覆盆，晚来枕簟颇宜人。小沟一夜深三尺，便有蛙声动四邻。"此诗写暴雨倾盆之夜，水深三尺，蛙声一片，四邻声动，凸显雨后乡村清凉宜人、蛙鸣动人的勃勃生机。宋代赵师秀《约客》诗曰："黄梅时节家家雨，青草池塘处处蛙。有约不来过夜半，闲敲棋子落灯花。"梅子黄时，青草塘边，传来阵阵蛙声。已过午夜，约客未至，主人轻敲棋子，震落了灯芯的灰烬，孤寂和失落之情都托给了蛙声。

雨后的池塘，蛙声如沸如腾，如鼓如呐，如风迸涌，挤爆你的客观世界，但在你的梦境里，却残留着无边的冷清与寂寞。童年的蛙声荡漾在岁月的边缘，穿透时光的河流，撩拨着躁动的心绪，惹得风尘已久的游子，满眼噙泪。

除了蛙声，还有蝉鸣。尽管我多次写到蝉鸣，但仍然意犹未尽。鸡热得耷拉着翅膀逃进鸡棚，狗热得吐出鞋垫似的舌头，鸟热得躲在屋檐下偷窥着世界，只有蝉在树的高处不厌其烦地叫着夏天。

蝉声袅袅，诠释着夏日的酷热，激荡着漂流的烟霞，也替你倾诉着内心的情结。凤城听蝉是夏日里最恬静的闲事。桃园听蝉，能听出戏韵曲律；柳园听蝉，能听出南山暮钟；乔园听蝉，能听出春风拂槛；三水湾听蝉，能听出柳曳渔歌；天德湖听蝉，能听出白浪滔滔；锅巴山听蝉，能听出雨打芭蕉；稻河听蝉，能听出桨声汩汩。

还是草河听蝉最得佳境，泡桐树上的蝉鸣荡出了历史的回声和世俗的凡音。木格子窗户和屋脊上的瓦松映照着萋萋的河岸，人间晴好，蝉音恬淡安然，岁月流向了深巷，时光镌于青砖黛瓦，蝉鸣收敛了你曾经的忧伤和当下的烦恼。且有杂草闲花缀于岸沿，闻草木花香，浣涤纤尘，驱散迷惘。夏天的喧嚣，尽被蝉鸣所折叠，葳蕤的不只是草河的风物，还有你的灵魂。

清晨或傍晚，才是听蝉的最好时机。清晨的蝉鸣有如凄美的樱花，撒在梦醒的地方，生命在一瞬间绽放出不可言状的鲜美，又无怨无悔地随风凋零。伴着蝉鸣出发，在有晨曦的空间里追逐时光。傍晚的蝉鸣，经过蔷薇色的余晖的过滤，变得柔弱而轻软。晚风尚未入眠，惹出最后的一曲蝉鸣，化为千手，将月亮推至树丫，用黑色的盛装裹住蝉声。

即便是午后，草河人家也是无需酣眠的。掇几张小凳或藤椅，坐于泡桐树下或狭窄的巷口，无意听蝉，蝉鸣不喧。风是沾着草河的水飘过来的，又是经泡桐叶降过温的，润润地来，又盈盈地去，小睡有了风情，打个盹儿也轻巧了许多。巷口的矮风，携着丝丝蝉鸣，扭过光滑的墙角，掠过黯淡而温凉的墙壁，拂过你的眉梢，将凉爽馈赠于你和你的心情。

其实，每个人的心里，都住着一位温情的诗人，时而向隅而坐，时而倚窗而凝，时而施施而行。一声蝉鸣，一缕幽风，一径石板，一抹月色，一剪背影，都沈藏着青淡的禅意。

除了蝉鸣，还有湍流、风啸、竹韵、雨落、雪雾、花谢、叶凋的天籁之音。

物换星移，四季更替，大自然总是忘不了把嘤嘤妙音奉献给我们。谛听自然，让纯净熨平你皱皱的心田，这是大自然的好意，也是你的福音。

凤城虽无山，却结了水缘。凤城的水是活的，活了两千多年，活得越来越年轻。逝者如斯夫，不舍昼夜，观水以抒浩气，听水以得静心。

天地之间，物各有主，目遇之而成色，耳得之而为声。若是你有闲暇，又有闲情，不如随我先去东城河，那里的水可以明你的目，可以濯你的足，也可以悦你的耳。

盛夏时节，起个大早，趁酷热还未苏醒，随我趋于东城河的东岸，立于岸亭，南观或北望，亦可俯察水岸。碧波荡漾并未吵醒沉睡的凤城，岸柳轻抚着水面，而流水已经潺潺了。清澈的流水与苇草絮絮细语；水与水互拍的声音像是两小儿在游戏；虽无惊涛骇浪，却惹得绵密的岸草潜入水里；清波洗涮着低岸，那声音柔得像初春的草坂。轻盈的水声飘入你的耳朵，于是你的身体也轻盈起来。

往北走，沿着丰茂的水岸，再拐向西，止于鼓楼大桥的桥洞里。那里已有晨钓者数人，不觉你的到来，淡绿色的线目钓住了他们的心思。桥洞听水颇有些意外的情致，外面的世界你甭管，只管听那水声，如淙淙溪泉流于幽谷，似乎就流淌在你的耳边，特别的清晰，也特别的灵动，你的心绪不由自主地安静下来。

若是觉得气势不够足，想听汹涌的水声，那就去东城河的北岸。那里水光接天，惊涛拍岸。

北岸的视野极为开阔，似乎可以揽得半个凤城。浩瀚的水从遥远的三水湾出发，携着青白色的晨雾，拐过望海楼，穿过迎春桥，一路匍匐而北，直往你的脚下冲过来。北岸有巉岩，有芦苇，有陡坡，还有观水台，层层波浪前呼后拥地拍打着水岸，激起的浪花会溅在你的身上，丝丝清凉。那水声或含糊，或清越，或噌吰如钟鼓，经久不歇。

听水以静心，听风以抒怀。

且听风吟。

楚人宋玉在《风赋》中说："夫风者，天地之气，溥畅而至，不择贵贱高下而加焉。"可见听风不仅用耳，更得用心，因为风是有灵性的，是飘忽不定的，也是难以捉摸的。唯有用心方能解风之语，识风之韵，明风之格。

风声好发于林。凤城没有真正意义上的森林，但也有你心仪的绿荫。每座公园都有树林，虽不算茂密，倒也有风可听。

我曾经在夏日的午后，久立于锅巴山深处的石阶上，四周古木蔽日，寂然无声，蝉亦不鸣。当鸟雀在枝头纷飞的时候，我知道风者将至。作为凤城地理位置的最高处，风总是格外关照着它。一阵阵吹过来，百枝千叶欢腾着迎接它，发出哗哗哗的树声，很有节奏，像是演奏一场气势恢宏的交响乐。穿行于林间的风早就褪去了灼热之气，零零碎碎地、或轻或重地刮在我的脸上和身上，变得温和而凉爽。从山顶沿阶而下，离开此山，便觉浑身酣畅欲仙。锅巴山上的风声是激越而洒脱的，快意盎然。

在三水湾的小桥流水处，杨柳风又是另一番情状。风从石拱桥的半月里钻出来，抹着岸草的清芳和水的湿气，梳着几绺儿青黛色的柳丝，轻拂着你的脸，像是外婆摇着芭蕉扇，低微的风声又像是外婆哼唱的催眠曲。三水湾的夏风最懂事，不急不躁，不喧不闹，不浑不浊，小心地陪着你漫步于如诗如画的风景中。

天德湖的风声是大气而豪迈的，想要扩张你的胸怀，倾吐你的郁结，就去湖边倾听风语。芦苇与你一起畅叙幽情，清波与你一起荡涤心绪，水鸟和你一起将梦想衔至彼岸。水面是开阔而舒展的，于是风声也就自由起来，其声奔放而高亢，又揣着缕缕荷香，将盛夏的炎热驱散殆尽。

凤城里的风是沉静的，古老的凤城让一切都宓穆下来。唯有老巷里，才能听见风声。站在巷口或拐角处，须臾风至，吹在你的身上，带着天鹅绒般那种温柔的触摸感。夏风不喜欢街头和热闹的地方，你若温静，它便寻你而来。那风或疾如快马，眨眼间便穿出巷口，又拐进另一条巷子，留下些许清凉；有时那风则慢若闲庭信步，徐徐而来，悠悠而去，你听不见一点儿风声，但它确乎来过。

夏日的傍晚会起风的，在耳边萦绕起来，如流水一般，活泼而娴静地低诉着什么；又像散落一地的珍珠，发出清脆而温润的呼告。晚风总是安然美好的，它从不打搅你的生活，却能让你少安毋躁。

古诗曰:"青泉碧树夏风凉,紫蕨红粳午爨香。应笑晨持一盂苦,腥膻市里叫家常。"该到吃晚饭的时候了,端着一大碗采儿粥,碗里有咸菜或萝卜干儿,拿着一双筷箸,自顾站在大门口,一边喝着凉粥,一边看世人匆匆,一边享受着晚风,这个夏天才算没白过。

竹露滴清响,欲取鸣琴弹。聆听竹韵,别有一番情致。

凤城的秀竹佳处并不多,印象最深的当在乔园。每每路过乔园的南围墙,仰头可见墙内的修竹斜披而出,郁郁葱葱,随风摇曳。

那天清晨,我走进乔园,置身于那片竹林之中。竹林并不大,但彼此亲密无间,根根翠竹拔地而起,含章天挺,阗溢了我可以窥见的天地。空气中翕散着淡淡的竹韵洌香,晨雾在竹林间轻浮缭绕,空灵而飘远,偶尔还有鸟鸣声从竹林深处柔脆地传来。

竹声如箫。风过竹林,仿佛悠远神秘的乐曲幽然奏响,又如溪水一般柔柔地流淌。沾一滴竹韵清露,洗去心中的浮躁,将不安的灵魂安放在竹径通幽的清凉之处。翠绿的竹风将酷热步步逼退,留下的只有清爽。

乔园的美景甚多,如响草堂、数鱼亭、松吹阁、绠汲堂、二分竹屋、来青阁、蕉雨轩、文桂舫等,但我独爱这一隅幽篁。

宋代苏轼说:"宁可食无肉,不可居无竹。无肉令人瘦,无竹令人俗。人瘦尚可肥,士俗不可医。"清代曹寅有词曰:"腊黄浅映鹅儿泻。渐翛翛、半庭竹韵,有声有画。"可见居有竹则不俗,有竹则有画影清韵,心生凉意而得妙境。

当然,望海楼也是有竹林的,只是有点儿散;天德湖也是有竹林的,只是有点儿乱;柳园也是有竹林的,只是有点儿淡。

竹韵清雅而高洁,雨声则宁静而致远,而涵东的雨声最得意趣。

夏天的雨总是来得急,去得快,就像初恋。听夏雨的声音得立于老巷人家的屋檐下才够味,敲在黛瓦上的雨滴像是一曲残缺的古韵。聆听那雨音,思绪跌入一场不愿醒来的梦境。天光微暗,巷中无人,玻璃窗上的水珠画成光阴的图案;碧绿的苔藓映出恍惚的水光,岁月落在墙上,幽情缠住青石板;

细数砖阶门前的几枚落叶,雨坠在叶上,发出空洞的湿音。不知被雨淋润着的心,是否依旧。那淙淙的雨水如空心古琴,拨弄出水样的柔情或愁怨。也会有寂寞,带着指尖的凉和心底的痛。窗外雨声兮兮,忽明忽暗,忽急忽缓,忽醒忽醉。雨声细密轻盈,才能一夜好眠。

雨声滴答,越发显得天地的静谧和人世的简单。清简安然,素心浅意,听那雨声,有如觉悟菩提之语,夏日的老巷和时光,便淋透了禅思。

凤城的雨不仅落在涵东,也落在别处,更落在凤城人的心里。

等待是一场心灵之旅

花谢叶凋，雪霁霜落，亦各有其音，却需要我们动用心灵的耳朵倾听。

风景并非因你而美丽，但你会因风景而美丽；风景也不会因你而改变，但你会因风景而改变。

凤城的风景可观可闻亦可听，无需费神，无需刻意，无需矫情，便可悦目赏心。城不大，风景离你都很近，即便不出门，家里的花草也可爱可亲。

凤城人爱养花。20世纪80年代，东城河西岸是城里唯一的一处花鸟市场，每天前来赏花买花的人络绎不绝，笑声不断。那时的人们没啥娱乐，年轻人大多喜欢钻进录像厅和游戏室泡岁月，中老年人则喜欢逛花鸟市场。后来，因为东城河沿岸改造，这个花鸟市场便消失了，一同消失的还有那段美好的时光。

但凤城人养花的兴趣却与日俱增，几乎每家每户的院子里、阳台上都种着花草，大多不甚名贵，却一样的绿意葱茏，花香四溢，装点着整个凤城。

去老城区的老巷子里走走，寻常巷陌不只有人间烟火，更有花草带给你的情趣，那种平和、温婉、闲适和随性才是生活的原味。陈家桥巷里有口老井，井边有户人家，门前砌着一方花坛，花坛里种着月季、牵牛、金盏草、虎刺梅、水毒芹、铁线蕨及葱蒜等，日子在井边诗意起来了。稻河河西的北山寺巷里也有一户人家，瓦屋甚破陋，却有爬山虎铺满墙壁，那旧木窗被绿荫缠绵着，窗下又有一月季探至窗口，日子不富贵却朴雅。还有涵东的草河东巷，巷东口的一户人家，院落里的葡萄藤盖过围墙，有几串嫩绿色的葡萄挂在墙外，伸手可摘，日子有滋有味。城中的矢巷，因其形如弓而得名，巷里有户人家的大门两侧栽了些闲草，如驱蚊草、薄荷、艾草和夜来香，长势不旺，却能让你脚底生凉。还有城东的打靶场巷，距离卖油饼、烧烤和串串香仅十步之遥，却有几个破坛子，种着些花草椒果，姹紫嫣红的，倚在人间烟火处，犹自清欢。

至于住在高楼上的凤城人，也忘不了将阳台收拾得妥妥的，置些吊兰、常春藤、秋海棠、太阳花、扶桑、米兰、茉莉、芦荟和叫不出名字的多肉等，日子在晾衣架下抒写着清雅和芬芳。

走遍凤城，阅尽风光，还是日涉居最合我意。

泡上一壶老茶，以温柔地对待盛夏。前日，闲来无事，我便买回几盆多肉，不知它们的名字，但知它们可爱得像夏天的娃娃。如果没有足够的理由，我将蜗居日涉居，思考或者作画。如果有朋自远方来，我仍将亲自下厨，做几道凤城人几乎都会做的家常菜。好久没喝酒了，日子有时奔放，有时颠覆，有时平淡，这是凡间的无常。

花圃蕃茂依然。大把的荷叶下终于冒出一句唐诗，绿荷红菡萏，开合任天真。绿肥红瘦的情景，带着人生的某种意境。

那天晚上，少有的夏凉。吴兄一路踏着清风灯影，造访日涉居，说特来聊聊高雅的话题，比如凤城的文化和我的文字。赶紧地，我振衣掸尘，取水洗盏，端坐于茶桌前以候客至。

吴兄是凤城里颇有名气的文化人，盘古开天第一句话，就问涵东明清旧民居修缮我有啥高见。我受宠若惊，于是想起笑堂兄。好久不见这厮，他的祖宅就是清代民居，他最有发言权。我乃一介草民，虽识得几个字，岂可胡言乱语，以逆官宣。当然我还是花坞春晓、佶屈聱牙一番，故意思路错乱，文不对题，刀走偏锋。岂料吴兄才思敏捷，理解深刻，听懂了我的意思，说，高，实在是高。晚上他没喝酒，我以为这个评价可能是中肯的。

但我们还是争论起来了。古语说，道不同，则不相与谋，但我们殊途同归，所以尽相与谋。不过当话题拽住了历史的沉重和现实的轻佻，我们不得不静穆品茶。有时，茶是生活的道具，所以在世界陡然有些突兀的时候，也会成为恰巧的话题。

悟言一室之内，这本是魏晋文人的嗜好。当然，我们也谈起了魏晋风度及药与酒的关系；更重要的是，我们还谈起了房价及人性与月亮的关系。将近十点，吴兄忽然起立，说时候不早了，告辞，改天小聚。

我等着这份小聚，就像等着那份荷花，等了那么久，最终赐香于我。

世间万物都在等待。种子发芽，幼苗出土，花蕾绽放，果实成熟，都需要耐心地等待。多少次万紫千红，又多少次落英缤纷；多少次枝繁叶茂，又多少次枯萎飘零；多少次春雨绵绵，又多少次冬雪飘飘。自然的枯荣盛衰，是生命的一种等待；对人而言，等待则是一种心境，一种生活方式和态度。

唐代孟浩然《宿业师山房期丁大不至》有诗句曰："之子期宿来，孤琴候萝径。"意思是说丁大约定今晚来寺住宿，我独自抚琴站在山路等你哦，不见不散。这是对故友的思念。宋代陆游《双头莲·呈范至能待制》有句曰："空怅望，鲙美菰香，秋风又起。"意思是说，秋风又至，可我只能白白地、惆怅地遥想着，那鲈鱼鲜美、菰菜嫩香的美味佳肴。这是对故乡的思念。唐代张若虚《春江花月夜》有诗句曰："不知江月待何人，但见长江送流水。"意思是说不知江上的月亮等待着什么人，只见长江不断地运输着流水，这是对人与自然的疑惑。

自古以来，更多的等待则蕴含着爱的情结。比如"过尽千帆皆不是，斜晖脉脉水悠悠""深知身在情长在，怅望江头江水声""凄凉别后两应同，最是不胜清怨月明中""衣带渐宽终不悔，为伊消得人憔悴""两情若是久长时，又岂在朝朝暮暮""相思相见知何日？此时此夜难为情""还君明珠双泪垂，恨不相逢未嫁时"。

似乎古代人更乐意等待，很有耐心地等待，很有诗意地等待，甚至用一生来等待。

但现代人似乎已经不再喜欢等待了，以为空有的等待，会苍老了容颜；太久的等待，会丧失更多的获得；傻傻地等待，会让生活索然无味。但我以为，等待是一场心灵的旅行，是一种人生的修行。有时，生活需要纯粹的等待，等待一朵花，一片云，一阵风，一夜雨，一场梦，一个人。任时光荏苒，岁月如流，我依然在回忆，在追思，在寻找，在等待。

所有的日子都在等待中度过。

我们无时无刻不在等待，等待一片花落，等待一方月圆，等待一人归来，等待一缕尘缘。等待不期而遇的温暖，等待如约而至的美好，等待生生不息的希望。

我常常独坐于日涉居的南窗下，等待便成了我的一种常态。有时并不清楚自己在等待什么，或者说并不清楚还有什么值得我等待。

其实，有时无需刻意等待，人生方得自在。昨夜花开的时候，我已经酣然入眠；今晨鸟鸣的时候，我正巧出门远足；傍晚起风的时候，我正在熬着小米粥；梅子青黄的时候，我跟朋友约了品茗；周末来临的时候，我依然早起跑步；月上西楼的时候，我在书房里翻阅书香。

于是，日子变得轻盈起来。浇过水的花草不再过问它们了，待我忙完该忙的事情，回到家里，花草们自顾盎然。那天去板桥美术用品店买画笔，老板说有几套硬卡宣纸打五折，于是买下，正好可以画些果蔬清供以消夏。上周在花圃里清理杂草，意外看到地上冒出好多金钱草，玲珑小巧，圆润碧透，于是挖了一些，几抹绿意落在盆罐杯瓶中。好久没去天德湖转转了，那天去逛了一圈，荷塘里的碧叶粉荷早就娉娉袅袅，我只是路过，却无意中沾了一身清香。前天一大早，笑堂兄邀我去扁豆塘巷北吃干拌面，我如约而至，吃罢早茶，顺便在草河东岸走走，正巧看到河岸的一位垂钓者竟钓到一条野鲫，一弯老妪正在不远的地方劈柴，一虬老叟正坐在岸边的一张爬爬凳上喝茶，数羽麻雀从我的眼皮底下飞到高大的泡桐树上去了。昨天早晨，去路边菜场买野生小鱼儿，因为来得稍迟些，小鱼儿卖完了，遗憾之时，买回几个带着碧绿色桃叶的桃子以作画意。昨天晚上，吃罢晚饭，正准备出去跑步，忽听得南窗下隐隐地传来几声虫鸣，那应该是蟋蟀的叫声，待我跑步回来，那叫声再也没有出现过，但那几声微弱且短暂的蟋蟀声，却是今夏日涉居花圃的第一声虫鸣。

经典的日子都是可遇不可求的，等待也是如此。有些等待只能藏在心灵深处，而不期遇的美好却是等待之外的一种惊喜，或者说是另一种等待。

就是昨晚的那几声虫鸣，不经意间，让我深刻地感受到时光的流逝，甚

等待是一场心灵之旅   171

至不曾给我一个暗示性的眼神，刚刚放飞手中的萤火，已经习惯于在日暮时打坐。幸好在记忆的篱笆墙上，仍斑驳着那些斑驳的光影，曾经怦然心动的声音又渐渐地走近。

蟋蟀轻吟在半醉半醒的枕边，晚风徜徉在月落星沉的苍穹，青灯独绽在夜深人静的区隅，笔墨洇潆在滴满花香的素笺，孤影画映在忽明忽暗的窗前，旧梦纠缠在前世今生的凡尘。

每个人都在寻梦。庄周梦蝶达到"鼓盆而歌"的人生境界。楚王梦见巫山神女对他说："且为朝云，暮为行雨，朝朝暮暮，阳台之下。"楚王的梦是把现实变成梦想，其贪念是无止境的。周文王的飞熊入梦却是把梦想变为现实，贤臣辅佐其右实现了他称霸天下的梦想。至于江郎才尽因梦笔，太白才思亦梦笔，则是同一个梦想，却有不同的结局。当然更多的人只是南柯一梦，空欢喜一场。

盛夏，在某个苔痕迹迹的幽处，与清风私语，跟岁月说禅，让周公解梦。

犹记少年轻狂时，一半浓墨，一半淡写，梦想倚剑走遍天涯，四海为家；冷血无情的我，也会泪痕洇湿了青衣白衫。及至青春张狂时，那一缕情愫，总会在低眉无语时皱上心头；那无悔的眷恋，退守在灯火阑珊处，低吟浅唱；每一次回眸，眼角总会渗出潮湿的味道；时光仿佛一束紫菊，落下透骨穿心的冷香。岁月匆匆，已至中年，幡然醒悟，笔耕不辍，十年寒舍，两耳不闻，也学得檐下听雨，陌上采薇，邀月品茗，登高望远；倾一夕烟雨云霞，捂住内心的温暖，驱散红尘的阴霾。偶遇芳菲，虽未曾谙熟，彼此早已读懂的心，遂成似水流年。春花秋月，寒暑易节，揽凤城之风物，得天下之绝色，临江湖之远近，纵一苇之所如，岂不快哉！

凤城的净地从未远离过你的视线

日子还是回到日涉居。

几声虫鸣，在盛夏的傍晚陡然出现，让我的情绪终于安顿下来。我知道，当蟋蟀开始校对琴弦的时候，时光很快就会抵达夏末秋初了。

花圃似乎老了很多，不过年轻的虫们赋予花圃更加深沉而持久的生命意义。我在清浅的虫鸣中懒散而且舒适，从白天以至初夜的悒闷都被这样的妙音一扫而空了，只觉得天地之间弥漫着一种不可言状的况味，曳引着我朝着明净而纯粹的某个异域空间缓缓而行。

凤城的风景自有可观，而心中的风景更得佳境。走遍凤城，与凤城相融，你才会觉得这里的许多地方都能透出禅意，因为凤城的寺庙都深藏在世俗的烟火处，你在街上行走，你在巷中盘桓，你在河边漫步，你在高楼大厦之间穿梭，抑或你在茶坊酒肆里小憩，都能瞥见飞檐翘角，若腾举之势，透露出灵动而轻快的韵味。飞翘的屋脊上往往雕有避邪祈福之灵兽、祥云或锦鲤，所谓"谛观之，飞檐列栋，丹垩粉黛，莫不具焉"。

凤城就是这样，在你为生计而疲于奔波的时候，在你因打拼的艰难而困顿的时候，在你情郁于中而无法宣泄的时候，总会有超凡脱俗的意象，柔软你的锋芒和刚硬，让你舒意释怀，翱翔自得，啸傲风月。

我曾经在普陀山观佛，眼见虔道者双手合十，神清空然，俯伏而阶，天地万物仿佛烟消云散，只剩金碧辉煌的那尊大佛在云雾中若隐若现。大佛近在眼前，又远在天边，我以为，心中有佛，处处皆菩提，修炼身心无需选择遁世，洗礼灵魂也无需与晨钟暮鼓为伴，心中藏有一莲圆月，佛自会在心中映现。

耐人寻味的是，凤城的净地从未远离过你的视线，任世事纷繁、庸鄙塞道，总能让你断却红尘，相思无垢，还你的心灵和城市的呼吸以一片清净。

我喜欢南山寺。它就住在闹市区，离我的老家不远，或者说我的老家离它很近。北侧的南山寺路人烟稠密，油盐酱醋茶，在早晨的清新里，这里就浮现出热闹而年轻的模样。南山寺生活在这种最接地气的时光中，融入最市井的生活里，观世俗的风情，尝人间的真味，听万物的声音。喜闻乐见，都是欢喜；浮世不争，相安无事。

南山寺是凤城佛教文化的中心，也是朝圣者、禅修者的心灵之所，即便是凤城的百姓，也常常悠至于此，以寻清闲，以得善心。明代鄂人龚大器《秋日南山寺访客》诗云："古寺依南郭，禅房苔藓封。寒云萎白石，灵籁动青松。客思惊秋笛，梵音下暝钟。故人天北至，良夜喜重逢。"

大雄宝殿值得一瞻。其结构乃庑殿重檐，是中国古代殿顶建筑中的最高等级，被尊为皇家规制。殿内立楠木金柱，内外柱等高，脊桁下用叉手，建筑技法为元代以前常见手法，斗拱为明式做法，天花上用草栿作，梁枋上彩绘二龙戏珠和唐三藏师徒西天取经以及珍禽异兽、奇花异草图案。殿面阔五间，进深六间，瓦当、滴水上饰有龙凤图案。整体属明中期风格，屋面则继承了唐代的建筑手法。大雄宝殿的屋梁是典型的雕梁，上面雕刻着花开富贵、福寿双全、九狮盘球、松鹤延年等寓意吉祥的图案。

文峰塔（即南山塔）亦值得仰视。清道光年间邑人朱馀庭有诗曰："古寺遥看老树垂，南山当户列参差。晴曦一塔忽撑住，笔颖分明落凤池。""晴曦一塔"指的就是文峰塔，而"笔颖凤池"的美景便被称为老凤城八景之一。文峰塔南依凤城河，东望文昌阁，高高耸立于苍穹之中。旭日东升，文昌阁倒影入凤池，形似笔尖；夕阳西下，文峰塔倒影入凤池，形似笔尖，从而构成"凤池笔颖"的奇妙景观。前贤丘容有《凤池笔颖》诗云："池上凤凰古，池中笔颖长。地灵多俊杰，星斗焕文章。"

"曲径通幽处，禅房花木深。"南山寺总是给人一种幽古和神秘之感，其高大的围墙亦甚可观，墙壁呈饱满而醒目的赭黄色，墙头均雕龙画凤，颇为精致华美，与莘莘色的窗阁轩亭和"五树六花"相得益彰，透出静穆的格调、温濡的气象和敦厚的意韵。

立于河岸，北望南山，但见一朵白云憩于南山塔顶。绕梁的梵音，飞旋的陀螺，冉冉的香火，安静的香客，无声的祈祷；招摇在上空的经幡，遍洒疏漏的时光，吹动涓涓的水声；木鱼敲打着纷乱或安详的岁月，念珠拨动着前世今生的因果或轮回；在四季的风里，风马清脆的声响此起彼伏，追逐着凤城河的粼粼清波，浸透着南山寺路的凡间烟火。

一场夏雨过后，墙下的碧草仿佛灵魂的疯长，这是最虔诚的信仰。

如果说南山寺幽古而神秘，那么北山寺则隐远而收敛。即便是凤城人，也未必知道北山寺地处何方，平日里门可罗雀，但这并不影响它以宓穆而谦和的姿势栖逸于凤城的北端。

凤城的城北似乎比较落泊，或者说比较淡泊。城市向南，繁奢逐之。青年路南沿至很远的地方，而往北延伸至北山寺就戛然而止了。北山寺就住在丁字路口，只是因为其规模不够盛大且不太张扬，现实中的人们才会忽略它。岁月将它遗忘在时光的罅隙里，它却独得安静和自在。

其实北山寺已有1190余年的历史了，重修的大雄宝殿独揽寺誉，在庄严和壮观中，凸显出往日的辉煌，且以百尺浮屠塔和百口古井名噪遐迩。

先贤钱履吉写道："旧有浮图，高百尺；有百井，今已无存，止名泉一，即卓锡泉也。"经过多年扩建，北山寺规模渐增，只可惜那一百口水井，在清朝时仅剩一口名泉，即卓锡泉。他又写道："王屋谢世，嗣有子廉者，宋淳熙间人也，挂锡此寺，寺复振兴踪迹，亦与王屋同。于是都人士无不合掌赞叹，谓王屋复见，过其地者群瞻礼不衰。未几，子廉没，嗣又无闻焉。越数百年而后以迄于今，亦竟无闻焉，于是海陵几不知有所谓北山者。"钱履吉在这段笔记实录之后感慨道："是山之形胜，广狭以至诸景，如孤塔之凌云而起也，千帆之乘风而渡也，绿柳之迎春而笑也，渔歌之向夕而闻也，皆详见寺志，兹不多及。但为记其终始兴废如此，以示后之过是山者，知有冰怀禅师之不可泯，佛菩萨灵感之力不可没。"可以想见，彼时的北山寺乃凤城不可多得的一方胜景。

清光绪四年（1878），住持如松又加扩建，以至楼殿巍峨，寮屋栉比，成为凤城佛教八大丛林之一。

现存卓锡泉，始掘于唐代。史载，王屋禅师，蜀人，病危思饮蜀水，命徒用锡禅杖点地而得甘泉，故名卓锡泉。当年凤城人陈德兴所产的"枯陈酒"，即用此泉水酿制。千年古井能够保存至今，堪称奇迹。

如今的北山寺，绿树掩映，青砖黛瓦，古朴严谨。那飞檐翘角，悬挂着的是千年的记忆；那檐角的铃声，传达出的是千载的流连。最为醒目的，依旧是红色的槛墙，这种极为跳跃而热烈的色彩，并未躁动你的心绪，反而给你沉稳厚重之感。

我曾多次在北山寺盘桓，这里仿佛是一个无比清寥的世界，安静得像束之高阁的一卷素丝竹简，且不沾染一缕世俗的尘埃。

净因寺是一座颇为别致的寺庙，位于原凤城南门外打渔湾东侧，三面环水，地势高隆开阔，河岸芦荻缥缈，野鸟翔集；两岸遍植杨柳，每至春暖花开的时节，柳絮杨花随风飘落，微风涟漪，水面有如笼罩着叠叠烟雾，故有"渔湾柳浪"之美誉。但净因寺看上去并不像是一座千年古刹，一是山门殿和大雄宝殿均朝东，二是建筑风格不类他寺，主体建筑是一座二层楼阁，造型比较现代，似乎不甚古朴。

该寺肇建于五代宋初年间，亦为凤城佛教八大丛林之一，清朝雍正皇帝曾为御书赐寺匾额"净因"。其殿飞檐反宇，丹楹画角，风吹铎鸣，铿锵之声清脆悦耳。山门内敞一偌大的天井，中有照壁，绕过照壁，便见大殿，其独特而紧凑的结构，造成幽深而庄严的境界，方显千年古刹的气派。

净因寺里最具特色的是罗汉塑像，为凤城艺人吴广裕所塑，乃镇寺之宝。罗汉泥塑粉面彩身，清癯绝俗，神气活现，有的衣着端庄，有的衣衫散漫，有的作呵欠状，有的作掏耳状，有的作搔痒状，有的作痴笑状，有的作冥思状，有的作滑稽状，千姿百态，既得禅修之意，又透世俗之趣。

因地势甚高，净因寺仿佛一座孤岛，突兀地立在繁忙的路边，而且紧挨着马路，甚至连门前的人行道都没有，人们可直接拾阶而上，进入寺内，而这正是净因寺的奇妙之所在。其实它并不孤傲，从不拒绝凡尘，甚至主动亲近凤城的日常生活。每天，无数凤城人从它身边走过，只要一扭头，悠然可见其高大而不孤远、慈祥而不冷漠、简约而不简陋的形象，它在为你指路，为你护佑，为你祈福。

净因寺的西北角曾有几幢被废弃的老厂房，让我最有感觉的是将厂房团团裹住的爬山虎，大片的叶子密集油亮，沉郁的绿色覆盖了整个厂房，像是铺上的一层绿地毯，又像是荡漾着的一片湖水。

凤城里极少见的这些绿色屏障，给了我很多意蕴深邃的遐想，我甚至将它与相隔不远的净因寺联系起来，以为冥冥之中似乎存在着某种无需言语的默契和呼应；我甚至想过，如若条件允许的话，我会租下这些厂房，不，这些意象，稍作装饰，或作为画室，或作为书房，或作为茶馆，或作为文创空间，人生最有意趣和凤城最得欣嘉的场景尽在此矣。

只可惜，如今这几幢厂房已经被拆，爬山虎也随之被毁，虽然在原地重植了花草树木，但我却感到深深的遗憾。

阿弥陀佛！

佛语禅言宛如飘荡的祥云

传说中的老凤城像展翅欲飞的凤凰，头在南门高桥，尾在城边赵公桥，胆乃西山寺木塔，双翼分别为东西两高墩。史载："泰为凤城，此塔为凤胆。明弘治四年（1491）造，塔七级，以木为之，俗称'西山寺宝塔不见天'是也。"

先贤夏荃以为：邑（凤城）有南山、北山、东山、西山四寺，基址广袤，殿宇宏整，以北山为最，南山、西山次之，东山极湫隘。若论建置先后，则北山唐宝历元年（875）建，东山唐大中年间建，南山唐乾符三年（877）建，西山明季方志师改建。

西山寺，全称是"西山白云寺"，原名"报国庵"，始建于南宋，明崇祯五年（1632）改名为"西山报国禅寺"，清咸丰年间住持僧德贤扩建后，改名"西山白云寺"，也是凤城佛教八大丛林之一。前面提及的西山寺木塔为七级，另又有高近殿顶的九级说和十三级说，并说每层八面塔门中均有金饰精雕佛像。令人意外的是，在三尊佛肚内各发现一座锡质宝塔。为明崇祯九年（1636）重修西山寺时放入。塔为楼阁式六角九层，高一米余，乃实体大塔的具体而微，莲纹底座、塔身倚柱、塔周回廊、翘角风铃、拱券佛龛、龛中坐佛、卍字纹栏、顶上塔刹等一应俱全。

西山寺现存天王殿和大雄宝殿，为清式建筑。天王殿为硬山屋面，五间九檩，抬梁式结构，梁架间饰一斗六升和一斗九升斗拱。大雄宝殿也为硬山屋面，但屋面高大，阔五间，进深十一桁，梁架间饰有一斗九升拱，故殿内空间开阔。殿前有月台。

除了西山寺木塔，以前寺内还有含金量较多的铜钟，还有不露天的佛宝塔，还有头戴毗卢帽的弥勒佛，更重要的是寺东侧还有它的下院华佗庙，是生病求仙方灵显的圣地，故该寺曾远近闻名。

民间以为，西山寺改名"西山白云寺"，还有一段神奇的传说。住持僧德贤日夜坐禅，一天夜里，忽见一道白光从大雄宝殿西边的一口古井里闪出，直冲苍穹。他颇为惊诧，翌日，竟然从井中捞出一尊石佛，认为这是石佛显灵，当即十分虔诚地把石佛供奉到大雄宝殿释迦牟尼佛像前的香案上。此后，每到夜深，他都看到有一朵白云从寺里石佛那儿飘向寺外。于是，他就把寺名改成"西山白云寺"，并给自己取了个别号"白云头陀"。

如今的西山寺之大雄宝殿已辟为"泰州市新四军史料陈列馆"。

因多种原因，西山寺至今并未对外开放，凤城人也只知道西山寺位于何处，对其历史也语焉不详，但这并不影响它在凤城佛教界的地位和影响度。再说，西山寺隐于泰山脚下已越千年，西玉带河在它的东侧脉脉而流，又有古老的安定书院栖其西侧，那千年银杏离它仅百步之遥。无论如何，西山寺的香火至今仍在凤城人的心里袅袅不绝。

其实，我与西山寺是有缘的。

早在20世纪90年代，作为江苏泰州中学（简称"省泰中"）的教师，我曾无数次走进西山寺的大雄宝殿，因为那时的大雄宝殿被暂辟为校图书馆，这是凤城里最有文化底蕴的图书馆，而印象最深的是时任图书馆馆长的蒋德培老先生。

蒋先生为人温和友善，说话慢条斯理，做事有板有眼，将图书馆收拾得整整齐齐、干干净净的。课余得闲，我要么就约一帮同事在西操场打篮球或踢足球，要么就在水泥乒乓球台上打乒乓球，要么就去图书馆看书或借书。每次来图书馆，蒋先生都亲自帮我找书取书，然后登记在册。蒋先生也是语文教师，也上课，办公桌上总是有学生的作文本，红墨水写的评语很醒目，字写得特别认真，绝不潦草。因着千年大殿，即便是盛夏时节，图书馆里也是非常阴凉的，根本不需要安装空调。很多教师也会选择到图书馆里看书或纳凉，蒋先生都热情接待。有一次，蒋先生跟我聊起西山寺的历史，说这座大殿是文物，不能随意装修和破坏，哪怕一根柱子或一块砖头，都应尽量保持其原状。图书馆里有若干排藏书架、书柜和桌椅，在摆放的时候，蒋先生都考虑到不能抵住柱子和墙壁，以免顶坏柱子和墙壁。屋顶上有蜘蛛网，蒋先生将扫帚绑在竹竿上，亲自爬上梯子，扫除那些蜘蛛网或久积的灰尘。地面是青灰色的大方砖，上面淤积了很厚的千脚泥，蒋先生找来小铁锹，小心地将千脚泥铲掉，并将千脚泥倒进门前的花圃里作为肥料。有好几次，我跟同事在图书馆门前的空地上打羽毛球，一开始蒋先生并没有说什么，但后来，来此打羽毛球的教师越来越多，蒋先生终于来干涉了。蒋先生和蔼地说，图书馆是个安静的所在，是个看书的地方，在这里打羽毛球似有不妥。蒋先生的话是有道理的，从此我们就不再来打羽毛球了。西山寺的建材大多为珍贵的木料，曾被白蚁所蛀咬，蒋先生万分焦急，请来白蚁防治所的专家来灭白蚁。此后数年，西山寺里再也没有白蚁了。

　　高山仰止。如今，蒋先生已经驾鹤西去，但蒋先生的儒雅风范让人难以忘怀。作为一名省泰中的教师，我以有蒋先生这样的前辈而骄傲；作为一个老凤城人，我以有如此爱惜和保护凤城历史文化遗产的前辈而自豪！

　　徜徉在西山寺前，但见松柏苍翠，花团锦簇，青砖黛瓦，静穆无言。我仍然熟悉校园里的一花一木、一砖一瓦，那千年银杏强大的根须蔓延至百米之外，那两层木地板的砖瓦教学楼依然存在，那遮天蔽日的林间小道曲折幽深，那千年书院沉淀着深厚的文化底蕴，那千年古刹荫护着百年辉煌的江苏省泰州中学；放眼远望，还有校园北侧的那爬过无数次的泰山郁郁苍苍，校园西侧的那绵延二十五公里的南官河奔流不息。

　　文脉流长润凤城，薪火相传泽后人！

　　西山寺与我有缘，光孝寺则与我有约，因为每年的除夕之夜，我都要造访光孝寺。平日里，也常常故意绕道，从它的身边经过，无意得佛光之摩抚，却有意享光孝寺周边的和静。此处少车马之喧，亦无人流攘攘，虽地处闹市区，却不为世俗所动，独守一隅，尽得禅意。

　　光孝寺门前的路叫五一路，此路东西走向，东至鼓楼路，西至南官河。五一路由东向西至青年路这一段商铺云集，颇为繁华，以前路两侧栽有粗壮高大的悬铃木（凤城人谓之"剥皮树"），盛夏时节，烈日炎炎，五一路却晒不到太阳，特别的阴凉。从青年路折而向西，仅百十来步，就到光孝寺了。岁月把繁华留在了青年路以东，而把安静留在了青年路以西。

光孝寺的北侧是人民西路，紧挨着光孝寺的却是凤城原纺织品公司，这是一家被时代所遗忘的计划经济体制下的单位，你甚至能看见历史的痕迹，那些老办公楼、老仓库甚至墙壁上的那些老标语依然存在。其实，这里是一块风水宝地，且荫着光孝寺的福气，一切都保持着几十年前的模样。作为该公司的留守经理军安兄，多次跟我感慨，说这里的一切都快成文物了，拆了可惜。我深以为然。那天下午，我与他一起站在其办公室外的阳台上，但见光孝寺的大雄宝殿近在眼前，夕阳仿佛一位僧人，携来一缕佛光，将大雄宝殿的飞檐脊兽抹得金黄。

还是去光孝寺里看看吧，在这个盛夏的早晨，我跟它有约。

盛夏的早晨，气温清凉，薄薄的青雾在光孝寺的四周云游，偶有路人从佛门前悠然而过，赭黄色的墙壁成为最醒目而又最深沉的衬托。门左侧的香店开得早，没有香客，但有香霭。

寺门还没有开，于是，我先去斜对面的荣华楼吃早茶。荣华楼是凤城的百年老字号，牛肉大包最出名。荣华楼的东侧，还有好几家看风水、卜吉凶、算天命的所在隐在绿荫丛中，神秘得像古老的寓言。

始建于东晋安帝义熙年间的光孝寺，是凤城规模最大的千年古刹。宋代陆游称赞该寺"是邦巍然千柱宫，中有广殿奉大雄"，从此寺名大振，蜚声江淮。

走进光孝寺，就好像走进一个旷邈而寂静的世界，麻雀在看不见的地方窃窃私语，青雾仍未完全散尽，亭台楼阁忽隐忽现、忽明忽暗。我不是游客，也不是香客，但我真实而静穆地站在最吉祥殿前的台阶上。闭上眼睛，却听不到任何声音，一切在抽象中存在或消失。但当我睁开眼睛的时候，青雾已经散尽，仰望天空，几朵祥云正从东面飘过来，隐至最吉祥殿的北面。

绕至最吉祥殿的北面，云已不见，却在双檐之间，仰见《心经》中的一句话：度一切苦厄。观瞻此语，温暖如玉。

走遍光孝寺，佛语禅言宛如飘荡的祥云，缭绕在光孝寺的每一片空间。

最让我觉得可亲可依的竟是草坪上那些石刻小僧，它们有的傻坐着，有的傻站着，有的傻躺着，有的羞羞地看着，有的仰天大笑着，有的低头寻思着，有的闭目养神，有的极目凝望，有的憨态毕现，有的沉默不语，还有的专心念经。

我想起日涉居茶桌上躺着的那尊泥塑小和尚，它慵懒地斜倚着某种有形的外物，是石头，抑或是树桩，也可能是土堆，似乎酣然入睡，又似乎苦思冥想。光孝寺里的这些石刻小僧与日涉居的那尊泥塑小和尚，真是心有灵犀且能隔空互嬉。

石刻小僧给庄严肃穆的光孝寺平添了几许诙谐之趣，与高大雄伟的最吉祥殿和藏经殿相比，颇得世俗凡尘之嚼味。我会蹲下身子，面带微笑地逗它们玩。很自然地，我的心绪坦然且纯粹起来，这是游历光孝寺的时候多少有些意外的悟觉。

光孝寺可圈可点的景观甚多，钟亭便是其中之一。从山门后鼓亭走近钟亭，便见一座筒状铜钟悬于亭中。凤城里有很多关于铜钟的传说，最经典的是两口飞来钟，一口雌钟坠入东城河，另一口雄钟落在南门高桥外。

此钟铸于南唐，为八瓣铜钟，以青铜铸成，表面纹饰以凸弦纹相隔三层；钟成直立圆筒状，饰有牡丹花纹和莲蓬图案，垂足为荷叶型；钟钮上的蒲牢，身饰鳞纹，四爪直撑。钟亭旁卧一怪石，镌刻清代诗人缪永煦《南唐永宁宫古钟声》诗，诗曰："夕阳古巷秋风起，大钟卧埋荒草里。丰山酋族霜倒飞，泪洒吴陵钟久死。无端据业撞渊工，杨家威令洪声传。欲惊海水作保障，羁系反受他人怜。葛垒刘尽周主喜，永安往劫随飘烟。乃知攘夺多余痛，禅关此日高连栋。互忏钟鱼女比丘，可曾惊醒英雄梦。君不见，永乐巨钟镌华严，亦复锈铜苔花沾。"

这口青铜钟是否就是传说中的雄性飞来钟，见识孤陋的我并不知晓，但我情愿就是那口飞来钟，好让我产生若干的联想，也更增添了凤城历史的传奇色彩。

光孝寺里最引人注目的，自然是最吉祥殿和藏经殿。

最吉祥殿即大雄宝殿，高一百一十尺，垂檐八楹，置佛、菩萨、罗汉塑像三十一尊，取《华严经》句名"最吉祥殿"，沿谓至今。藏经殿为光孝寺最庞大、最宏伟的建筑，三重檐，歇山顶，单是藏经已逾万卷，另藏有一批堪称国宝级的文物。当然还有天王殿，重檐歇山，红瓦黄墙，气象庄严。还有建于清乾隆年间的山门殿，是光孝寺仅存的古老殿宇，历经沧桑，巍然屹立。

其实，站在光孝寺的任何地方，只要你轻掸俗尘，用心阅读，都会有意外的发现。

作为世俗之凡人，我独爱在相对偏僻和冷静的地方逗留，甚至以为，那墙那壁，那门那窗，那槛那除，那脊那檐，那砖那瓦，那树那花，都仿佛修得禅意，传递给你不同寻常的麟瑞。

你可以面壁而无需思过，但赭黄色或青灰色的墙壁还是会让你有所思忖，历史隐在墙中，现实离你不远，你会顿生凝重和溟沉之感；那檐牙高啄，钩心斗角，盘旋在你的头顶，你未必看得清狮子、海马、天马、押鱼、狻猊等脊兽，但已经受到它们的神赐和护佑；那紫红色或荸荠色的木门格扇，在阳光的照射下，显出有规则的明暗凹凸的影像，抽象而又意味深长；那尺把高的门槛，中间凹陷而呈弧形，那是凡俗之人踩踏而过造成的，但僧侣会高抬其腿跨槛而过，并不会留下鞋印或尘埃；还有那石阶，阳光浅照时，那青白或灰白色的石阶看不出高低起伏，只觉得清泠若玉且通向同一个神明而空寂的净地；还有那菩提树，佛祖是在树下大彻大悟的，凡人也会在菩提树下祈求许愿；还有那隐在人迹罕至的角落里的苔藓或闲草，与寺里的一切物象心有观照，你可以忽视它们，但它们知道你和世界的存在。

当身披明黄色海青的僧人忽然出现在你眼前的时候，你却拘谨起来。

知道东山寺的凤城人似乎并不多，其实该寺也是千年古刹，始建于唐大中年间，乃凤城八大丛林之一。其旧址本在迎春桥东北的鲍坝村，但因种种原因，该寺已迁徙至远离市区的茶庵桥西北侧，但毕竟东山寺的声声梵钟曾在东城河畔敲响千年。

佛语禅言宛如飘荡的祥云　　183

我没有去过东山寺,但我熟悉曾经和现在的东城河,拥有两千多年历史的凤城曾经以寺庙遍布且各具特色而名闻天下。

二十多年前,我家住在并不为人所熟知的邑庙东巷,但城隍庙却远近驰名,我家就在该庙的北侧。从前,凤城还流传着一则与城隍庙有关的绕口令:"城隍庙后门口有个鬼,还有一只龟。鬼儿挑了一担水,龟儿泼掉鬼的水,鬼儿拽住龟的尾,龟儿赔了鬼的水,鬼儿松了龟的尾。"

城隍庙始建于唐代。作为一座道观,城隍庙的平面呈葫芦状,这是颇有寓意的设计。城隍庙山门的街对面,立着一面庄严的照壁墙,上书:道法自然。"道法自然"出自老子的《道德经》。

我一直以为,城隍庙是个神秘的所在,平日里也极少有人造访。但颇有意味的是,该庙的东侧曾是一处菜场,人声鼎沸的菜场与寂然无声的城隍庙仅一墙之隔,这是最得意趣的情景。我常常去菜场买菜,抬头便可瞥见城隍庙的东围墙,青砖黛瓦的围墙蕴含着人生的某些哲理,既深奥又浅显。

那天下午,天气刚好,岁月不躁,我忽然觉得人生有些无聊,遂隐入城隍庙。庙里几乎就我一个人,除了一位身着青色道袍的年轻道士。此地极为清净而安详,时光好像被谁拽住了似的,看不出天地万物之变,四季终究不过如此,不忮不求,不慌不忙。

我在一口莲花缸前驻足良久,粉红色的莲花开得恰到好处。我甚至以为,这里,才是莲花应得的自然,况且还有那一堵青墙,一虬紫藤,一抹彤霞,绘出妙不可言的写意,无需覃思冥想,你已经悟出"道法自然"之精髓,即自然而然。

庙宇的建筑风格与寺院不同,寺院尽其雄伟壮观,大多饰以金碧红黄,而庙宇则力求简约内敛,色调以灰暗清冷为主,所谓佛法无边而道法自然也。

进入城隍庙山门,无论是审事厅,还是甬道两边的财神殿和慈航殿以及位于审事厅北面的城隍大殿,包括那些走廊或庭院,所有的建筑都用青砖灰瓦砌成,墙壁并不做任何涂抹,即便是廊柱、屋梁、椽子或凭栏,皆漆以深沉的紫褐色,甬道大多铺以小青砖,碧苔抹在小青砖的空隙里。无需铅华,舍弃繁缛，筛去凹凸的角质，熨平皱褶，降低身姿，一切都是那么的朴素柔和，冷静平淡。花草树木亦不单是点缀，银杏高大魁梧，寿越千年；广玉兰枝叶肥硕，花大香幽；龙爪槐干直叶密，亭亭如盖；爬山虎郁郁葱葱，满壁生凉。最有意境的还是西围墙外立着的一排水杉，列队齐整，蓊郁苍翠，神态雍穆。

　　城隍庙之所以让我感觉不错，还有个特殊的原因。早几年，邑庙街还是比较热闹的，街两旁小店小摊多，特别是早晨和下晚的时候，啥都有得卖，人气挺旺的。其实，人间烟火才是最本质、最真实的生活情态，也许人们并无意且无心去感悟城隍庙的客观存在，很多人每天从它的门前经过却从未进去过，甚至不知道"道法自然"是谁说的，或者究竟是什么意思，但他们的日常生活状态已经作了最恰当的解释。

　　当然，我对城隍庙南侧的那条名叫"夏家汪"的小河也颇感兴趣。河不大，像一轮弯月，虽然被居民楼所包围，但河的北岸是朝着城隍庙敞开着的，河水清且浅，岸边飘着几丛芦苇；又有一组雕塑置于北岸，乃一算命先生和一对母子的造型。城隍庙西侧有一家百年老店，即"新翠绿饭店"，我吃过早茶，干丝和包子都得味。还有一家古玩店，老板我认识，特能说，后来成为我小说中的人物原型。印象最深的，当属河岸的那个卖猪大肠和猪脚爪的小摊，世俗之人是吃荤的，我也是。

　　凤城的庙宇很多，较有名气的，还有位于光孝寺东侧的泰山行宫（俗称奶奶庙）和位于泰山之巅的岳王庙。

　　清代夏退庵在《退庵笔记》中说："西桥西有泰山行宫，俗呼奶奶庙，莫详其义。有云泰山碧霞元君，则曰顶上奶奶清口之惠济，祠曰奶奶庙。他处凡元君行宫皆以奶奶庙称之。"庙中的三尊铜像均系宫装打扮，两手合拱处有执圭的长方形孔痕迹，端坐的姿态是朝觐的样子，中为女神碧霞元君。据史料记载，碧霞元君就是拯救水涝灾害的神灵。

　　至于岳王庙，当与岳飞在凤城抗金的传说有关，自古凤城地势平坦，有水而无山。泰山堆成后，凤城人便称之为"锅巴山"，每到春秋时节，凤城人

佛语禅言宛如飘荡的祥云　　185

都要登临泰山，对着大殿里的岳飞像烧香跪拜，同时临山远眺，俯瞰凤城。

从西南山麓的石阶拾级而上，便到达山门前的一方平台。拐而向东，登上直陡石阶，进入山门。抬头仰望，只见门上嵌"高山仰止"石额；山门内为歇山小亭，翘角飞檐；内敞一天井，天井北侧是扁鹊殿。从天井再踏上登山石阶，就来到山前大殿，拾级而上，前廊四桁卷棚，正脊两头安"日""月"兽头；大殿歇山屋顶，龙形脊兽，南刻"精忠报国"，北刻"还我河山"。殿居高台之上，气韵雄烈。置身于月台前，极目远望，古城新貌尽收眼底。

每年，我都要数次登上泰山，观凤城之风物，抒一己之情怀。古语说，登山则情满于山，观海则意溢于海。凭栏远望，但见白云柔和而吉祥，树木伟岸而贞穆，大地弘阔而苍莽，飞鸟在蓝天下翱翔，河水在夕阳中漫流，俊风在山顶上回响。念想游子的思归，旅人的断肠，情人的魂殇，故友的去往，失意的惆怅，前路的迷惘，岁月的彷徨，一切都融入万千气象。倘若有山可靠，有树可栖，有花可嗅，有水可濯，有情可托，有心可依，人生便淡了得失，懂了取舍，明了是非，且揽得一股浩然之气，在胸中濟荡。

凤城的秋天就像人生的中年

当思绪回到日涉居的时候,已近傍晚时分。那壶老茶陪伴我一个下午,依然温良。

花圃渐渐模糊起来,我期待着那几只蟋蟀的鸣声再次响起,以让我获得下一个夜晚的安心。每逢黑夜降临,我都会整理一下白天的人生,是否对得起岁月赐予我的热情和信任,如果有怍于白昼,那么我就会在黑暗中,以阅读、反思或酣眠来救赎和补偿。

带着儿时的梦想、少年的轻狂、青春的昂扬和中年的彷徨,我走遍了凤城的每一个地方,季节辞别了夏日,秋天已经登场。

初秋适合冥想。把烦恼的事暂且放一放,独自坐在清净的地方,聆听远处的秋风和近处的秋虫,低吟浅唱。纯粹的意念制服不安的灵魂,让一切重归最初的模样,超脱纷繁虚幻的外物,浮世越来越富丽堂皇,喧嚣成为城市最刺耳的音响。壁上的斑点是自然的真相,浮游的蚊子黑质而白章,坠落的枯叶带走了我的迷惘,和穆的姿势矫正了我的形状。

秋天适合呆望。闲时,独立于某个地方,比如街头、路边、走廊、河岸,亭中、山脚、树下、桥上、南窗。没人注意到你的姿势,或正或斜,或立或坐、或蹲或躺。没人注意到你的目光,似乎有些呆滞,有些迷茫。什么都能看到,又什么都没看透,无求无欲,无思无想,简单得像婴儿的长相。春夏的繁华被晏静收藏,活到极致便是秋,坦然,殷实,纯粹,从容,带点肤浅的忧伤。

秋天适合流浪。囿在家里的你总会感到迷茫,不如背起行囊,朝着远方,欣然以往。天地浩渺,山川无疆。秋天的胸怀特别的宽广,即便是一朵野花,也能恣意地绽放;即便是一棵野草,也能获得明媚的阳光。蓝天纯净得像美好的愿望,白云轻柔得像童年的时光。携着一颗虔诚而坦荡的心,哪里都是你的故乡。你需要流浪。不一样的风景才能帮你调整好人生的方向。

秋天属于金黄。风搓揉着枯叶，发出温婉的声响，阳光将暖和刷在墙上，白昼特别的清朗，红枫渲染着远方，陶菊装点着南窗，藕夹子又脆又香，桂花圆子裹进了故乡。扯下一抹暮色，怀念古老的月光，在人世间诗意地流淌，思绪从黑夜追逐到天亮。

不困于惑，不系于网，不拘于时，不累于忙，不沉于香。心有所向，履有所往。

初秋很写意。晨风和晚风着了凉意，肌肤最快意；蝉的叫声婉约了许多，透出离别意；看到树上挂着的果子，哪怕是不能吃的野果，一样地满怀敬意；秋雨宜听不宜观，特别有诗意。

窗外，秋风依依，虫鸣不已。于是定下心来，写点古老的文字。这是我的日涉居，每天的，早晨，午后，还有夜晚，我都要在此，做自己喜欢做的事，有时也会沉默不语。能够驰骋心灵，游牧思想，甚至忘乎所以，便是人间的好景致。白天，在很远的地方勤奋且励志；夜晚，在很近的地方想念自己。书是时光的嫁衣。读点书吧，或者写点喜欢的东西，岁月必将燃你一生的花期。

一场暴雨过后，终于闻到了秋的味道。彩蝶纷至沓来，为落花而祈祷；蜗牛吸在鸢尾花的叶尖上，沉默是昨夜的离骚；蜷缩在梧桐叶下的飞鸟，似乎还在懊悔夏天里的那场迟到；碧荷终究有些憔悴，瘦得苗条。

总是不可抗拒地喜欢秋天，以为这是最合我意的季节，像是一段酣睡的序言，经历了烈日炎炎，心境变得高远；又像是一首朴素的诗篇，经历了过往云烟，只剩下沧海桑田。

凤城的秋天就像人生的中年，明而不耀，静而不喧。

还是喜欢凤城的郊野，带着几许苍莽，但我还是记起从前的时光。蟋蟀躲在辣椒地里，叫得我们手痒痒；枣子熟了，猴一般爬到树上，边摘边吃，色彩艳丽的洋辣子掉在头上；跳进河里，摸螺蛳、河蚌、泥鳅、螃蟹，还有鱼虾在身边游荡；偷黄瓜、山芋、萝卜、洋柿子，扭了脚只是轻伤；麻雀飞得人晕头转向，弹弓在手里晃了又晃；踢瓦，捣丁，斗鸡，飞洋画，滚铁圈，打木陀螺，滚玻璃球，扔天落果，一切都离不开土壤。

　　我又记起凤城的从前。府前路上的梧桐树遮住了整个夏天；坡子街熟悉所有人的脚步，天福同春三面红旗的新华书店；东城河的杂树上栖息着的老蝉叫得委婉；陈家桥的油炸臭干咬过你的舌尖；钟楼巷将历史改写成现代诗篇，你在幽暧的地方享受失眠。你去过桃园，也去过柳园；你去过三水湾，也去过稻河湾；你去过北山寺，也去过南山南；你在者者居吃过早饭，也在都天宫看过花旦。

跋：走遍凤城，也不过是为了找到一条通向内心的路

走遍凤城，也不过是为了找到一条通向内心的路。

夜色深沉。想起你的艰难，或许还在风雨兼程，但岁月不会辜负你的认真；想起你的不甘，或许努力未必马上就能圆梦，但终究会改变你的命运；想起你的寂寞，或许身在异乡正枯守孤灯，但你心有所依而拒绝沉沦；想起你的模样，或许鬓染白发额缀皱纹，但你仍然乐观豁达，笑对人生；想起你的为人，或许世界已经不再纯正，但你不改初衷，总是那么真诚。朋友，愿你一切安好，改天邀你来日涉居，有酒盈樽。

又闻桂花香，且浓且甜。于是采满竹匾，待晾干后，封于青花瓷小罐。霜降天寒之时，撷取少许，浸入洋槐蜜，亲手包汤圆。日子似乎很平淡，其实诗意离你并不远。上个礼拜天，我买过紫菱、白藕、红薯，长得很好看。去年，我花了十块钱，买回一株菊花，栽在南窗下，如今枝头花蕾点点。九月的某一天，我带回一根芦花秆儿，插入花瓶，秋意盎然。就在昨天，我将一片枫叶夹进书里，做成很有意境的书签，那是暮春街的情缘。

与你相遇，绝非偶然。在城市的最北边，离旷野的风并不遥远。秋雨沾湿了那册书简，秋叶划过你的脸。碧苔一尘不染，很像你的童年。萧瑟的黄昏，寂寥的天空，冷静的瓦檐。凋谢的不是花，是你的容颜。外面的世界寻你半天，你站在墙的另一面，抚摸着斑驳的图案。孤独是自负的箴言。褪去沉重而繁缛的装扮，你的样子真的很好看。没有月光的夜晚，浮华在喧嚣的地方左顾右盼。你点上青灯一盏，临窗吟诵我和岁月的诗篇。

故事的结局常常不太令人满意，需要不断地修改文字，正如不断地完善自己。每天都是新的开始，熟悉的风景也有你忽略的美丽，最亲近的人也会曲解你的好意。所有的故事要么高潮迭起，要么平淡无奇。你会打扮自己，未必会打扮日子。不断地斟酌、修改和润色才是硬道理，剔除可有可无的东

西，拒绝钩心斗角的名利，舍弃患得患失的心理，调整好人生的目标和步子，才能做一个更优秀的自己。

  时光漫过凤城河岸，岁月洗净流年。你的身影依稀可见，美丽，温柔，轻盈，宛若岸芷汀兰。执手相看泪眼，将风霜雪雨酿成诗的缠绵。心海深处，一叶扁舟终于搁浅，无悔的眷恋，盛开在花香满盈间。秋日的清凉，将那时的情愫慢慢浸染。晚风在远处低声呼唤。往日的欢娱，无忧的童年，起舞的青春，稍纵即逝的浪漫，还有孤枕难眠，都被夜行的虫们唱成经典。

  凤城的故事那么简单，却要用我的一生才能讲完。

李晓东完稿于日涉居
2019 年 11 月 8 日